KB044606

문지스펙트럼

문화 마당
4-010

우리 시대의 여성 작가

황도경

문학과지성사

문화 마당 기획위원

오생근 / 정과리 / 성기완

문지스펙트럼 4-010

우리 시대의 여성 작가

지은이 / 황도경
펴낸이 / 김병익
펴낸곳 / 문학과지성사

등록 / 1993년 12월 16일 등록 제10-918호
주소 / 서울 마포구 서교동 363-12호 무원빌딩 4층 (121-210)
전화 / 편집부 338)7224~5 · 7266~7 팩스 / 323)4180
영업부 338)7222~3 · 7245 팩스 / 338)7221

제1판 제1쇄 / 1999년 4월 9일

값 5,000원
ISBN 89-320-1067-6
ISBN 89-320-0851-5

우리 시대의 여성 작가

책머리에

이 겨울 또 어김없이 몸살을 앓는다. 벙어리 냉가슴 앓듯 꽁꽁 쌓아둔 말들이 드디어 몸 밖으로 튀어나오는 것이라고, 입이 말을 안 하니 이제 몸이 말을 하는 것이라고, 거추장스럽게 매달고 있는 것들을 털어내고 있는 중이라고, 새어나오는 신음 소리를 들으며 나는 생각한다. 막혔으면 뚫어야 하고, 무거우면 덜어내야 하며, 갇힌 것은 풀어내야 하는 법. 몸살은, 신음은, 그렇게 나를 살린다.

이 책은 여성 작가들에 관해 쓴 최근 몇 년 간의 글들 중 몇 편을 묶어놓은 것이다. 시시각각 변하는 문단의 지형도와 신진 작가들의 등장을 염두에 둘 때 이 책에 실린 작가들이 과연 어느 정도 대표성을 가질 수 있을지 염려되는 바가 없지 않지만, 그리고 이 글에서 탐색한 그들의 작품 세계가 최근의 그들의 문학적 행방과 다소간 거리가 있으리라는 우려를 떨칠 수 없기는 하지만, 여전히 소문만 무성하게 떠도는 듯한 여성 작가들의 세계를 조금은 가까이서 차근차근 들여다보고자 했다는 것으로 작은 위안을 삼는다. 여성들의 목소리가 커져가고 있다고 하지만 우리 사회에서 여성은 아직도 본질적으로 '타자'다. 여기에 실린 글들은 그 '타자'들에 대한 내 나름의 이해이자, 또 하나의 '타자'인 나 자신에 대한 발견적 성찰의 기록이기도 하다. 비록 여기에 실린 글들이 여성 해방이나 여성 문제 등에 대한 인식에서 출발하고 있지는 않지만, 그것들이 종국에 여성 문학에 대한, 더 나아가 여성에 대한 보다 따뜻하고 합당한 관심과 이해를 이끌어내는 작은 계기가 됐으면 좋겠다는 바람을 가져본다. 누군가를 이해하기 위해서는 먼저 그를 잘 '아는' 것이, 그리고 이를 위해서는 잘 '보는' 것이 필요하다. 이 책은 아직은 잘 '보고자 하는' 열망만을 담고 있다.

원고들을 다시 읽다 보니 내가 그녀들의 이야기를 듣고 있었던 것이 아니라, 그녀들의 이야기를 빌려 내 자신의 넋두리를 하고 있는 것만 같아 얼굴이 달아오른다. 뭐 눈엔 뭐만 보인다더니, 나는 그녀들의 이야기에서 그녀들의 몸살을 보고 있었나보다. 내 글에는 그리고 내가 본 그녀들의 글에는 온통 말과 몸이 앓고 있다. 말과 몸은 여성의 억압적 현실과 해방에의 꿈을 함께 반영하는 여성 문학의 주요 테마이기도 하거니와, 그녀들의 글은 말과 몸이 살아날 때 우리의 삶도 살아나는 것임을 다시금 확인시킨다. 여성 작가들의 꿈이 궁극적으로는 생명에의 확인이라는 문학 본연의 꿈과 맞닿게 되는 것은, 그래서 여성 문학이 여성만의 문학으로부터 벗어나게 되는 것은 이 때문이다. 그러기에 나는 나/그녀들의 앓음이 갖는 힘을 믿고 싶다. 그것은 아직은 마비되지 않은, 그래서 역설적으로 살아 있는 우리들의 말/몸에 대한 반증이 될 수도 있을 것이기 때문이다.

육신이 흐느적흐느적하도록 피로했을 때만 정신이 은화처럼 맑다던 이상의 고백처럼, 몸살 끝에 정신이 맑아진다. 자리를 털고 일어나 저녁을 지어야겠다. 산발적으로 씌어진 글들을 한 권의 책으로 엮어주신 문학과지성사에 진심으로 감사드린다. 그리고 사랑과 아픔과 눈물의 원천이 되는 가족에게도.

1999년 4월

황 도 경

차례

생존의 말, 생명의 몸
── 박완서론

1. 말 · 몸 · 생명

박완서는 1970년 『나목』을 통해 등단한 뒤 현재까지 다양한 관심과 소재로 폭넓은 문학 세계를 보여준 작가다. 전쟁과 분단 등으로 인해 일그러진 개개인들의 삶의 초상, 도시 문명 사회의 불모성과 그 안에서의 허위적이고 물신주의적인 삶의 양태, 권태롭고 무기력한 소시민의 일상, 억눌린 여성 현실, 죽음과의 대면과 극복 등 그녀의 문학이 담아낸 세계는 실로 놀랄 만큼 다양하다. 그러나 이 다채로운 이야기들을 통해 그녀가 궁극에 아파하고 분노하고 슬퍼하는 것은 생명의 존엄성이 상실되어가는 현실의 풍경이다. 그녀에게 있어 전쟁, 도시 문명, 낙태, 권태로운 소시민의 일상 등은 모두가 자유로운 생명력을 앗아가는 부정적 힘이다. 그것들은 우리의 안팎에서 은밀히 자라난다. 그녀는 이 불모적 기운에 저항하여 생명을 되살리는 꿈을 꾸는 작가다. 그리고 불모적 현실과 생명에의 갈망이라는 그녀의 주제는 많은 경우 말과 몸에 대한 인식을 통해서 드러난다. 그녀는 몸의 죽음과 말의 죽음에 민감한 작가다. 그녀의 많은 작품은 몸과 말의 죽음으로 파악된 현실에서 이를 부활시키려는 꿈을 담고 있다. 그녀에게 말과 몸과 생명은 같은 말이다. 먼저 등단작인 『나목』을 통해 이 몸과 말과 생명의 관계를 들여다보자.

갈색 털이 무성한 손이 대뜸 내 코앞까지 뻗어와 우뚝 멈추는데 손아귀에 펴든 패스포드 속에서 긴 머리의 아가씨가 크게 웃고 있었다.

"예쁘군요."

그들에게는 좀 허풍스런 찬사를 보내야 하는 법인데 오후의 피곤 때문일까 나도 모르게 심드렁한 소리를 하고 말았다.

내 앞에 선 우람한 지-아이도 몸집보다는 민감한 듯 금세 썰쭉해지며, 사진을 다시 제 눈앞에 가져다가 새삼 찬찬히 홅어보더니 제풀에 안심이 되는지 다시 입을 헤벌렸다.

나도 이때를 놓칠세라 재빨리 직업 의식을 발휘했다.

"내가 본 어떤 여자보다도 아름답군요. 당신은 행운아예요. 물론 그녀를 위해 초상화를 그리셔야죠. 어때요? 이 고운 실크 스카프에다 그리면."

나는 우선 한 귀퉁이에 용의 모양을 날염한 번들한 인조 스

카프를 권해보았다. 그것이 우리 초상화부로서는 제일 수지가
맞는 품목이기 때문이다.

이 같은 서두에는 무언지 불균형이 감돈다. 그것은 어디에
연유하는 것일까? 우선 여기에서 드러나는 두 가지 입 ──
'지-아이'의 입과 '나'의 입 ── 에 주목해보자. 전자의 것이
육체의 욕망과 관여된 입이라면 후자의 것은 말의 욕망에 관
여된 입이다. 전자의 입은 육체의 욕망을 꿈꾸고, 후자의 입
은 영혼의 자유를 꿈꾼다. 그러나 그 두 가지는 서로 조화되
지 못하고 어긋나 있다. 전자의 입은 지-아이를 비롯한 '그
들'의 것이고, 후자의 입은 '나'의 것이다. '그들'에겐 몸의
욕망으로서의 입은 있으나 영혼의 창으로서의 입은 없다.
'나'에겐 그 두 입 모두가 없다. '나'의 입은 욕망과 현실 사
이에서 어긋난다. '나'의 말은 직업 의식에 의해 발휘되는 거
짓의 말이거나 허풍일 뿐이고, 그것도 잘 되지 않아 허풍스
런 찬사 대신 심드렁한 소리가 튀어나온다. 위 예문 뒤로 이
같은 '나'의 어긋나는 말은 계속 이어진다. '나'는 "모발이나
눈의 색 또는 의상의 색 등을 좀 쌀쌀맞게 물어"보고, 교태
를 부리는가 하면, 화제를 돌리다가 어리석은 질문을 하게
되고, 그 난처함에도 불구하고 다시 교태를 부리며 지-아이
와 거래를 계속하고, 환쟁이들에게는 재촉과 짜증과 공갈을
섞어가며 일을 지시하는 것이다.

'나'의 입이 자연스럽고 건강하지 못한 것처럼 '그들'의 입 또한 그다지 미더워 보이지 않기는 마찬가지이다. 두드러지게 강조되고 있는 지-아이의 육체적인 풍성함에는(이는 갈색 털이 무성한 손과 우람한 몸집, 헤벌리거나 삐쭉하는 입 등의 묘사를 통해 강조되고 있다) 무언가 정신적인 풍요로움이 빠져 있다. 그들은 거구의 몸집에 무성한 털을 가졌지만 '나'의 심드렁한 말 한마디에 금세 씰쭉해지는 정신적 미숙아처럼 보인다. 용 모양이 날염되어 번들거리지만 인조 스카프에 불과한 것처럼, 겉으로 드러나는 외적인 풍성함이나 화려함은 내적인 빈약함 때문에 더 우스꽝스럽다. 이 풍경 속의 모든 것은 가짜다. 육체와 영혼, 몸과 말, 참말과 거짓말, 겉과 속, 앞과 뒤는 모두 어긋나 있다(「살아 있는 날의 시작」에서도 이와 비슷한 묘사를 엿볼 수 있는데, 노망난 시어머니 때문에 정기적으로 남편과 함께 집 밖의 잠을 자야 하는 주인공 여자의 고통스런 현실이 그녀의 앞, 뒷모습의 어긋남, 몸과 마음의 어긋남, 그 여자가 되고 싶은 것과 남편이 그녀에게 바라는 것의 엇갈림 등을 통해 묘사되고 있다). 이것은 모딜리아니 그림 속의 여인을 동경하는 '나'로 하여금 지-아이들 앞에서 억지스런 교태를 자아내게 하고, 옥희도씨로 하여금 화가에서 환쟁이로, 예술가에서 칠쟁이로 전락하게 만든 현실의 일그러진 풍경이기도 하다. 그녀의 집 행랑채 지붕 "한쪽이 보기 싫게 일그러져"나갔다는 것도 이를 상징적으로 보여준다. 그런데 바로 이 일그러진 풍경 속으로 옥희도씨가 등장한다. 그는 "늠름한 체구와 구겨지지 않은 표정"을 한 "우람하게 큰 중년의 사나이"이다. 그는 일그러진 '나'의 삶 속에 결여되어 있던, 그리고 그녀에게 끝없는 갈망의 대상이 되었던 반듯함과 건장함의 표상으로 다가오는 것이다.

이처럼 이 작품에서 전쟁으로 폐허가 된 주인공의 삶은 좌절된 몸과 말의 욕망으로 변주된다. '나'에게는 몸의 욕망과 말의 욕망 모두가 일그러져 있고 결핍되어 있는 것이다. 어머니와 '나' 사이에 거의 매일같이 계속되는 그러나 아무 감정의 교류도 없이 반복되는 똑같은 대화, 능숙하게 영어를 하면서도 쓸 줄은 모르는 다이아나 김과 읽고 쓰지만 말이 서투른 '나,' 그래서 한 사람은 눈은 트였으나 반벙어리이고 다른 한 사람은 입은 청산유순데 까막눈인 것 등, 이들에게서 드러나는 말 혹은 글의 어긋남은 '나'를 비롯해서 작품 속의 모든 인물들이 서 있던 일그러진 삶의 풍경을 반영한다. 작품 속의 모든 인물들은 말하는 데 곤란을 겪고 있고, 따라서 그 말들은 대개 일그러져 있다.

작품 속에 자주 등장하는 편지 쓰기 역시 진실된 마음의 전달이나 교류로서가 아니라 오해와 거짓의 기능을 하고 있다는 점에서 어긋난 말의 풍경의 하나라 할 수 있다. 다이아나 김을 대신해서 써주는 편지에서 '나'는 온갖 미사여구로 그리움과 사랑을 토해내지만 그것은 선물을 받아내기 위한 전략일 뿐이고, 그 옆에서 그녀는 무심하게 손톱을 다듬고 하품을 해댄다. 뿐만 아니라 '내'가 나쁜 길로 빠져든 줄 알고 사촌동생이 보내온 편지라든지, 계집애들이 좋아할 만한 뻔한 소리와 비슷한 내용으로 채워진, 그래서 수취인과 편지 내용이 뒤바뀌어도 상관이 없는 죠오의 편지 등, 이들의 편지는 모두 거짓과 편견과 오해로 가득 차 있다.

그러나 그녀를 비롯해서 이들의 내부에는 말의 나눔에의 갈망이 강하게 꿈틀댄다. 자신의 열렬한 구애의 말이 거짓이듯 여자들의 답장을 통해 듣게 되는 사랑의 말도 믿지 않는 죠오는 그럼에도 불구하고 "가끔 사랑한다는 말을 허공에다라도 안 하곤 못 배길 때가 있"기 때문에 끊임없이 그런 거짓 편지를 쓰고, '나'는 "누구하고라도 이야기를 좀 하고 싶은" 마음에 사촌동생에게 답장을 쓰기도 하고, 어머니와의 단절된 대화로 이어지는 고가 안에서의 생활 속에서도 "고가 밖에는 사람이 살고 있다는 생각으로" 밖의 사람들과의 대화를 궁리하다 편지지와 만년필을 꺼내 편지를 쓰기도 하는 것이다. 비록 '사랑하는'으로 시작하는 서두에 올 마땅한 대상을 떠올리지 못해 다시금 단절과 소외의 풍경을 확인하게 될 뿐이지만 말이다.

그런가 하면 이들은 "섹스를 사는 것만으로는 위로받을 수 없는 사치한 영혼과 러브레타를 수백 통 써봤댔자 해결지을 수 없는 왕성한 성을 아울러 가진" 존재들이다. 그들의 안에

18

는 육체의 욕망과 영혼의 욕망, 몸의 욕망과 말의 욕망이 함께 꿈틀댄다. 그러나 그것은 함께 있지 못하다. 죠오가 육체적 욕망이 꿈틀대는 관능적 인물이라면, 옥희도는 영혼의 꿈틀댐이 느껴지는 인물이다. 몸의 욕망도 영혼의 욕망도 차단당한 채 허우적대고 있는 인물인 '나'의 경우 영혼의 기갈은 옥희도에게로 향한 열정을, 몸의 기갈은 죠오에게로의 이끌림을 만들어낸다.

팽팽하게 맞섰던 시선을 그가 먼저 허물어뜨리고 '올드 골드'를 한 개비 뽑아 달게 빨았다. 그는 미동도 안 하고 연기를 깊이 탐했다. 나는 그의 그런 모습을 통해 섹스에의 강한 동경을 느꼈다.

나는 그 다음날, 문득문득 죠오를 기다렸다. 드디어 털북숭이의 그의 억센 손에 내 작은 손이 아프도록 잡혔다.

주린 짐승 같은 기갈들린 눈이 내 온몸을 핥듯이 지나갔다. 마치 마술에라도 걸린 듯이 내가 관능적인 암짐승으로 변하는 걸 느꼈다.

여기에서 강조되는 것은 몸의 욕망으로 달아오르는 존재로서의 '나'와 '그'이다. 따라서 경서호텔에서의 '나'와 죠오와의 만남은 오로지 짐승적인 것만의 그것이다. 어둠 속에서 털북숭이의 팔과 가슴을 드러낸 그는 "사나운 짐승 같은 얼굴"을 하고 있으며, 그래서 "거대한 성성이나 고릴라"에 비유된다. 이 짐승 같은 욕망, 혹은 몸의 욕망의 분출만으로 '나'는 자유로워질 수 없다. 그녀가 진정으로 '살아나기' 위해서는 육체와 영혼이 함께 자유로워져야 하기 때문이다. 이는 옥희도와의 관계에서도 마찬가지이다. 옥희도와의 사랑은 영혼의 자유를 가져다주는 대신 몸의 욕망을 금지시킨다.

　　기쁨과 충족감에 순순히 몸을 맡겼다. 그의 입술이 덮쳐오며 덜거덕하고 그의 손에서 장난감 트럭이 떨어졌다. 이어서 내 손에서 소꿉장난이 땅으로 뒹굴고 나는 두 팔로 거침없이 그의 목을 감았다.
　　우리는 서로를 깊이깊이 탐했다. 탐해도 탐해도 포만이 없는 탐욕에 몸부림쳤다.

　　이들의 욕망은 "사람이고 싶어. 내가 사람이라는 확인을 하고 싶어"라는 절규에서 드러나듯 침팬지가 되어버린 자신들의 죽어버린 삶을 되살리고자 하는 몸부림에 다름아니다. 서로에게 선물했던 장난감 인형을 떨어뜨리고 나누는 입맞춤을 통해 이들은 비로소 살아 있는 사람이 된다. 그러나 이들은 이 입맞춤 후 떨어뜨린 장난감을 주워들고 다시 내리막길을 내려간다. 이들 사이에 흐르는 강렬한 영혼의 교류에도 불구하고 이들에게 자유로운 몸의 욕망의 실현은 불가능하기 때문이다.

생명에의 갈구로서의 몸의 욕망은 성욕뿐 아니라 식욕을 통해서도 드러난다. 생명을 잃은 혹은 거부당한 몸에겐 성욕도 식욕도 금기 사항이다. 아들을 잃고는 의치를 뺀 어머니의 일그러진 입 모양은 생명 잃은 상처난 몸이자 동시에 생명을 거부하는 몸의 상징이다. 그것은 '나'에게서도 몸의 욕망을 앗아가고 차단시킨다. 김치를 맛있게 담그고 맛있는 음식을 잘 만들던, 그래서 '맛난 것 만들기 선수'였던 엄마가 이젠 설날이 되어도 떡만두조차 상에 올리지 않으며, 엄마에게 주기 위해 가슴에 품고 온 빈대떡에 눈길 한번 주지 않는다. 엄마에게도 '나'에게도 "성찬의 초대"는 불가능하다. '나'의 진술처럼 만두를 먹고 싶다는 건 단순히 식욕의 문제가 아니다. 그녀가 거리를 지나며 갖가지 냄새에 끌리고 맛있는 음식을 탐한다는 것은 그녀 내부에서 꿈틀대고 있는 강한 생명에의 갈망을 보여준다. 소중한 자신을 배고프게 내버려둘 수 없다고, 부엌으로 가서 어머니가 눈치채지 않게 소리를 죽여가며 밥상을 챙기는 그녀의 모습은 죽음에 자신을 내맡길 수 없다는 오기를 느끼게 하는, 그래서 엄숙하기까지 한 장면이다.

어린 날 숨어든 사랑방 벽장 속은 이런 점에서 몸의 욕망과 영혼의 욕망 모두가 충족되었던 생명의 공간이라 할 만하다. 그곳에는 세상 밖의 세상보다 더 재미난 물건들이 가득

차 있었고, 꿀항아리가 있었고, 빛이 새어들고 있었고, 책이
있었다. 거기에서 그녀는 꿈의 세계를 만났다고 고백하는데,
그 꿈의 세계가 단 음식과 빛과 책이 있는 세계라는 점은 시
사하는 바가 크다. 벌을 받느라 갇혀버린 어둠의 공간이었음
에도 불구하고 음식과 한 줄기 빛과 안데르센 책 한 권은 그
곳을 꿈의 공간으로 만들어버린다. 그녀가 잃어버린 것은 바
로 그런 것이다. 따라서 '호곡하고 싶다' '맛있는 음식을 먹
고 싶다'는 그녀의 선언은 살아 있음을 확인하고픈 강한 절
규 바로 그것인 것이다.

    나는 비탄의 몸부림과 호곡을 마음껏 하고 싶었으나 여의치
않았다. 겨우 짐승 같은 신음 소리를 괴롭게 쉬어짰다. 나는 내
미운 신음 소리에 잠에서 깨어났다.

    나는 상을 들고 나와 대강 설음질을 했다. 어머니의 괴로운
기침 소리와, 목구멍에서 글컹대는 소리가 부엌에까지 들렸다.
    나는 곧장 건넌방에 가 누웠다. 기침 소리는 자꾸 반복되었
다. 늘 귀에 익은 목기를 두드리는 것 같은 공허한 소리가 아닌
탁하고도 고통스러운 울림이었다. 〔……〕
    나는 숨을 죽이고 어머니가 나를 부르기를 기다렸다. 하다못
해 물을 달라든가 고통을 호소한다거나 하기 위해 딸을 부름 직
했다. 그러나 육성이라고는 아이고 소리 하나 들리지 않았다.

'나'의 삶에는 이처럼 소리가 죽어 있다. 이 같은 소리의 죽음은 아버지와 오빠의 죽음, 그리고 죽어가는 엄마 등 그녀가 감당해야 하는 죽음 같은 현실의 한 은유이다. 따라서 그녀가 기다리는 사람 소리 혹은 호곡 소리란 결국 생명의 소리를 의미한다. 소리의 부활은 곧 생명의 부활을 의미하는 셈인데, 이것은 아니러니컬하게도 어머니의 죽음을 통해 이루어진다. 어머니의 장례를 치르는 동안에는 "집 안이 온통 구수한 냄새와 사람들의 높은 담소 소리로 생기에 넘쳤"으며, 태수의 형수는 "기름지고도 구슬"픈 곡을 해댔고, 옥희도씨의 부인을 보고는 '나' 역시 "처음으로 서럽게 호곡했"고 악을 쓰고 "방바닥을 미친 듯이 뒹굴며" 몸부림을 쳤다. 죽어 있던 소리와 냄새들이 되살아나고, 이를 통해 죽어 있던 몸과 말이 되살아난다. 항시 "목구멍 근처에 걸려 있던 덩어리"가 뜨겁게 분출함으로써 생명의 부활을 꿈꿀 수 있게 된 때문이다. 모친상이 계기가 되어 태수 형수가 사돈댁으로 자리잡게 되고 결국 죽음(어머니의 죽음)이 그녀에게 새 삶(결혼)을 매개하게 되었다는 것도 죽음을 통해 이어지는 생명의 부활을 환기시킨다는 점에서 의미 깊은 대목이다. 그녀는 태수와의 결합을 통해 "육신을 지닌 인간이라는 확인과 육신을 지닌 기쁨을" 느낀다. 그것은 죠오와의 정사가 이루어졌던 호텔방에서와는 달리 "알맞게 따습고, 고즈넉하고 은

밀한" 곳에서 이루어지는 따뜻한 사람끼리의 나눔의 기쁨
이다.

그러나 그 따뜻함이란 우리의 영혼을 채우기에는 여전히
부족한 것일지 모른다. '나'는 태수의 따뜻한 체온으로도 끝
내 데워질 수 없었던 또 하나의 '나'가 자신 안에 여전히 존
재하고 있음을 고백한다. 음침한 고가가 헐리고 대신 "쓸모
있고 견고한, 그러나 속되고 네모난" 집이 지어졌지만 은행
나무들이 있는 뒤뜰이 결코 허물어뜨릴 수 없는 은밀한 곳으
로 자리잡고 있듯이, 그녀의 영혼과 육체는 여전히 뒤뚱거리
고 있다. 옥희도씨의 유작전이 열린다는 기사를 보며 '나'와
남편이 보이는 반응의 엇갈림, 내뱉어진 남편의 말과 드러나
지 않은 채 숨겨진 '나'의 말들(이 말들은 괄호 안에 갇혀 있
다), 남편의 "동굴처럼 뚫린 콧구멍과 그 속을 무성하게 채
운 코털"(이것은 양키들에 대한 묘사와 얼마나 닮아 있는가), 이
들은 여전히 극복되지 않는 삶의 일그러짐을 환기시키는 풍
경들이다. 이 작품 끝에서 우리는 우리들 모두가 벌거숭이
몸으로 서로의 가지를 비벼대지만 서로의 거리를 조금도 좁
힐 수 없는 겨울 나무들과도 같음을 확인받는다. 이 작품을
읽으며 느끼게 되는 쓸쓸함은 이러한 데서 연유할 것이다.
그러나 낯설게 느껴지는 남편의 얼굴을 애써 감싸안음으로
써 그 거리감을 뛰어넘으려고 하는 주인공의 마지막 몸짓에
서 환기되듯 그 거리감이나 쓸쓸함마저 포용해야 하는 것 또

한 우리 삶의 과제이며, 이때 비로소 겨울 속의 나무들은 고목(枯木)이 아니라 봄에의 믿음을 간직한 의연한 나목(裸木)이 된다. 이런 점에서 『나목』은 일그러진 몸과 말의 풍경을 통해 그 일그러짐마저도 끌어안아야 하는 우리 삶의 진실을 일깨우는 작품이라 할 수 있을 것이다.

2. 소리의 죽음, 몸의 죽음

앞서 지적한 대로 박완서 문학에서 불모의 현실은 소리의 죽음과 함께 온다. 소리를 잃어버리거나 소리가 거부당하고 있는 것, 이것이 박완서의 인물들이 서 있는 불모의 현실이다. 예컨대 박적골에서 송도로 이주해오게 된 작가의 자전적 경험을 담고 있는 「엄마의 말뚝 1」에서 박적골은 과거의, 죽은 공간으로 제시된다. 한때는 낙원 같았던 박적골 집은 아버지의 죽음과 함께 죽음의 공간으로 변한다. 그리고 그것은 소리의 죽음과 함께 온다. 할아버지의 『적벽부』 읊는 소리가 끊기고, 대신 담뱃대 부딪는 소리와 메마른 기침 소리만이 들려오는 것이다. 어머니의 출분은 이렇듯 소리가 죽은, 따라서 생명을 잃은 공간으로부터 벗어나고자 하는 시도이다. 박완서의 글쓰기는 바로 이러한 어머니의 출분을 닮아 있다. 그것은 생명을 찾아나선 길이었기 때문이다. 그러나 어머니가 그러했듯 그녀는 도시에서 생명이 아닌 불모의 현실과 대면하게 된다.

「울음 소리」에서도 몇 년 전 뇌성마비로 아이를 잃은 부부에게 죽음과도 같은 현실은 소리의 죽음으로 나타난다. 악몽에 시달리면서 그 악몽을 뚫을 수 있는 방법은 비명밖에 없다는 생각을 하지만 그녀에겐 "몸 안에 가득 찬 소리를 밀어낼 힘"이 미진하다. 한밤중에 낯선 남자를 밀쳐내고는 문밖의 고요함에서 그 남자의 죽음을 연상하고 차라리 노망든 시어머니가 깨어나 악담을 해대길 바라는 것처럼 소리의 죽음은 그녀에게 생명의 부재를 상기시킨다. 곤히 자고 난 시어머니가 하는 대사에서도("저승에 갔다 온 것만치나 잤쟈아?") 고요함은 죽음에 연결되고 있지 않은가. 그러니 이야기를 하고 싶은 그녀의 욕구는 그 죽음 같은 현실로부터 벗어나고자 하는 갈망 바로 그것이다. 그러나 여전히 소리는 없고, 이야기하고픈 욕구는 남편에게 성적 욕망으로 오해될 뿐이다. 반면에 이들 부부의 앞집에서는 시끄러운 부부 싸움 소리와 아이의 울음 소리가 들려온다. 그들은 그 소리로 인해 오히려 생생하게 살아 있는 사람들이다. 주인공 부부에게는 싸울 기운조차 남아 있지 않다. 감쪽같이 아이의 죽음을 공모했다는 죄책감으로 인해 이들은 자신들 안에서 꿈틀대는 생명의 기운을 거부하며 살아간다. 이들에게 말과 몸은 모두 거부되어야 할 무엇이다. 그런데 작품 끝에서 이들은 아이의 울음 소리를 환청으로 들으면서 결합하기 시작한다. 이는 소리의 부활이 곧 생명의 부활임을 확인시켜주는 대목이다.

「울음 소리」처럼 제목에서부터 소리에 대한 이끌림을 강하게 시사하고 있는 「지렁이 울음 소리」는 생명의 발현으로서의 소리에 대한 욕망과 그 좌절에 대한 이야기라 할 수 있다. 작중의 주인공은 평온하고 안정된 삶의 한복판에서 문득문득 '그럴 수는 없다'며 도리질하기도 하고, 중얼거리기도 하며, TV 연속극의 소박맞은 여편네의 통곡 소리에 떨고, "격렬한 외침이 심한 딸꾹질처럼 오장육부에 경련을 일으키며 치솟"는 것을 느끼기도 한다. 이는 속물화된 삶과 그 안에 갇힌 자신에 대한 그녀 내부의 반란이다. 그러나 그녀는 그것을 한번도 밖으로 토해내지 않고 삼킨다. 그러던 중 우연히 다시 만난 욕쟁이 선생 이태우에게서 그녀는 가슴에 맺힌 외침의 대리 분출을 기대하게 된다. 그는 가슴속의 분통을 밖으로 터뜨리는 인물이었기 때문이다. 그러나 이제 그에게선 욕의 찌꺼기가 아니라 색정의 찌꺼기만이 느껴질 뿐이다. 그 역시 속물 같은 세상에서 내부의 외침들을 삼키고 있는 인물이었던 것이다. 결국 그녀의 현실에서는 여전히 말은 죽고 욕망의 몸만이 꿈틀댄다.

　침실에 일요일 아침 시간이 늪처럼 고이고, 음습하고 권태로운 욕망이 수초처럼 흐늘흐늘 흐느적대며 몸에 감긴다. 나는 남편에게 익숙하게 붙잡힌다. 나에게 그의 몬로가 돼달라는 눈치다. 나는 그의 몬로가 된 채 내가 짜낸 이태우 선생의 비명을, 신음을 생각한다.

비명을 지르지 못하는 '나'나 이태우 선생, 이들은 욕망의 늪에서 허우적대는 지렁이와도 같은 존재들이다. 이들은 모두 내부의 외침을 삼킨다. 이 소리의 죽음과 함께 그들의 자유로운 생명도 묻힌다. 더 이상 욕을 하지 못하는 욕쟁이란 죽은 것이나 마찬가지이다. 그가 유서를 남기고 사라진 것은 따라서 필연적인 결말이다. 유서를 쓰고 사라진 욕선생처럼 이들은 모두 '부재'하는 것이다.

「재수굿」에서도 소리의 부재는 곧 죽음과 연결된다. 주인공이 과외 아르바이트를 하는 고급 주택가는 "조용하다." "한낮은 묘지처럼 고요했"고 "주택으로서의 인기척이라곤 없"는 그곳은 "인기척이 안 들려 묘지처럼 아름다운 동네"이다. 반면에 그의 아버지는 사람들을 웃기기 좋아하는 인물이고 이야기 꾸미는 재주가 있으며, 자신이 경영하는 식품점에서는 점원에게 "고래고래 악을 쓰"는 인물이다. 소리없는 고급 주택가가 묘지와도 같은 곳이라면 아버지가 있는 곳은 웃음과 소리가 살아 있는 생명의 공간이다. 그런데 '나'는 돈을 벌기 위해 이곳을 떠나 고급 주택가로 옮겨간다. 이때 그가 떠난 것은 단순히 그의 집이 아니다. 고급 주택가에서 아르

바이트를 하면서 부유함과 고상함에 길들여지고 돈 이만 원을 받기 위해 주인여자의 모욕을 견디는 것에서 드러나듯 그는 웃음도, 소리도, 따라서 자신의 생명의 움직임도 거부해야만 한다. 재수굿을 하는 부부의 근엄한 모습을 보며 웃음이 촉발되었을 때에도 그는 "웃음을 참기 위해 전신을 강직시키고 어금니를 고통스럽게 악물었"고, 동네를 빠져나오면서 마지막으로 한번 웃고 싶었지만 끝내 그는 웃지 못한다. 월급 이만 원이 앗아간 웃음, 이것은 현대 물질 문명 사회가 앗아간 생명을 환기시키는 우울한 풍경이다.

정치적인 혹은 경제적인 억눌림의 현실을 틀니의 무거움과 부자연스러움에 비유해서 담아내고 있는 「세상에서 제일 무거운 틀니」에서 '나'와 설희 엄마를 이어준 것은 이야기이다. 절름발이 딸 설희를 미국에 가서 수술받게 하고 싶다며 말을 감추던 설희 엄마나 수시로 담 너머에 있는 그녀를 불러놓고 딴 얘기만을 하던 '나'는 모두 한풀이로서의 이야기의 욕망과 그 좌절을 보여주는 인물이다. 이들은 "입에 발린 수다"가 아니라 '속말'이 하고 싶은 이들이며, 그 이야기를 통해 위안을 얻고자 하는 이들이다. 그래서 설희 엄마는 불구인 딸과, 물빛 항아리를 그리던 화가였지만 이제는 미국에 가서 보험 회사에 취직을 한 남편, 그리고 시어머니에 대해 '독백처럼' 이야기를 꺼내놓고, '나'는 이북에 있는 오빠로 인해 수사기관에 불려가 조사를 받고 그 때문에 남편으로부터도 냉대를 받고 있는 이야기를 꺼내놓게 되는 것이다. 두 인물이 처음 만났던 진창길 한가운데는 이들이 허우적대고 있는 현실의 한 비유다. 그때에도 장화를 신은 설희 엄마는 고무신을 신고 있던 '나'를 업고 가겠다고 한 바 있거니와, 이들은 서로에게 마음을 털어놓음으로써 진창 같은 현실을 감내하며 건너고 있는 셈이다. 이들에게 이야기는 삶을 견디게 하고 사랑과 믿음을 확인하게 하는 힘이다. 따라서 이야기가 사라진 곳에는 생명의 기운도 없다. 이는 설희 엄마와 그녀의 시어머니 사이에 대화가 없다는 것이 "소리없이 원만"한 관계를 의미하는 것이 아닌 사실에서 단적으로 드러난다. 설희 엄마가 이 지겨운 나라를 떠나 하늘을 날고 있을 때 '나'의 중압감이 더 커지는 것은 그로 인해 그녀가 말할 상대를 잃게 되었기 때문이다. 틀니의 통증이란 결국 이야기가 불가능해진 절망적 상황의 한 비유인 것이다.

「닮은 방들」에서 '나'의 삶에도 소리가 없다. 친정에 얹혀 사는 그녀와 그녀의 식구들에게 소리는 금기시되어 있기 때문이다. 그녀는 남편의 가냘픈 딩 소리에 가슴 아파하고, 아이들이 학교에서 돌아와 집 문을 쾅쾅 두드리게 하고 싶어한다. "내 집을 갖고 싶다, 그래서 주눅들어 있는 식구들의 모습에서 자유로운 생명의 기운을 되찾아주고 싶다"는 그녀의 욕망은 이처럼 소리를 부활시키려는 꿈으로 변주된다. 그러나 집을 마련하겠다는 현실적인 욕망에 의해 그녀가 유예시킨 것은 단순한 소리가 아니다. 그리고 이 소리/생명은 집을 소유함으로써 복원되지도 않는다. 남편이 부드럽고 따뜻한 눈으로 자신을 바라보던 시절에는 말주변이 필요없었지만 말주변의 필요성이 다급하게 의식되면서 불안 초조해지기 시작했듯이, 소리에 대한 그녀의 욕망은 역설적으로 소리의 상실을 확인시킬 뿐이다. 그녀는 이미 소리/생명을 죽이는 데에 익숙해 있다. 철이 엄마와 함께 오이 팩하는 장면을 보자. 얼굴에 주름이 잡히지 않으려면 "그 동안 웃어도 안되고 말을 해도 안 된다." 그래서 철이 엄마의 우스갯소리에도 "나는 안 웃는다." 주름 없는 얼굴, 이것은 웃음이나 이야기의 욕망을 저당잡힘으로써 얻어낸 죽은 얼굴이다.

「이별의 김포공항」에는 미국으로 건너간 아들들을 기다리는 노파가 등장한다. 그러나 아들들은 어쩌다 드문드문 편지를 보낼 뿐이고 그녀는 "편지를 쓰고 싶었으나 쓸 줄을 몰"라 손녀에게 대신 편지를 쓰게 한다. 그녀의 마음은 밖으로 터져나올 통로를 갖지 못해 갇혀 있는 셈이며, 그녀의 가슴에 맺혀 있는 한이란 결국 그렇게 밖으로 터져나오지 못하고 가슴 한켠에 걸려 있는 덩어리와도 같다. 맺힌 것은 풀어내야 하고 갇힌 것은 꺼내야 한다. 맺힘이 말의 억눌림과 관련되어 있다면 그 풀림은 말의 해방으로 가능하다. 그녀가 "부처님이나 산신령이나 그럴싸한 바위에다 대고 소원을 빌고 답답한 사연을 하소연하는 것을 낙으로 삼았다"는 것은 그

행위들이 갇힌 말들을 꺼내놓는 한 방법이었음을 보여준다. 그녀가 소녀와 함께 박물관에 가서 본 불상 앞에서 "기구하고픈 게 한꺼번에 오열처럼 복받쳐오르는" 느낌을 갖게 되는 것도 부처님이 자신의 가슴속에 맺힌 모든 말들을 들어주리라는 믿음 때문이다. 이때 말은 말이 되어 나오지 않아도 듣는 이의 존재로 인해 말이 되어 전해진다. 그녀의 기도에 정작 하고팠던 것들이 말로 드러나지 않게 되는 것도 이 때문이다.

"부처님, 석가모니 부처님, 그저, 비나이다. 그저, 그저…… 부처님, 제 마음 아시지요. 네, 제 마음 아시지요."
비는 데 당해서 노파가 이렇게 말주변이 없어 보긴 처음이다. 그러나 노파의 마음은 술술술 많은 말을 했을 때보다 오히려 빠르게 안정되어 오로지 경건할 따름이다. 부처님께서 저절로 다 아시고 다 들어주실 것 같다.

이때 노파의 말없음은 아들이나 며느리와의 관계에서 감수해야 했던 말못함과는 전혀 그 의미가 다르다. 말에의 욕망이란 결국 마음을 나누고자 하는 욕망에 다름아니라고 할 때, "저절로 다 아시고 들어주실 것 같"은 부처님과의 말없는 대화 속에서 그녀는 오히려 말의 해방을 느끼게 된다. 그러나 그녀는 여전히 사람들과 대화를 나누지 못한 채 이 나라를 떠난다. 그들에게 꺼내놓지 못한 말들은 울음이 되어 터져나오는데, 그 울음조차 멸시와 비난의 눈초리를 감수하면서 이루어진다. 그녀의 울음이 해방감을 통한 생명의 기운으로 이어지지 않고 자신에게 바치는 조곡(弔哭)으로 여겨지는 것도 그것이 해방과 나눔의 말로서의 기능을 할 수 없기 때문이다. 시신(屍身)이 되어버린 자신의 몸처럼 그녀의 말과 울음도 죽어 있는 것이다.

「부처님 근처」에서도 말의 죽음 혹은 말의 삼킴이 곧 몸의 죽음임을 엿볼 수 있다. 어머니와 함께 아버지와 오빠를 위한 불공을 드리러 가는 내용으로 전개되고 있는 이 작품에서, 어머니와 '나'의 한(恨)이란 억울하게 죽어간 아버지와 오빠의 죽음을 반동의 죽음이라는 이유로 악 한마디 안 쓰고, 곡이나 아우성조차도 없이 "꼴깍 삼켜버렸"다는 데에 있다. '나'는 결혼을 하고 아이를 낳아 기르면서도 늘 "명치 근처에서 체증을 의식하듯" 그들의 죽음을 의식해야 했고, 그렇게 내부에 가둬버린 망령들로 해서 자신 스스로가 갇힌 삶을 살아가게 된다.

나는 그들로부터 자유로워지고 싶었다. 삼킨 죽음을 토해내고 싶었다. 그 무렵 나는 낯선 길모퉁이 초상집에서 들리는 곡성에도 황홀해져서 그곳을 떠나지 못하고 오래 서성대기가 일쑤였다. 저들은 목이 쉬도록 곡을 함으로써, 엄살을 떪으로써,

그들이 겪은 죽음으로부터 놓여나리라. 나에겐 곡성이 마치 자유의 노래였다.

그녀는 만나는 사람마다 붙잡고 "사실은 말야" 하며 이야기를 건네거나, 소설을 쓰거나, 어머니에게 엄살을 떪으로써 감쪽같이 삼켜버린 것, 그래서 자신의 내부에 치유될 수 없는 체증으로 가로막혀 있던 것을 토해낸다. 그녀에게 있어 말이란 막힌 것을 풀어내는, 그럼으로써 자유롭게 하는 힘이다. 싸움터에 나간 남편의 무사 귀환을 위해 스님이 장난으로 알려준 쌍소리를 염불인 줄 알고 열심히 외어대던 어느 여자의 남편이 실제로 살아 돌아왔다는 이야기는 말이 갖는 이러한 주문의 힘을 반증해준다. 아침마다 "마치 마법사의 주문 같아 그 뜻은 도무지 짐작도 안" 되는 염불을 외우고 있는 어머니 역시 그 이야기 속의 여자와 크게 다르지 않다. 염불의 뜻을 물었을 때 "뜻이 뭬 그리 대단하냐"시던 어머니의 대답은 따라서 교묘하게 물음을 피한 것이 아니라 말의 힘과 기능을 정곡으로 지적한 것이라 할 수 있다. 말의 힘은 내용에 있는 것이라기보다 말에 실린 마음에 있는 것이며, 한이란 비극적인 경험 자체에서 비롯되는 것이라기보다 그것을 자유롭게 털어놓지 못하는 데에서 비롯된다. 어머니는 그것을 아셨던 것이다.

엄숙한 염불이 쌍소리가 되는 이 같은 혼란은 사실 작품

34

곳곳에서 드러난다. 불공을 드리러 가는 길에 '나'는 서로 이질적인 것들의 섞임에서 오는 어떤 혼란을 경험하는데, 공연히 엄숙함을 과장하려는 듯한 어머니와 초와 만수향을 사면서 공연히 한푼이라도 야멸차게 깎으려 하고 함부로 침을 뱉는 '나,' 밖으로는 그렇게도 폐쇄적이고 음습해 보이더니 안으로는 너무도 밝게 열려 있는 절, 불당의 엄숙한 분위기와 '내'가 코앞에서 마주해야 하는 앞 여자 엉덩이의 들먹임이나 절을 할 때마다 치맛자락이 휘장처럼 갈라지면서 드러나는 궁둥이 등이 그런 혼란을 일으키는 실례들이다. 가장 숭고하고 영적인 공간 속에서 그녀는 오히려 지극히 현실적이고 육체적인 광경들과 대면하게 되는 것이다. 뿐만 아니라 법당에 모여 연신 절을 해대고 있는 여자들의 몸짓과 말에서는 뭔지 모를 끈적끈적한 욕망이 전해온다.

　1) 노인네들 같지 않게 키득키득 웃는다. 그리곤 이야기가 딸, 며느리가 해준 옷 자랑, 패물 자랑으로 옮겨간다. 그리고 또 언제는 누구 칠순 잔치, 누구 손자며느리 보는 날, 노인네들의 화제는 무궁무진하다.
　2) 노스님의 법문이 막바지에 이른 모양으로 잠겼던 목소리가 별안간 우렁차게 트이더니, 모든 것이 탐욕의 불로, 노여움의 불로, 슬픔 괴로움 두려움의 불로 타고 있다고 외친다.

1)과 2)는 각각 여자 신도들의 말과 노스님의 말을 묘사하고 있는 것으로, 자유로운 말과 권위적인 말을 대조해서 엿볼 수 있는 대목이다. 칠순 가까운 노인들임에도 불구하고 1)에서 드러나는 그들의 대화에는 여전히 돈과 성(性)과 패물 등이 화제로 등장한다. 그녀들의 웃음, 잡담은 2)에서의 노스님의 근엄한 법문과 대조되는데, 스님의 말은 반박의 여지가 없이 옳은 말씀임에도 불구하고 전혀 마음에 와 닿지 않고, 다분히 "쇼우적"으로 느껴지는 말이다. 노인네들의 말이 우리의 삶 속에 생생하게 살아 있는 말이라고 한다면 스님의 말은 우스꽝스럽기까지 한 공소한 말들이며, 풀어내는 말이 아니라 오히려 억압하는 말이다. 그래서 그녀는 탐욕의 불이 타고 있다고 외쳐대는 노스님과 지독한 만수향 연기를 피해 밖으로 나오게 되며, 이때 비로소 "살 것 같았다"고 고백한다. 이는 진실된 내용을 담은 스님의 말이 오히려 생명을 억압하는 말이었음을, 따라서 말의 진실이나 힘이 그 내용 자체만에 기인하는 것이 아님을 보여주는 대목인 것이다. 그녀는 밖으로 나와서 비로소 큰 숨을 들이쉬고 재채기를 함부로 해대는가 하면 킬킬 웃기까지 한다. 그날이 아버지의 기일이었고 게다가 그곳이 경건한 성전이었다는 점을 생각할 때, 그녀의 이 같은 행동들은 엉뚱할 뿐 아니라 무례하게 보이기까지 한다. 그러나 이는 생명의 소리를 억눌러온 죽음과 권위의 무게에 대한 일종의 저항이자 냉소다. 남몰래 삼

켜버린 죽음, 아우성도 치지 못하고 쉬쉬하며 삼켜버린 사자(死者), 그 침묵으로 가슴에 자리잡게 된 죽음의 그림자는 평범하게 세속적인 남자를 만나 결혼하고 끝없이 아이를 낳는 것으로 사라지지 않는다. 그녀가 삼킨 죽음으로부터 자유로워지기 위해서는 그것을 토해내어야만 한다. 그녀가 만나는 사람마다 이야기를 시키고 소설을 쓰게 된 것은 이러한 연유에서이다.

어머니의 불공도 죽음으로부터 자유로워지고자 하는 한 행위이다. 그러나 '내'가 갇힌 말을 꺼내놓으려 애쓰는 동안 어머니는 지노귀굿 이야기를 하며 아버지 혼백의 넋두리를 듣고자 하고, 불공을 드리며 억울하게 죽어간 오빠의 넋을 달랜다. '나'의 말이 자기 고백, 자기 분출로서의 개인적인 위안에 머물러 있는 데 반해, 어머니의 말은 죽음에 붙들린 몸과 말을 풀어내려는 진정한 의미의 생명의 말이다. '나'에겐 여전히 대립적인 것으로 존재하고 있는 죽음과 생명, 성과 속이 어머니에게는 하나가 되어 있다. '나'는 종교적인 것과 무당적인 것, 초월적인 것과 현실적인 것이 뒤죽박죽으로 엉켜 있는 공간을 견뎌내지 못하고 분노와 냉소를 느끼지만, 그녀 자신 역시 그 뒤죽박죽인 풍경의 하나였음을 알지 못했다. 불공을 드린 후 기진맥진해진 어머니와는 달리 배가 고파 맛있게 상을 비운 것도 그녀였다. 집으로 돌아오는 길에 흔들리는 차의 움직임에 따라 올라오는 신트림은 이런 점에서 그녀 자신에 대한 환멸의 징후라 할 만하다. 도로 포장이 안 된 길을 들어서자 운전수가 까닭 없이 욕을 하며 차를 거칠게 몰아 창밖의 을씨년스러운 빈촌의 겨울 풍경이 심하게 출렁댈 때, 그 운전수는 바로 그녀 자신의 모습이 아니었을까. 을씨년스런 겨울 풍경일지라도 곱고 평화로운 세상으로 바꾸어놓을 수 있는 힘, 그것을 그녀는 어머니를 통해서 확인한다. "부처님 근처"에 닿아 있는 것은 근엄한 노스님의 법문이 아니라 남편의 무사 귀환을 빌던 여자의 쌍소리나 뜻도 모른 채 외우는 어머니의 염불인 것이다.

「지 알고 내 알고 하늘이 알건만」에서는 참말의 억눌림과 거짓된 말의 왕성함이 대조된다. 상가에 와서 "말이 많고 웃기들을 잘"하는 진태 엄마의 친구들, 장례를 치르면서 통곡하는 진태 엄마와 시누이들, 이들의 소란스럽고 요란스런 몸짓과 말들은 주눅이 들어 조용히 몸을 웅크리고 있는 성남댁의 모습과 대조된다. 그들은 성남댁이 할아버지의 똥을 씻어주는 행위마저 성적인 몸짓으로 여기며 빈정대고, 할아버지가 화장을 유언했었다고 거짓말을 하며, 성남댁은 아파트를 얻기 위해 온갖 오해에도 불구하고 몸을 움츠린 채 말을 죽이고 있다. 생명인 몸과 말은 죽고 대신 거짓과 허위의 몸과 말이 난무하는 셈이다. 그러나 대식가이고, 목소리가 크고, 엉덩이를 크게 흔들며 걷고, 욕지거리를 잘하던 인물로 묘사되는 것에서 드러나듯 성남댁은 원래 생명력이 넘치던 인물이었다. 이 왕성한 생명력은 할아버지의 죽음과 함께, 그리고 아파트를 얻으려는 현실적인 이유 때문에 억눌리고 거세되었던 것이다. 그러나 작품 끝에서 그녀는 모두들 연극적인 몸짓으로 화장터를 빠져나간 후 혼자 그곳을 빠져나오면서 다시 엉덩이를 신나게 휘두르고, 진태 엄마와 그 친구들을 떠올리며 "천하 잡년들"이라며 욕을 내뱉게 되는데, 이는 묶여 있던 몸과 말의 욕망을 풀어냄으로써 그녀가 "생명의 리듬"을 회복하고 있음을 보여주는 대목이다.

성남댁은 진태 엄마한테만은 더 걸쭉한 욕을 해줘야 속이 후련해질 것 같은데 삼 년 동안 점잖은 집 체면 봐주느라 잊어버린 욕은 쉬 되살아나지 않았다. 그녀는 욕 대신 카악 가래침을 한번 뱉고 나서 걸음을 재촉했다. 욕이야 두고두고 풀어먹어도 늦을 건 없지만, 그 동안 주리 참듯 참은 아들 며느리 손주새끼 보고 싶은 마음은 걸음을 앞질러 애꿎은 엉덩이짓만 한층 요란하게 했다.

이때 걸쭉한 욕이나 가래침, 요란한 엉덩이짓은 그녀의 몸과 말이 자유로워지고 있음을 보여주는 일종의 생명 현상이다. 박완서의 문학에서 생명의 기운은 이렇듯 우리의 몸과 말을 통해 온다. 따라서 꿈틀거리며 솟아오르는 몸과 말을 통해 그녀는 불모의 현실에서 생명을 되살리는 꿈을 꾼다.

3. 꿈틀대는 말, 부활하는 몸

「엄마의 말뚝 2」에서 '나'는 항시 말에 대해 갈증을 느끼는 인물이다. 그녀에게 침묵은 인민군의 총상으로 죽어간 오빠의 실어증으로 환기되는 죽음 그 자체이며, 따라서 죽음의 기운은 항시 말의 죽음으로 감지된다. 예컨대 그녀에게 "권위란 상대방으로 하여금 하고 싶은 말을 참게 하는 어떤 힘"으로 이해되며, 어머니가 입원한 병원에서 다시 감지하게 되는 죽음의 기운은 알아들을 수 없는 외국어로 짤막하게 몇 마디하고 가버리는 의사들과의 대면, 그래서 벼르던 말도 그 앞에선 제대로 다 말하지 못하게 되는 상황으로 다가온다. 이것은 어찌 보면 두려움으로 실어증에 걸려버린 오빠의 상황과 크게 다르지 않은, 따라서 과거로부터 현재에 이르기까지 여전히 그녀가 벗어날 수 없는 죽음의 현실을 보여주는 것이라 할 수 있다. 가슴에 묻힌 그녀의 말은 때로 술의 힘을 빌려 말과 웃음으로 터져나오는데, 이것은 그 죽음의 무게에 억눌려 있던 생명의 기운이다.

> 나는 술이 들어가기 시작하면 딴 사람처럼 기분이 고조되고 말이 많아지고 웃음이 헤퍼지는 버릇이 있었다. 꼭꼭 싸둔 생각, 황당한 불안, 맺힌 마음이 거침없이 술술 말이 되어 넘쳤

다. 퍼내어도 퍼내어도 넘치는 맑은 샘물처럼 말이 범람했다. 듣는 상대방에게도 그게 맑은 샘물이 될 것인지 구정물이 될 것인지는 내 아랑곳할 바도 아니었다. 오로지 나는 내 속에 갇힌 것들이 말을 통해 자유로워지는 쾌감에 급급했다. 그건 또한 내가 그것들로부터 자유로워진 느낌이기도 했다.

그러나 이 같은 말의 분출은 「부처님 근처」에서의 '나'의 경우처럼 듣는 이가 없는, 도피적이며 자기 위안적인 것에 그친다. 그녀의 말은 오빠의 죽음 앞에서, 혹은 권위적인 의사들 앞에서 터져야 하는 것이기 때문이다. 이 점에서 여기에서도 그녀의 말은 어머니의 말과 대조된다. 수술 후 어머니에게서 나타나는 현상은 말이 많아지고, 말끝마다 참견을 하려 들고, 쉬지 않고 무슨 소리든지 하려 들며, 종일 중얼거린다는 것이다. 뿐만 아니라 어머니는 때로 울부짖음과 독한 악담이 섞인 기성을 질러대고 급기야 침대에 사지를 묶이게 된다.

어머니는 다시 길길이 뛰기 시작했다. 참으로 불가사의한 괴력이었다. 목소리도 뜻이 통하는 말이 아니라 원한의 울부짖음과 독한 악담이 섞인 소름끼치는 기성이었다. 조금도 과장 없이 간장을 도려내는 아픔과 함께 내 속에서도 불가사의한 괴력이 솟았다. 나는 이를 악물고 어머니에게로 돌진했다.

누구보다도 화평하고 자비롭고 아름답게 늙으셨다고 느껴졌던, 그래서 참척(慘慽)의 원한을 극복한 것처럼 보였던 어머니의 가슴속에는 이처럼 여전히 풀어내지 못한 미움과 원한과 저주가 자리잡고 있었다. 그러나 '내'가 술 기운을 빌려 쏟아놓는 말들을 통해 죽음의 기억으로부터 도망가고 있는 것과는 달리 어머니는 그 분출하는 말들을 통해 지난 어둠과 죽음에 다시 대면하고 있다. '나'의 말이 도망가는 말이라면 어머니의 말은 대항하는 말이다. 어머니는 분출하는 말과 날뛰는 몸으로 죽음과 싸우고 있는 것이다. "어머니는 아직도 투병중이시다." 이 마지막 문장은 단순히 분단 상태의 현실을 알레고리하는 데 그치는 것이 아니라, 우리의 병든 현실과 이에 맞서 싸워야 할 당위를 함께 인식하게 만드는 전언이다.

「엄마의 말뚝 2」가 분단의 현실이라는 문제를 통해 생명의 부재와 그 회복을 그려내고 있다면 「유실(遺失)」「공항에서 만난 사람」「그 가을의 사흘 동안」 등은 산업화·물질화된 현대 사회 속에서 잃어버린 근원적인 생명력의 문제를 몸과 말의 죽음을 통해 그려낸다. 「유실」에서 주인공인 '그'는 당뇨병을 앓고 있는 환자이다. 그의 몸은 죽은 몸이며, 그의 삶 속에는 죽음의 그림자가 드리워 있다. 그는 "밥 한 숟가락의 잉여도 얻다 숨겨두지 못하"는 한심한 자신의 몸뚱이를 천팔

백 칼로리의 음식에 길들이기 위해 비상한 극기를 견뎌야만 하는 존재이다. 그는 자기 몸뚱이의 욕망과 현실 사이에서 균형을 상실한 인간이다. 당뇨로 성 기능까지 죽어버린 몸이 된 그 앞에서 아내 역시 자신의 욕망도 "죽은 척"해야 한다고 믿고 있다. 이들은 모두 욕망이 원천적으로 거부되고 현실화될 수 없다는 점에서 죽은 인물들이다(실제로 아내는 자신을 '목석'으로 비유하고 있다). 뿐만 아니라 이들 사이에는 대화가 없다. 이 점에서 조미숙과 밤새 방아를 찧었다는 여관방에서 깨어났을 때 사방에서 들려오는 소리들은 단순한 소리들이 아니다. 그것은 죽음을 뚫고 솟아나는 생명의 소리들이다. 그야말로 소리들이 "살아나고" 있는 것이다.

밖에서 조금씩 새벽의 소음이 살아나고 있었다. 곧 이어 문을 여닫는 소리도 들리고 그의 방 앞을 쿵쿵 발소리가 지나가기도 했다. 그는 반사적으로 숨을 죽이고 신경을 곤두세웠다.

날이 새기 전에 간부가 돌아가는가? 그러나 안녕히 가시라는 여자의 목소리는 거침없이 걸걸하고 아내의 목소리와는 얼토당토않았다. 바깥에 불을 켰는지 합판으로 된 도어 위에 달린 작은 유리창으로 빛이 들어왔다. 도어와는 반대편에 밖으로 난 창문도 희뿌여니 밝아왔다.

[……] 형광등이 켜졌다. 옆방에서 아이가 칭얼대는 소리가 들렸다. 성냥을 긋는 소리도 들렸다. 여자의 목소리도 들렸다.

소리와 빛의 살아남 그리고 이렇게 시작되는 새벽의 풍경, 이것은 죽음의 기운으로 소리가 없던 그의 공간과 대조되는, 진정으로 살아 있는 공간의 풍경이다. 다음 대목은 소리의 죽음을 생명의 죽음으로 파악할 수 있는 또 다른 예이다.

그가 어렸을 때 일이 생각났다. 그의 이웃에 점잖게 행세해 이웃의 존경을 받으면서 사는 대갓집이 있었다. 어느 날 그 집에서 점잖지 못한 악다구니 소리와 곡성, 깨부수는 소리가 들리고 동네 사람들이 모여들어 구경하는 일이 벌어졌다. 그 집은 아무도 모르게 십수 년 동안을 친자식을 가두어놓고 길렀는데 어느 날 그 자식이 꼭꼭 가둔 창살을 뚫고 나와 온 집안을 깨부수며 난동을 부린 것이다.

이 일화는 점잖음으로 위장된 침묵이 사실은 미친 아들을 둔 부모의 죽음과도 같은 삶의 한 단면일 수도 있음을, 그리하여 우리로 하여금 점잖음이나 평온함과 같은 삶의 표면 밑에 감추어진 음험하고 어두운, 때론 열정적인 기운을 상기하게 만드는 대목이다. 이렇듯 죽어버린 몸 안 어딘가에 자신도 모르는 생명의 기운이 강하게 꿈틀대고 있었다는 것에 대한 놀라움과 이를 다시금 확인하고 싶은 욕망, 이것이 그로 하여금 계속해서 조미숙을 찾아가게 하는 이유이다. 그녀와

의 만남에서 그는 자신의 죽어버린 말 그리고 몸의 부활을
경험하게 되기 때문이다. 여관방에서 나와 아무와도 상대하
지 않고 하늘만 쳐다보고 있는 노파에게 "무슨 말이든지 시
키고 싶"어 하는 것이나, 그 노파에게서 망신만 당하고도 오
히려 히죽히죽 웃을 수 있었던 것 등에서 우리는 그의 몸의
부활이 말의 부활과 함께 오는 것임을 확인할 수 있다. 언제
나 중용과 평형 감각으로 세상을 살아온, 그래서 점잖고 도
덕적이며 진중한 행동을 보이는 그는, 고약한 말버릇과 욕설
과 삿대질과 악쓰기 그리고 풍만한 가슴과 발기해 있는 유
두, 겨드랑이의 숲, 요염한 웃음 등으로 다가온 조미숙을 통
해 전혀 다른 세상을 만난다. 음식량까지 정확하게 조절하고
극기해야 하는 조정되고 통제되는 그의 삶과는 대조적으로
그녀의 몸과 말은 어느 것에도 통제되지 않고 자유롭다. 그
가 중용과 절제의 규율 속에서 죽어가고 있는 인물이라면,
그녀는 육감적인 몸과 말로 오히려 생생하게 살아 있는 인물
인 것이다.

「공항에서 만난 사람」의 무대소 아줌마에게서 느끼게 되
는 강한 생명력 역시 그녀의 살아 있는 말에서 비롯된다. 미
8군 피엑스에서 청소부로 일할 때는 빼돌린 물건을 몸에 가
장 많이 숨기는 능력을 지녔었고 아무에게나 거침없이 욕을
해댔던 인물인 그녀는 이제 양키와의 사이에서 난 자식을
"사람 만들어야겠기에" 미국으로 떠나면서 "쌍노메 베치"라

는 욕설마저 "샹놈의 새끼"로 바꾸어놓는다. 이때 그녀의 몸은 가족들의 생계를 책임지는, 생명의 음식과 의복을 담아 나르는 저장고이며, 그녀의 욕설은 세상과 당당하게 맞서 싸우기 위한 그녀의 유일한 무기다. 그녀에게 중요한 것은 고상한 윤리나 도덕이 아니라 자신의 자식들을 먹여 살리는, 그럼으로써 생명을 지키는 일이다. 그것은 타국 땅에서의 부대낌 속에서도 기필코, 그리고 여전히 이어질, 그녀 삶의 지상 명제이다. "샹놈의 새끼"라는 욕설은 그 같은 삶에의 의지의 표현이자 살아 있다는 자존의 표현인 것이다.

「그 가을의 사흘 동안」에서 불모성의 현실과 그 속에서의 생명 추구라는 주제는 보다 직접적으로 드러난다. 이 작품은 낙태의 문제를 소재로 하여 우리 안에 아무렇지도 않게 자리잡고 있는 생명 경시의 의식을 충격적으로 환기시키는 작품이다. 여기에서 낙태가 자행되는 자궁은 훼손된 생명, 죽음의 현실을 환기시키기 위한 상징적인 공간이며, '그 가을의 사흘 동안'은 죽음의 공간이 되어버린 자궁을 삶의 공간으로 바꾸고자 몸부림쳤던 시간이다. 수십 년 간 양공주들의 소파수술을 맡아온 산부인과 여의사가 있다. 그녀는 생명을 받아내는 일이 아니라 생명을 감쪽같이 없애는 일로 살아왔고, 따라서 황영감의 빈정거림처럼 의사가 아니라 '사람 백정'이었다고 할 수 있다. 동네의 화냥기와 야합해서 돈을 벌어온 그녀나, 그녀에게 찾아와 은밀하게 아이를 죽이고 간 사람들, 이들은 모두 우리의 삶에서 생명을 앗아간 공모자들이다. 그러나 병원문을 닫기 전 한번만이라도 살아 있는 아기를 받아보고 싶다는 여자의 소망은 이 죽음 같은 현실에서도 끝내 포기할 수 없는 생명에의 갈망을 보여준다. 그리고 여기에서도 그것은 소리의 부활과 연결되어 있다. 그녀는 새로 생긴 교회에서 신도들의 울음 소리가 들려올 때마다 자기 안에 "딱딱하게 굳은 한 덩어리의 통곡이 있을지도 모른다는" 의구심을 갖게 되고, 울음 소리는 그녀의 밖에서 그리고 그녀 안에서 점점 더 크게 들려오게 된다. 그 소리는 '사람 백정'인 그녀를 다시금 '사람'으로 만들게 하는 생명의 소리이다. 아이를 낳으면서 소녀가 질러대는 소리를 상기해보자. 짐승처럼 고함치고 발광한 끝에 아이가 태어나고 있지 않은가. 그리고 죽어가는 아이를 안고 큰 병원으로 달리면서 그녀는 "눈물이 끊임없이 볼을 타고 흘러내리고 목이 뜨겁게 메"지 않았던가. 죽어가는 아이를 살려내려는 행위를 통해 그녀의 죽은 눈물도 함께 되살아나고 있는 것이다.

  어느 틈에 나도 신도들 틈에 섞여서 교회당으로 가고 있었다. 작은 아기와 모든 신도들의 울음 소리 위로 범람할 것 같은 큰 통곡을 품고.
  내 속의 통곡은 이제 한 방울의 눈물도 못 짜낼 것같이 굳은 게 아니었다. 다만 크게 터져서 마음대로 범람할 수 있는 장소까지 갈 동안을 주리 참듯 참고 있을 뿐이었다.

이때 부드럽게 풀려서 되살아나고 있는 것은 비단 울음만
이 아닐 것이다. 그것은 딱딱한 죽음의 현실을 뚫고 솟아오
르는 생명의 기운이다. 아기를 한번도 못 가져본 여자 그리
고 아기를 낳을 수 없는 늙은 여자인 그녀는 이 눈물을 통해
비로소 살아 있게 되는 것이다. 울음의 부활, 소리의 부활이
생명의 부활로 연결되고 있음을 다시 확인하게 하는 장면인
것이다.

「나의 가장 나종 지니인 것」은 죽음의 극복이라는 종교적
이고 철학적인 주제를 담고 있는 작품이지만, 이때에도 그것
은 우리 삶의 가장 구체적이고도 생생한 경험들을 통해 그려
진다. 특히 형님을 대상으로 한 전화 통화 형식으로 되어 있
는 이 작품은 '말'이 고통을 풀어냄으로써 그것으로부터 자
신을 해방시키는 힘이 된다는 박완서의 일관된 인식을 주제
적 차원에서뿐 아니라 글쓰기 자체에서도 확인하게 한다. 화
자와 청자를 전제로 한 통화 형식이라는 독특한 형식을 취하
고 있는 이 작품에서 청자인 '형님'의 말은 표면적으로는 전
혀 드러나지 않으며 시종일관 화자인 '나'의 말로만 이어진
다. 뚜렷한 통화의 목적도, 일관된 말의 요지도 없이 생각나
는 대로 두서없이 이어지고 있는 것처럼 보이는 '나'의 말에
는 아들이 시위 도중 쇠파이프에 맞아 숨진 이후 겪어야 했

던 정신적 혼란과 고통의 감내 과정이 절실하게 드러나고 있
는데, 밀도끝도없이, 그리고, 일정한 방향도 없이 전개되는
그녀의 '말하기'는 그 자체로써 자신의 고통을 감내하는 힘
이 되고 있다. 뿐만 아니라 화자인 '나'의 말로만 전개되고
있음에도 불구하고 그 속에서 우리는 전화의 다른 한 끝을
붙잡고 있을 '형님'의 존재를 감지하게 된다.

　　그땐 창환이 죽은 지 얼마 안 돼서이기도 하지만 뭔가 심상
치 않은 일이 생길 것 같아 정신을 번쩍 차리고 일어났더니 형
님이 뭐랬는 줄 아세요. 자식을 잡아먹고도 데모가 그렇게 좋
으냐고 악을 썼죠. 언제는 언제예요. 육십 때라니까요. 형님 제
발 육십하구 육이구하구 헷갈리지 좀 마세요. 그걸 어떻게 안
헷갈리느냐구요? 헷갈릴 게 따로 있지, 그걸 어떻게 헷갈려요.
전 형님이 육십하고 육이구하고 헷갈리는 거, 사일삼하고 사일
구도 분간 못 하는 거, 오일육하고 오일팔이 왔다갔다하는 거,
정말 참을 수가 없어요. 어떤 때는 내 앞에서 일부러 그렇게 시
침을 떼는 게 아닐까 싶어지면 형님하고 다시는 상종도 하기가
싫어져요. 그런 날짜는 그렇게 잘 외면서 증조모님 제삿날은
어떻게 그렇게 감쪽같이 까먹었느냐고요? 형님이 그렇게 나오
실 줄 알았어요. 오금을 박는 데는 선수이시니까요. 좋아요, 솔
직히 말씀드리죠.

표면적으로는 독백으로 진행되고 있는 것으로 보이면서도 이처럼 그녀의 말에는 '형님'의 존재가 끊임없이 드러난다. 형님은 그녀의 말을 듣고 그 말에 참여하는 대화 상대자이다. 따라서 주인공의 독백으로 진행되고 있는 것처럼 보이는 이 작품에서 우리는 두 사람 사이의 애정 어린 그리고 때로는 익살스런 대화를 엿듣게 된다. 형님의 존재는 '나'의 수다가 허망한 독백에 그치는 것이 아니라 슬픔과 고통을 덜어놓는 나눔의 말임을 보여주는 중요한 장치이다. '나'의 대사만으로 이어지고 있어 독백과 같은 인상을 주고 있지만, 그 말들은 형님의 존재로 인해 허공 속에 흩어져 다시 자신에게로 되돌아오는 공허한 말들이 아니라 대화의 관계 속에서 움직이는 교류의 말들이 된다. '나'의 '수다'와 '형님'의 '침묵' 사이에는 말들을 뛰어넘는 마음의 교류, 마음의 나눔이 있다. '나'의 말들은 사실 이 나눔에 대한 열망이라 할 수 있는데, "혼자서 마냥 지껄이다가" 연결된 전화통에서 아무 소리도 안 들리면 "절벽 같아"진다는 '나'의 고백에는 이 교신에의 꿈과 단절의 두려움이 반영되어 있다. 무덤덤하고 무뚝뚝하게 보이던 '형님'이 작품 끝에서 울음을 터뜨리게 되는 것은 이러한 나눔의 정점을 보여주는 것이라 할 수 있다.

이런 점에서 이 작품에서 '말'은 고통을 풀어냄으로써 그것으로부터 자신을 해방시키는 힘이며 작품을 떠받치고 있는 하나의 주제다. '형님'을 상대로 지껄이고 있는 수다와,

'내'가 너무 견딜 수 없을 때 외우는 '은하계 주문,' 차 사고로 척추를 다치고 치매 상태가 된 아들을 간호하고 있는 친구가 "잠시도 쉬지 않고 입을 놀리"며 내뱉는 욕설, 흉보기, 울음, 이것들은 모두 고통과 절망 속에서도 아무렇지도 않은 척하느라고 속으로만 움켜쥔 마음들을 풀어내는 '말'의 변형들이며, 중요하지 않은 것들로 진정 중요한 것을 밀어내온 자신의 삶에서 이루어지는 '버리기'의 작업들이다. 한때 물건들을 사서 장만하느라 바빴던 그녀가 이젠 잠 안 오는 밤이면 버릴 것들을 찾느라 바쁘고, 해마다 증조모 제사를 형님께 먼저 일깨워드렸던 그녀가 이번 기일을 깜박 잊고 그냥 지나치고, 공중전화에서 자신의 집 전화번호가 생각나지 않아 뒤에서 기다리던 젊은이에게 물어보았던 일들도 "생때같은 목숨도 하루아침에 간데없는 세상에" 여전히 그 자리를 채우고 있는 것들에 대한 분노와, 진실로 중요한 것이 무엇인가에 대한 가치관의 변모를 반영하는 일화들이다. 또한 향기로 집 안을 가득 채우던 꽃이나 바싹 타서 버려진 뒤에도 여전히 온 집 안 곳곳에 스며들어 있던 소꼬리 냄새, 그리고 아무도 없는 빈집에 들어설 때 오히려 집 구석구석에 가득차 있는 것처럼 느껴지는 아들의 존재, 이들은 보이지 않는 것, 사라진 것들이 그 부재에도 불구하고 여전히, 그리고 더욱 강렬하게 확인시키는 존재의 드러냄이다. 부재에서 존재를 확인하게 되는 이러한 일화들은 결국 그녀로 하여금 이제

껏 매달려온 보이는 것들에 대한 집착, 보여지는 것에 대한 두려움을 벗어버리고 움켜쥔 것들을 풀어놓게 만든다.

전 그 울음을 통해 기를 쓰고 꾸민 자신으로부터 비로소 놓여난 것 같은 해방감을 느꼈어요. 그리고 나서 요 며칠 동안은 울고 싶을 때 우는 낙으로 살고 있죠. 그러느라고 증조모님 제삿날도 깜박 했을 거예요. 은하계도 떠내려가는 판에 한번 뵙지도 못한 시댁 조상 제삿날이 남아났겠어요. 이제부터 울고 싶을 때 울면서 살 거예요. 떠내려갈 거 있으면 다 떠내려가라죠, 뭐. 아무렇지도 않은 것처럼 꾸미는 짓도 안 할 거구요.

이 울음은 가식적이고 허위적인 일체의 것을 내던진 후 그녀에게 남은 '가장 나종'의 것이다. 욕을 해대면서도 욕창이 생길까봐 연신 아들의 몸을 돌리고 있는 어머니와 그녀 외에 아무도 자신을 못 만지게 하는 아들 앞에서 씩씩함을 가장한 '나'의 허위는 무너져내리고, 그것은 울음으로 표출된다. 그것은 그녀가 비로소 아들의 죽음을 인정하게 되었음을 의미한다. 『나목』에서 보았듯이 감쪽같이 삼켜버린 죽음 속에서 새 삶은 만들어지지 않는다. 그녀는 더 이상 "아무렇지도 않"아서는 안 된다. 그녀는 절규하고 무너지고 발악해야 하며, 그렇게 함으로써 죽음을 떠나보내고 새로 살아나야 한다. 숨겨진 삶의 상처와 어둠으로부터 벗어나 일상의 삶으로 귀환하기까지의 과정을 담아내고 있는 『그 산이 정말 거기에 있었을까?』에서도 새로운 삶은 독하게 울음을 참아온 두 여성의 통곡으로 가능해지지 않는가. 딸 혼사를 치르고는 온종일 통곡을 해서 꼭 초상집같이 만들었다는 어머니의 서러운 울음과 그 이야기에 독한 년이란 소리를 들어왔던 '내' 안에서 터져나온 울음은 마치 빨래를 하면서 두들겨대는 방망이질과도 같다. 실컷 두들겨진 끝에 하얗게 살아나는 빨래처럼, 이들의 통곡은 "앞으로 부드럽게 살기 위해 꼭 필요한 통과의례"이기 때문이다. 좀처럼 울지 않는, 그래서 죽어 있던 박완서의 인물들은 이처럼 '가장 나종 지니인' 울음을 토해 냄으로써 되살아난다.

이런 점에서 박완서의 문학은 죽음을 삼켜버린 침묵을 뚫고 솟아오르는 울음이자 노래라 할 만하다. 그에게 있어 말이란 막힌 것을 풀어내는 생명의 힘이다. 그의 문학에서 죽은 말, 막힌 말은 곧 죽은 삶을 의미한다. 아버지와 오빠의 죽음을 악 한마디도 안 쓰고 삼켜버린 '나,' 그리고 속물적인 남편에 대한 분노가 격렬한 외침과 딸꾹질, 경련으로 치솟아 와도 여전히 말을 삼키고 있는 '나,' 이젠 비명도, 신음도, 욕도 해대지 못한 채 보따리장수로 변해 있는 '욕쟁이 선생,' 이들은 모두 죽은 삶을 살고 있는 존재들이다. 그래서 그는 이 삼킨 소리, 죽은 말을 풀어내는 '몸의 말'들을 만들어낸다. 잡담하기, 수다 떨기, 울기, 웃기, 곡하기, 염불 외기, 욕하기, 비명 지르기, 신음하기, 딸꾹질하기, 주정하기, 도리질하기 등이 그것으로, 이것들은 직접·간접적인 침묵에의 강요와 회유를 뚫는, 남성 지배 담론의 국외자로서의 여성의 말이라 할 수 있다. 침묵이 강요되는 삶과 사회 속에서 '어머니'와 '나' 그리고 '그녀'들은 이 '말'을 통해 삶을 얻는다. 그러나 더욱 중요한 것은 이 침묵이 여성에게만 강요된 굴레가 아니라 우리 삶에 만연한 죽음의 기운이라는 점이며, 따라서 침묵을 뚫고 살아나는 '그녀'들의 말과 몸이 '우리' 모두의 그것이 될 수 있으리라는 점이다.

어긋나는 말, 혹은 감추어진 말
——오정희 인물의 말하기

1

일상의 삶 속에서 문득문득 마주치게 되는 허무와 죽음의 그림자를 통해 삶과 존재에 대한 비극적 인식을 보여주고 있는 오정희는 우리의 존재 양식을 언어 현상을 통해 그려내고 있다는 점에서도 주목된다. 그녀에게 말은 삶의 동의어이다. 근본적으로 모호하고 유동적이며 어긋나는 것으로서의 삶에 대한 인식은 말에 대한 인식으로 그대로 옮겨진다. 억눌리고 엇갈리고 어눌해지는 말, 그것은 일그러진 삶을 그린 것에 다름아니다. 그리고 그것은 본질적으로 여성적이다. 소외되고 부정되고 억눌리는 가장 구체적인 실체, 바로 그것이 여성이지 않은가. 그녀의 인물들은 타인과의 단절 혹은 세상과의 원천적인 불화 앞에서 말을 잃거나 말하는 법을 잃어버린다. '말없는' 그녀들 앞에는 대개 일상의 논리와 당위성으로 무장된 혹은 속물적 관심으로 가득 찬 타인들의 크고 당당한 말들이 가로막고 서 있다. 오정희 소설은 이 같은 말의 벽 앞에 서 있는 그녀들의 어눌한 말로 가득 차 있다. 그러나 침묵하는 여성의 운명을 철저하게 담아내고 있는 듯 보이는 그녀의 소설은 이 여성을 통해 여성 너머로 나아간다. 오정희 소설에서 여성은 매순간 일상의 늪과 허무의 심연 사이를 오가고 있는, 우리 모두의 존재론적 성(性)이기 때문이다. 따라서 '그녀들'의 말을 좇아가는 이 글은 끊임없이 삶의 어두운 심연에 대면할 수밖에 없는 존재로서의 '우리들'의 말을 발견하는 과정이 될 것이다.

오정희의 인물들에게서 우선 눈에 띄는 점은 그들 대개가 말이 없다는 점이다. 아니, 보다 정확히 말하면 그들에겐 다른 사람과의 나눔의 말이 없다. 이런 점에서 "우리는 거의 말을 하지 않고 지냈다"(「안개의 둑」)는 말은 타인과의 단절된 관계를 나타내는 오정희 인물의 전형적인 대사이다. 그러나 이 같은 표면적인 침묵에도 불구하고 그들의 내부에는 항시 이야기하고픈 욕구가 들끓고 있다. 그들은 말이 없는 것이 아니라 말을 삼키고 있는 것이다. 그들은 타의에 의해 만들어진 벙어리들이다. 그들의 침묵 속에서 뭉크의 울부짖음과도 같은 절규를 듣게 되는 것도 이 때문이다.[1] 하고 싶은

---

1) 오정희 소설에는 어릴 때 심하게 앓은 뒤로 말을 잘 못하는 아이(「지금은 고요할 때」), 귀가 절벽이라 초인종 누르는 소리를 듣지 못하는 어머니(「새벽별」), 귀울음을 앓는 인물들(「그림자 밟기」 「옛우물」),

56

말, 그러나 할 수 없는 말, 이러한 말에 대한 인식은 데뷔작인 「완구점 여인」에서부터 나타난다.

나는 갑자기 이야기가 하고 싶어졌다. 사람들이 모두 돌아가 버린 어두운 교실에서 눈뜨는 나의 세계와 저녁마다의 이러한 작업으로 나는 오뚜기를 사 모은다는 이야기를, 그리고 그 장난감 가게의 두 다리를 못쓰는 여인의 이야기를 하고 싶었다.

아무도 없는 교실에서 책상 서랍을 휘젓고 다니는 「완구점 여인」의 '나'의 행위는 타인의 깊숙한 곳을 들여다보고자 하는, 그래서 그들과 이어지고자 하는 욕망의 한 표출이다. 그러나 "이제 시작할까"라는 '나'의 소리가 어둠 속에 묻혀갈 뿐 아무런 대꾸도 없듯이, 그리고 서너 명의 학생이 항시 슬리퍼를 끌며 요란하게 복도를 지나갔지만 "한번도 내가 있는 교실 문을 열어본 적은 없었"듯이 아무도 '나'의 공간에 들어오는 이는 없다. 말을 하고 이야기를 하고 싶어하는 것은 항시 '나'이다. 그는 대답이 있기를 바라는 마음으로 "누가 있니?"라고 말해보지만 "물론 대답은 없다." 그의 말/이야

_____

귀머거리(「구부러진 길 저쪽」), 벙어리 소녀(「파로호」) 등 귀머거리나 벙어리 인물들이 빈번하게 등장하는데, 이는 이들이 타인과의 근원적 단절감 속에 서 있는 우리 자신의 모습이라는 작가 인식에 연유하기 때문일 것이다.

기는 대상 없는 말, 독백뿐이고 따라서 죽은 말에 불과하다. '나'는 어머니에 대한 증오와 계단에서 굴러떨어져 죽은 남동생에 대한 기억, 그리고 다리를 못쓰는 여인과의 춘화와도 같은 정사의 기억이 담겨 있는 그 말해지지 못한 이야기를 가슴에 안고 "달팽이처럼" 한껏 움츠리며 살아갈 수밖에 없는 것이다.

남성끼리의 동성애적 관계가 그려지고 있는 「주자(走者)」에서도 모든 인물들 사이에 말의 나눔은 근원적으로 불가능하다. '나'와 동성애적 관계를 갖는 '그'에게는 돌이 채 안된 자신을 버리고 일본인에게 재가한 어머니가 있다. 그는 "이젠 어머니에게 편지를 쓰지 않"는다. 그러나 그 진술 속에는 어머니에게로 향한 그의 많은 말이 담겨 있다. 그리고 '그'가 어머니와 이야기를 나누고 싶어하듯 '나' 역시 '그' 혹은 '그녀'와 이야기를 나누고 싶어한다. 그러나 아이를 낳아주겠느냐고 전화를 걸었을 때 '나'는 '그녀'로부터 "원하지 않아요"라는 짧은 대답만을 듣게 된다.

저쪽에서는 대답이 없었다. 나는 재차 헐떡거리며 말했다.
"내 아일 낳아주겠니? 내 아일 말야."
이어 아주 건조한, 그래서 담담하게 들리는 목소리로 채희가 말했다.
"원하지 않아요."

가만히 수화기 놓는 소리가 들렸다. 약방 주인이 공중전화의 동전통을 짤깍 열었다. 주화들이 짤랑짤랑 쏟아졌다. 그 소리들 틈에서 주인의 음성이 들렸다.

"무엇이 필요하십니까?"

나는 고개를 저었다. 주인이 다시 말했다.

"문을 닫을 시간인데요."

나는 밖으로 나왔다. 등뒤에서 동전이 부딪는 소리를 들었고 이윽고 덧문 닫히는 소리를 들었다.

타인과의 막힌 벽을 허물고, 길을 뚫고, 이으려는 욕망에도 불구하고 이 같은 작품 말미의 대목은 닫히고, 끊어지는 소리로 가득 차 있다. '그녀'와 '나'를 연결시켜주던 전화는 끊어지고 전화가 있는 약방조차 문을 닫는 것이다.[2] 이야기하는 꿈, 그것은 타인에게로 들어가고 싶은 그리고 누군가가 자기 안으로 들어오기를 바라는 타인과의 교신에의 꿈이다. 그것은 존재와 존재가 이어지고 겹쳐짐으로써 하나가 되는 꿈이며, 이런 점에서 이 같은 전화 걸기, 편지 쓰기의 행위는 동성애적 관계나 임신에의 욕망 등 성적 행위와 연결되기도

2) 이는 또한 거짓되고 뒤틀린 욕망과의 단절을 의미하기도 한다. 이로 인해 '나'는 권태롭고 관습적인 채희와의 만남으로부터 그리고 열쇠를 남기고 죽은 '그'와의 기억으로부터 벗어나게 되기 때문이다. 작품 끝에서 주인공이 완전히 혼자가 되어 달리면서 몸이 가뿐해짐을 느끼는 것은 바로 이 때문일 것이다.

한다. 이들은 모두 타인과의 완전한 교신을 꿈꾸는 몸부림이라는 점에서 서로 닮아 있다. 동시에 좌절된 교신에의 꿈이라는 점에서도. 따라서 좌절된 교신에의 꿈은 종종 불임이나 불모의 주제와 연결된다.

> 나는 어린 계집애처럼 담장 높직이 걸터앉아 두 발을 흔들어 댄다. 당신은 묵묵히 대문을 들어선다. 나는 담장에서 펄쩍 뛰어내린다. 당신이, 거기서 무얼 하고 있지, 라고 물으면 당신을 보고 있었어요, 라고 대답할 작정이었다. 당신은 나를 바라보지 않고 당신 방으로 들어가버린다. 당신 등에 벌레처럼 묻어 있는 흰 얼룩을 털어주려고 손을 들다가 나는 대신 내 저고리 앞을 탁탁 소리나게 턴다.　　　　　　　　——「직녀(織女)」

성적인 결합의 불가능을 통해 생산성 부재의 현실, 불모성을 이야기하고 있는 이 작품에서[3] 당신과 나의 만남의 부재는 이 같은 말의 부재, 어긋나는 말로 표현되기도 한다. '당신'과 '나'와의 만남의 첫 단계일 대화조차도 '나'의 가정법 문장 속에 들어와 있을 뿐이다. '당신'에게로 가는 손짓, 마

---

3) 오정희 소설에 빈번하게 나타나는 뒤틀린 성적 욕망이나 훼손된 육체의 비유 등은 대개 이 같은 불모성의 현실을 암시하기 위해 차용된다. 이에 대한 보다 자세한 분석은 졸고 「뒤틀린 성(性), 부서진 육체」(「작가세계」, 1995년 여름)를 참조할 것.

음들이 모두 표면화되지 못하듯 대화는 상상 속에서만 가능할 뿐 현실화되지 않는다. '당신'과 '나'를 이어줄 말의 오작교는 없는 것이다. 이들 사이에는 어긋나는 말과 소통 불가능한 말, 그리고 침묵이 있을 뿐이다.

2

이처럼 초기에 주로 성적인 관계와 연결되어 드러나던 말의 꿈은 일상에 갇힌 주부가 주인공으로 등장하면서 여성적 면모를 강하게 띤다. 이들은 일상에 갇히고 남성적 질서에 눌려 말할 대상을 잃거나 말의 욕망을 좌절당한다. 결국 이야기하고픈 욕구와 그것이 좌절되는 상황에서 이들은 혼자 이야기하고 혼자 중얼거린다. 때로 이들이 끊임없이 말을 해대는 수다쟁이로 비쳐지는 것은 이 때문이다.

　난 댁에 식구들이 많은 줄 알았어요. 늘 말소리가 들리길래……
　나는 호홋 높은 소리로 웃었다.
　아니에요. 적적해서 종일 라디오를 틀어놓아요.
　　　　　　　　　　　　　　　　　　　　　──「꿈꾸는 새」

오정희 인물들은 대개가 말할 대상을 갖지 못한 외로움 속에 있다. 이들은 그 외로움을 이겨내기 위해 라디오를 틀어놓기도 하고, 자신의 말을 알아듣지도 못하는 아이에게 말을 건네기도 하며, 혼자 중얼거리기도 한다. 그래서 이웃집 여자가 식구들이 많은 집으로 생각할 만큼 이들의 집에는 말이 많다. 뿐만 아니라 작품 속에서 우리는 이들이 쉴새없이 내뱉는 수다를 듣게 된다. 그러나, 그럼에도 불구하고 그녀들은 우리에게 벙어리처럼 느껴진다. 그것은 침묵과 수다의 양극단 사이를 오가는 그녀들의 혼란스런 말 속에서 드러난 말과 감추어진 말 사이의 혼란스런 마음의 엇갈림을 엿보게 되기 때문이다.

또 쉬이를 했구나. 오줌을 눴으면 눈 기색이라도 해야지. 그렇게 멀쩡히 깔고 앉았으니 옷이 다 젖잖아. 다 큰 애가 왜 그러니. 엄마 쉬이 할래요, 소리도 못 해? 그러다간 학교에도 기저귀를 차고 가게 돼요.

〔……〕

아저씨, 병 사세요? 깨진 항아리는요? 이삿짐을 함부로 다루니 남아나는 게 있어야지. 사이다병은 얼마예요? 칠 원이라구요! 날이 이렇게 더우니 애꿎은 사이다만 먹게 되는군요. 열네 병이니 백 원꼴이지요? 아니 돈으로 줘요, 누가 강냉일 먹을 사람이 있어야지요.   ──「꿈꾸는 새」

갓 돌 지난 아이에게 하는 말은 아이의 대답이나 반응을 기대할 수 없는, 그래서 이미 대화의 의미를 상실한 혼자의 일방적인 독백에 불과하다. 그리고 고물장수와 나누는 대사도 대화 상대자의 목소리가 배제된 채 진행되고 있어 독백의 모양을 하고 있다. 이웃집 여자, 남편, 아이, 책방 주인 등 타인과의 대화는 그것이 일상적일 때만 가능하다. 따라서 그녀가 꺼내놓는 말들은 일상적이고 가식적인, 그래서 말이 되지 못하는 죽은 말들이며 또한 갇힌 말이다. 그녀는 이 말들처럼 일상의 삶 속에 갇혀 있다. 오정희 인물의 진정한 말은 상대방의 침묵이나 외면으로 반향 없이 끊어져버리거나 그들의 말 속에 묻혀버린다.

「야회(夜會)」에서 주인공 명혜는 소설을 쓰고자 하는 여자이다. 그래서 부엌 선반에는 항시 작은 노트가 얹혀져 있다. 그러나 그녀의 말하고자 하는 욕구, 표현하고자 하는 욕구는 타인과 나누어지지 못한다. 게다가 한밤중에 글쓰는 그녀를 보았을 때 남편은 "도장 파는 거야? 영락없이 도장쟁이군"이라고 말함으로써 그녀의 글쓰기 욕망마저 우스꽝스러운 집착으로 치부해버린다. 이러한 말의 어긋남은 병원 원장댁 야회에서 더욱 확인된다. 그곳에 모인 사람들의 화제는 살빼기나 운동, 보험, 콘도, 숯불구이, 김원장의 미친 아들 등으로 옮아가고 그 안에서 명혜의 말은 더욱 설 곳을 잃어버리고 고립되는 것이다.

"솔직히 말하면, 소설이란 그거 그럴듯한 거짓말이 아닙니까?"

"그렇다면 사모님께서는 대단한 거짓말쟁이겠군요."

정교수의 말에 누군가 재빨리 대꾸하자 대단한 재담이라는 듯 와자자 웃음이 터졌다.

"저는 아직 미숙한 거짓말쟁이라 곧 탄로가 나고 만답니다."

당근과 암의 관계에 대한 최근 의학 보고서에 관한 얘기를 하던 맞은편의 두 남자가 그들을 바라보다가 갑작스레 그쳐버린 웃음에 뭐, 별일 아니군 하는 낯으로 갓 씻어 썰어 내온 당근을 한쪽 집어 어석어석 씹었다.

〔……〕

명혜는 취기가 주는 엉뚱한 담대함으로 입을 열었다.

"이 시대의 전형적인 인물을 그리려고 해요. 그는 신중성에 있어서는 자벌레와 같고 판단력에 있어서는 적에게 다리를 잘라주고 달아나는 절족 동물과 같으며 치유력 또한 불가사리와도 같지요. 물론 높은 풍자성과……"

"여기를 보세요, 두 분 정답게 포즈를 취하세요. 오올치, 좋습니다."   ──「야회」

소설가란 말을 다루는 사람이다. 그런데 소설이 말장난 혹은 거짓말로밖에 인식되지 않는 사람들에 의해 명혜는 거짓말쟁이로 매도되어버린다. 그들에게 말은 당근과 암의 관계에 대한 최근 의학 보고서를 얘기할 때처럼 실제적인 효용성을 가질 때나 혹은 농담과 우스갯소리처럼 시간을 때워주는 기능을 가질 때만 유효할 뿐 본질적으로 무의미한 것이다. 그것은 사람과 사람 사이에서 생각과 마음 어느 것도 이어주지 않는다. 게다가 명혜가 자신의 이야기를 꺼내놓으려고 할 때 그 말이 사진을 찍으라는 말에 의해 끊기고 말 듯이, 오정희 인물의 말은 일상화되고 형식화된 대화의 흐름에서 빗겨나 있을 뿐 아니라 그들의 말에 의해 단절되거나 그 속에 묻혀버린다. 그녀의 말은 그들에게 전혀 들리지 않으며 혼자 겉돈다. 이때 표면적으로 이루어지고 있는 일상적인 대화 속에 본질적인 '그녀'는 존재하지 않는다. 그녀의 많은 중얼거림과 대사에도 불구하고 그녀가 마치 벙어리처럼 다가오게 되는 것도 바로 이 때문이다.

결국 그녀는 술이 취한 채 아이를 업고 혼자 집으로 돌아오면서 혼잣말을 하게 된다. 그것은 사람들 속에서 끊기고 막혀 있던 그녀의 마음에 다름아니다. 따라서 그녀의 내면은 그녀가 침묵하였을 때, 그래서 대화가 사라지고 자신의 독백적 서술로 옮겨갈 때 비로소 드러나기 시작한다. 그녀는 남편의 친구들이 있는 자리를 아이와 함께 빠져나오면서 혼자 큰 소리로 말하기 시작한다.

"아무래도 너무 마셨어. 그러는 게 아닌데. 그래도 할 수 있니? 넌 못 보았을 거야. 얼마나들 권하는지. 난 가끔 아주 쓸쓸하거든. 그런데 여기가 어디쯤이더라. 집으로 가는 길을 기억하겠니?"
　　　　　　　　　　　　　　　　　　　　　　　—「야회」

　표면적으로는 아이를 향해 건네는 말로 되어 있지만 그것은 혼자만의 중얼거림이다. 다른 사람에게 드러내지 못한 말들은 이렇게 혼잣말이 되어 터져나온다. 그리고 그녀의 참존재는 이처럼 꺼내놓지 못한 말 속에 혹은 그 뒤에 가려져 있다. 드러난 자신과 숨어 있는 자신 사이의 불화, 어긋남을 겪고 있는 그녀에게 자신의 참된 존재가 자리할 집은 본질적으로 없다. 그녀가 집으로 가는 길을 잃어버렸다고 고백하는 것은 이 때문이다. 어떤 점에서 오정희 인물들은 그 잃어버린 길을 찾아가기 위해 혼자 중얼거리고 이야기하고 혹은 편지나 소설을 쓴다. 그러나 그것은 함께 나누는 말이 아니라 혼자만의 말이다. 결국 침묵과 수다 사이를 오가는 이 같은 오정희 인물의 말은 상대를 찾지 못한, 그래서 교신 행위로서의 의미를 잃어버린 독백에 불과한 것이다.
　한편 이들의 목소리가 전면에 드러나면서 수다스러워지기 시작할 때 이들의 말은 대개 의문형이나 추측형 종결 어미, 완결되지 않은 문장, 말없음표(……) 등이 빈번하게 사용되면서 분명하게 설명되거나 논리적으로 정의되지 않고 얽혀 있는 감정 상태를 그대로 드러낸다. 대상도 없이 혼자 내뱉는 이들의 독백은 단정하게 마무리되지 못한 채 중도에서 끝나버리는 문장, 의문형 종결 어미, 아마/누군가/무엇/무언가 등의 부정칭(不定稱) 대명사, 아니/어쩌면/어떤/혹은/아마도 등 확신과 단정적인 판단을 피하는 어휘, 같았다/일일까/이었을까/일지도 몰라/일 거야 등 막연한 추측과 짐작을 나타내는 서술 어미로 채워진다. 그것은 우리의 삶과 존재란 일상과 의식, 현실과 환상, 평온과 위기, 삶과 죽음이라는 극과 극 사이를 넘나드는, 본질적으로 비규정적이고 모호한 유동체라는 오정희의 인식을 반영하는 문체적 특성이다. 뿐만 아니라 대개의 경우 그 말은 분명하고 단정적인 어휘와 단호하고 명령적인 종결 어미를 사용하는 남성들의 말과 대조되는 여성 언어의 면모를 보인다

불을 꺼요.

어린애들처럼 밤낮 숨바꼭질만 하겠어? 배가 고프고 피곤해.

엄마, 어디 있어요.　　　　　　　　　　—「어둠의 집」

집 안에 있는 주인공 여자를 향해 밖에서 들려오는 이 같

은 남성들의 말은(민방위 요원, 남편, 아들) 명확하고 간단해질 수 없는 '안'과 '여성'의 언어와 대조를 보일 뿐 아니라, 합리적이고 일상적인 당위성을 토대로 그녀를 '밖'의 질서로 끌어내는 위압적 힘으로 작용한다. 그들의 말은 여성의 말과는 달리 흔들림이나 망설임이 없으며, 타인에 대해서도 자신감과 단호함에 차 있다. 그들은 명령을 내리는 자이며, 여성은 항시 그 명령에 복종해야 하는 자이다. 「유년의 뜰」에 나타난 언니와 오빠의 다음 대화에서도 이는 그대로 적용된다.

또 나갔었지, 또 나갔었지?
언니는 도무지 못 알아듣는 시늉을 하며 잠에 취한 소리로 우물쭈물 대답했다.
아냐, 내가 언제…… 어쨌다고 그래.
언니의 대꾸는 가냘프고 자신이 없었다.
밤에 쏘다니지 말아, 가만 안 둘 테야.

언니의 말은 우물쭈물 가냘프고 자신이 없으며 결국엔 말줄임표 속으로 숨어든다. 반면에 오빠의 말은 반복해서 다그치고 명령하는 상관의 말 그것이다. 그것은 일상의 질서 밖으로 나가지 못하도록 통제하는 규제와 억압의 말이다. 아버지를 대신해서 엄마와 언니를 감시 · 통제하는 역할을 하고 있는 오빠의 말은 전형적인 아버지의 말을 답습하고 있는 셈이다. 오정희의 여성은 이 남성적 일상의 세계에 의해 억압되고 소외되고 갇혀 있다.

　　시다, 시지? 이거예요, 바로. 석류는 시구나.
　　무슨 말인지 모르겠군요.
　　모르는 건 선문답이지요.
　　한수씨는 석류의 맛에 낯을 잔뜩 찡그리며 자기의 입을 톡톡 쳤다.
　　가서 애나 보시지, 그럼은 객기야.　　　　　　――「목련초」

　이 같은 대화는 남녀간의 어긋나는 말뿐 아니라 남성의 말이 어떻게 여성의 말을 억압하고 소외시키고 있는가를 단적으로 보여준다. "가서 애나 보라"는 말이 작중의 남편 역시 곧잘 하던 대사라는 점을 생각하면, 이 같은 대화의 양상은 더욱 분명하게 남성과 여성 사이의 그것으로 제시된다. 게다가 여성편의 진지한 물음이 경멸조의 남성적 말버릇에 의해 철저히 차단되듯[4] '나' 역시 그런 남편의 말에 분노나 모멸감도 없이 "내게 볼 아이나 있으면 이러고 다니겠어?"라고 대꾸한다. 말은 사람과 사람을 이어주는 것이 아니라 서로에

---

4) 김경수, 「여성성의 탐구와 그 소설화――오정희론」, 『문학의 편견』(세계사, 1994), p. 382.

게 상처입히고 단절감을 확인시키는 매체로 변질되어 있는 것이다.

공적 언어로서의 남성 언어와 이에 대조되는 여성 언어의 차이는 「바람의 넋」에서도 확인된다. 남편 한수는 가출한 아내의 인상 착의를 객관적으로 설명하기 위해 다음과 같은 진술을 하게 된다. "최은수, 여, 당 28세, 신장 158cm 가량, 쇼트 커트한 머리형에 마른 체격. 안색은 창백한 편이며 왼쪽 귀 뒤쪽에 녹두알 크기의 사마귀가 있음." 이 객관적이고 공적인 언어는 그러나 정작 최은수라는 여자에 대해서 아무것도 설명하지 못한다. 그것은 단지 그녀의 생물학적인 특성만을 제시하고 있을 뿐 그녀와 남편 사이의 사랑, 가정, 꿈, 불안 등에 대해서는 아무것도 설명하지 못한다. 더구나 실상 그것만이 아내의 실체가 아닌가 하는 생각이 들기도 했다는 한수의 고백을 통해 볼 때 아내에 대한 그의 이해조차 사실이 진술에서 드러난 것과 별반 다르지 않음을 짐작할 수 있다. 이외에도 남편과 아내로 교체되어 서술이 진행됨에 따라 드러나는 이들의 시각의 차이라든지 이들 사이에 별다른 대화가 없다는 것 등도 두 사람 사이의 거리감과 단절감을 확인하게 한다.

사실 이 작품에서 이러한 어긋남, 관계의 소원함은 남편과 아내 사이에서만 해당되는 문제는 아니다. 은수가 산에서 사내들에게 겁탈당하는 장면은 자신의 참 존재를 찾아 떠도는

그녀의 방황과 갈등이 타인(남성으로 대변되는——그들은 이름
도 없이 단지 '사내들'로 지칭되며 남성적 세계를 상징하는 예비
군복을 입고 있다)에게 어떻게 왜곡되어 비추어지는가를 새
삼 확인시킨다. "바람 좀 쐬러" 나왔다는 그녀의 말은 산에
서 그녀를 겁탈한 사내들에겐 한가한 유부녀의 바람기로 받
아들여지고, 그녀의 일탈의 욕구를 담은 붉은 꽃은 그들에겐
탐욕스러운 유혹의 몸짓으로 비쳐진다. 그녀는 남성들로 대
변되는 폭력적 현실 속에서 말을 잃고 또한 삶을 잃어버린
것이다. 그녀가 끊임없이 밖으로 떠도는 것은 어린 시절의
상처 때문만이 아니라 그 상처를 나눌 수 없는 타인과의 단
절감에서도 비롯된다. 어린 시절에 보아버린 죽음, 그녀는
그것을 자신의 현재의 삶 속에서도 여전히 경험하고 있는 것
이다.

3

　그러나 오정희 소설에서 이 같은 남성과 여성 사이의 어긋
남은 궁극적으로 삶과 존재의 숙명적인 어긋남을 드러내기
위한 한 장치이다. '나'와 '당신'은 각자의 외로움에 갇혀 있
는 그러나 서로 닮은 분신일 때가 많다. '나'는 '당신'에게서
'당신'이 삼킨 말들과 절망을 보지만, 그것을 나눌 수는 없

다. 이들 사이의 비극은 서로의 외로움에 철저하게 타인일 수밖에 없다는 데에 있는 것이다.

> 정옥은 순간 아무 말이나 되는 대로 마구 떠들어대고 싶은 발작적인 충동에 사로잡혔다. 말의 홍수가 쏟아져나오려고 목구멍이 근질거렸다.〔……〕
> 그러나 정옥은 이 모든 말들을 여느 때 그러하듯 가슴 깊이 밀어넣으며 물었다.　　　　　　　　　　　——「별사(別辭)」

이 작품의 인물들은 모두 말하고자 하는 욕망과 말할 수 없는 현실과의 사이에서 계속해서 말을 삼킨다. 남편은 자신에게 "당신은…… 시인인가"라고 비웃는 투로 말하던 사람들에 의해 침묵당하고, 정옥은 남편의 죽음에 어떤 의미를 캐내려 하는 순경 앞에서 그의 절망에 대해 설명하려는 발작적인 충동에 사로잡히나 결국 그 말들을 삼키며, 묘지를 찾아가는 길에서는 노여움과 분노가 "항상 뭉클하게 끓어오르면서도 한번도 내색해본 적이 없"었듯이 버스 차장의 불손한 태도에 대해서도 개탄과 힐책을 마음속으로 내뱉을 뿐이다. 이들에겐 누구와의 대화도 가능하지 않다. 이 작품에서 말/이야기는 아이에게 읽어주는 동화 속에서만 살아 있다.

> 그는 물을 헤저어 자신의 모습을 깨뜨리고 돌을 줍는다. 더

러는 눕고 더러는 서 있는 둥글게 닳은 돌들. 돌을 물에서 건져
올리면 빛이 죽는다. ……예쁜 꽃무늬의 옷을 입은 도마뱀은
꼬마쥐에게 말했습니다. 보름달이 떠오를 때 조약돌을 가져오
렴, 꼭 보랏빛 조약돌이라야 해, 그러면 소원을 이루어주
마…… 그러나 꼬마쥐가 아무리 애를 써도 보랏빛 조약돌은 찾
을 수가 없었습니다……
　　　　　　　　　　　　　　　　　　　　 ——「별사」

　그러나 소원을 이루어주는 보랏빛 조약돌을 찾아가는 꼬
마쥐 이야기에 흥미를 느끼는 것은 아이뿐이다. 그 동화를
읽어주는 정옥도 그리고 남편도 그 이야기의 세계에 무심하
거나 혹은 무감하다. 돌을 물에서 건져올리면 빛이 죽어버리
는 현실 속에서 보랏빛 조약돌을 찾아오는 것이 얼마나 불가
능한 것인가를 이들은 너무나 잘 알고 있기 때문이다. 결국
이야기는 아이에게만 살아 있는 것이고, 그 아이 역시 언젠
가는 자라서 그 이야기에 무심한 어른이 되는 것이다.
　「별사」의 전편과도 같은 「비어 있는 들」에서도 '그'와
'나' 사이에는 대화가 없다. 이들 사이에 이루어지는 대화는
"몇 시예요?"뿐이며 그나마도 얼마 안 지나 남편은 아무런
대답도 하지 않으며, "나는 남편이 내 말을 거의 듣고 있지
않음을 알 수 있"게 된다. '나'에게 그 질문은 '그'를 부르는
소리이다. "나는 항상 마음속으로 그를 불렀다. 어서 오세
요, 아니 제가 갈까요, 깃털처럼 가벼이 앉히겠어요." 그러

나 이 같은 마음은 말이 되어 나오지 않는다. 그것은 겨우 "몇 시예요?"라는 네 음절이 되어 나올 뿐인 것이다. 여기에서도 "몇 시예요?"라는 질문에 귀기울이고 또 아무렇지도 않게 대답할 수 있는 사람은 아이뿐이다.

　"몇 시예요?"
　나는 슬픔을 누르고 아이에게 물었다.
　"다섯시 십분입니다."
　아이는 팔을 높다랗게 치켜올리며 자신있게 답했다. 다섯시 십분, 아이가 만사 젖혀놓고 텔레비전 앞에 매달리는 초능력의 로봇 만화 영화가 시작되는 시간이었다.

　나는 아이에게 다가갔다. 아이의 손목에는 상기도 시든 클로버의 꽃시계가 감겨져 있었다.
　"몇 시예요?"
　나는 아이의 섬세한 목에 팔을 두르고 절망적으로 물었다.
　아이가 가벼운 손짓으로 나를 밀어내며 손목을 눈 가까이 들어올렸다.
　"다섯시 십분."　　　　　　　　　　　　——「비어 있는 들」

　'다섯시 십분'은 '나'에게 있어 '그'와의 거리감, 그리고 극복할 길 없는 단절감과 소외감을 확인하는 시간이다. 뿐만 아니라 저물어가는 일몰의 시간, 즉 소멸과 죽음을 마주하게 되는 시간이다. 반면에 아이에게 있어 그것은 초능력 로봇의 신나는 모험 이야기를 만나게 되는 환상과 꿈의 세계의 시작이며 생기 넘치는 삶의 시간이다. 그러나 '나'는 아이의 그 신나는 대답 소리 역시 점차 우울하고 슬픔에 가득 찬 목소리로 잦아들 것이라는 것을 안다. 아이의 얼룩진 발이라든지 딱지 앉은 상처 따위를 보면서 그녀는 그렇듯 서서히 상처 입고 또 그 상처에 딱지가 앉아가는 과정으로서의 우리의 삶을 떠올리고 있는 것이다.

「밤비」에서 타인과의 교신에의 열망, 그리고 그 어긋남은 전화 걸기의 행위를 통해 드러난다. 터미널 부근에서 약국을 경영하는 민자는 자신이 관리하는 공중전화 부스에 들어선 한 남자를 본다.

그는 수화기를 입에 바짝 댄 채 무엇인가 열심히 얘기하고 있었다. 안타까운 손짓이 빠르게 허공을 갈랐다. 부탁입니다. 제 말 좀 들어보세요. 꼭 만날 일이 있다니까요. 언제까지든지 기다리고 있겠습니다. 유리문 밖 사내의 안타까운 외침이 민자에게는 환히 들리는 듯했다.

전화는 좀체 끝날 것 같지 않았다. 한 통화가 끝나면 그는 성급히 주머니에서 주화를 꺼내놓고는 다시 다이얼을 돌렸다. 그는 아마 여자와 어디론가 먼길을 떠나려는 것일까.——「밤비」

여기에는 전화로 한 여자에게 자신의 마음을 호소하는 한 남자 그리고 이를 지켜보고 있는 또 한 여자가 있다. 한 남자와 그가 사랑하는 여인 사이의 어긋남, 그리고 이들의 외로움에 영원히 타인일 수밖에 없는 또 다른 한 사람, 어찌 보면 우리들 모두는 이 풍경 어딘가에 속해 있지 않은가. 누군가를 부르는 애절한 한 남자의 부르짖음은 결국 상대에게 가 닿지 않는다. 상대는 아예 수화기를 내려놓기 때문이다. 민자는 그 사내에게서 "공중전화 주화를 꺼낼 때마다 전화를 걸고 싶다는 충동을 느"끼면서도 전화할 대상이 없는 자기 자신의 슬픈 초상을 본다. 그러나 민자 역시 그의 슬픔에 가 닿을 수는 없다. 사내의 모습은 유리 너머로 마치 무언극처럼 그저 무수한 입놀림과 허우적대는 손짓으로만 그녀에게 비쳐지기 때문이다. 따라서 각자의 유리문 안에 갇혀 허우적대고 있는 이들 인물들은 우리로 하여금 존재와 존재 사이의 근원적인 소통 불가능을 다시 한번 우울하게 확인하게 하는 것이다.

"당신도 그애가 죽은 게 내 탓이라고 생각하시나요?"

결코 너 때문에 죽은 게 아니라는 대답을 구해 민자는 허덕허덕 말했다.

"당신도 내가 금이를 일부러 찾지 않았다고 생각하십니까?

이복누이를 범하고 팽개쳐버렸다고 생각하십니까?"

그가 고집스레 항의했다.

"그건 작은 사건이었어요. 그 작은 읍에서는 소문이 놀랄 만
큼 빨리 퍼져요. 어느 날 저녁 사람들은 약국 앞에 몰려왔어요.
죽은 소녀를 떠메구요. 그 소녀가 약을 지어간 건 사흘 전 일이
었는데요. 당신도 내가 잘못 조제해준 약을 먹고 그애가 죽었
다고 생각하세요?"   ——「밤비」

이 같은 대화에서 두 사람은 금이라는 한 인물에 대해서
이야기하고 있지만 각자의 말이 서로에게 향해 있다기보다
자기 자신에게 내뱉어지고 있다는 인상을 준다. 각자 서로의
이야기를 하고 있을 뿐이며 심지어 이들의 대화에서 말해지
는 금이가 동일한 존재인지도 혼돈스러워진다. 분명한 것은
두 인물 모두 금이라는 인물의 죽음에 대해 심한 자책감에
시달리고 있다는 사실인데, 아이러니컬하게도 이들의 대화
를 듣다 보면 결국 금이의 죽음은 금이 스스로 선택한 그 자
신만의 것이 아니겠는가 하는 생각을 갖게 된다. '그'와 금이
의 관계가 그러했듯, 민자와 '그' 그리고 우리들 모두는 서로
를 애타게 부를 뿐 가까이 다가설 수 없는 것 아닌가 하고 말
이다.

외로운 교신에의 몸짓으로서의 전화 걸기는 「순례자의 노
래」에서도 나타난다. 정신병원에서 퇴원한 주인공 혜자는 대

학 동창들에게 전화를 해대지만 숙자는 잡지사를 그만두었다고 하고, 애경의 전화에서는 녹음된 테이프만 돌아가고, 춘자는 전화번호가 바뀌어 있으며, 인형극 연구소의 민선생은 자신을 곧장 기억해내지 못할 뿐 아니라 자신을 기피하는 듯하다. 그런가 하면 정옥은 만나고 싶다는 혜자의 말에 뜸을 들이며 약속을 한 후 막상 만나기로 한 장소에는 나오지도 않으며, 혜자가 남편 회사에 전화를 걸었을 때는 그가 뉴욕으로 떠났다는 말을 들을 수 있을 뿐이다. 그녀에게 진정한 만남은 어디에도 없다. 지하도에서 구걸하고 있는 가짜 장님처럼 모두가 거짓과 위선의 말짓, 몸짓으로 타인을 대하고 있으며, 그녀는 이 속에서 홀로 전화를 해대고 있는 것이다.

「하지(夏至)」 역시 말의 어긋남을 통해 우리들의 일그러지고 어긋난 삶의 풍경을 담고 있는 작품이다. 주인공인 혜순은 신문사에서 개설한 고고학과 미래학 강좌를 듣기 위해 일주일에 한 번씩 서울―P시간의 직행버스를 타게 된다. 과거나 미래로 달려가는 꿈, 그것은 고인 물처럼 제자리에 머물러 있으면서 서서히 썩기 시작하는 지금, 현재의 일상으로부터 벗어나려는 안간힘이 아니었을까? 종합병원 외과의사인 남편이 주말이면 당직 근무가 없는 한 반드시 짐을 꾸려 혼자 낚시를 떠나는 것처럼 말이다. 요컨대 남편도, 그녀도, 모두 떠나고 싶어하는 것이다. 그런데도 이들은 함께 떠나지 않는다. 각자의 외로움은 각자의 몫일 뿐 서로에게 나누어지지 못한다. 그녀가 "인생에 대해 생각하게 되어서" 교양 강좌를 듣겠다고 했을 때 남편은 큰 소리로 웃으며 꽃꽂이나 에어로빅, 수영쯤으로 생각하고 무엇을 수강하는지조차 묻지 않는다. 혜순의 진지한 말이 남편에겐 비웃음거리에 불과한 것으로 비쳐지는 이 같은 말의 어긋남, 말의 부재는 이들 사이의 관계의 어긋남을 보여주는 대목이다. 그러나 그것은 남편의 무심함을 드러내는, 그래서 아내인 그녀의 외로움만을 부각시키기 위한 대목은 아니다. 그것은 서로 닮아 있으면서도 서로로부터 차단되어 있는, 그래서 본질적으로 타인일 수밖에 없는 사람과 사람 사이의 관계에 대한 인식으로 나아가기 때문이다. 그것은 그녀가 강좌를 듣고 P시로 돌아오는 버스에서 나란히 앉게 된 어떤 남자와의 이야기에서 확인된다.

그는 더운 날씨임에도 회색 양복에 단정히 넥타이를 맨 토건회사 직원으로, 곧 중동 지방에 나가게 되어 있어 아랍어를 공부하기 위해 내내 이어폰을 끼고 있다. 그의 모습은 전형적인 일상인의 그것인 것이다. 그러나 그와 이야기를 나누면서 그 외양에 가려진 그의 내면적 갈등이 서서히 드러나기 시작한다. '그'는 "무엇이든 얘기하고 싶어했다." 소심하고 내성적인 듯 보이지만 마치 오랫동안 말할 상대를 찾지 못해 입을 다물고 있었던 듯 갑자기 다변이 되는 그에게서 혜순은 "항상 체기처럼 얹혀 있는 말들을 배앝아버리고 싶은 미치광이 같은 욕망"을 본다. 그것은 다름아닌 자기 자신의 욕망이며, 이 점에서 그는 그녀의 분신과도 같다. 뿐만 아니라 그는 갑자기 말을 멈추며 놓쳐버린 말을 찾으려는 듯하다 경련을 일으키는데, 이는 말의 상실과 말의 찾기가 곧 존재의 상실, 회복과 연관되어 있음을 보여주는 대목이다. 이 작품은 차가 멈추어 서 있는 사이 바람을 쐬고 온다고 나간 그가 돌아오지 않은 채 차가 떠나고, 혜순이 그의 이어폰을 끼어보며 그 안에서 전혀 알아들을 수 없는 말들이 흘러나오는 것을 듣게 되는 장면으로 끝이 난다. 이는 그 말들이 그녀에게 전혀 이해될 수 없는 것처럼 그의 존재 역시 그녀에게 온전하게 이해될 수 없는, 그래서 낯선 이국어처럼 혹은 고대의 방언처럼 남아 있을 뿐임을 쓸쓸하게 확인시킨다. 그와 그녀, 그리고 그녀와 남편 사이에는 이 같은 소통 불가능한 죽은 말들만이 놓여 있는 것이다. 사내가 돌아오지 않았음에도 불구하고 그 사실조차 감지하는 사람 없이 모두들 잠이 들어 있는 버스 안, 그것은 근원적인 단절감과 소외 속에서 무심하게 살아가야 하는 우리들 삶의 상징적인 공간인 것이다.[5]

사실 이 같은 말의 부재 혹은 어긋남의 근원에는 일상의 저변을 흐르는 죽음의 그림자가 놓여 있다. 그것은 어느 순간 흙을 비집고 나와 우리의 발을 베게 하는 사금파리 조각처럼 갑작스럽게 우리의 일상 위로 올라와 우리의 삶에 상처를 입힌다. 각자의 몫일 뿐 나누어질 수 없는 이 죽음 앞에서 말은 무력하기만 하다. 때문에 오정희의 인물들은 때로 시치미떼고, 외면하고, 딴소리하고, 거짓말함으로써 이 죽음의 그림자를 피해다닌다. 말은 죽음의 상대가 될 수 없음을 잘 알고 있기 때문이다.

"거미가 등에 새끼를 잔뜩 싣고 있어."

그는 예상대로 나의 심상한 반응에 조금 초조해진 듯했다.

"거미의 습성인걸요."

"끔찍하군."

"거미의 생리일 뿐이라니까요."

나는 마침내 반쯤 수를 놓다 만 학의 날개 부분에 바늘을 꽂고 일어나 그의 곁으로 간다. 학은 오른쪽 날개 반쪽이 희게 비어 마치 날개가 부러진 듯이 보인다.

"이 꼭대기에 집을 짓다니."

그가 혼잣말처럼 중얼거렸다. ——「불의 강」

5) 작품 제목이 되어 있는 '하지'는 일 년 중 해가 가장 긴 날로, 오정희 소설의 인물들에겐 일상의 무게가 가장 무겁게 그리고 오랜 시간 동안 짓누르는 하루를 의미한다. 그것은 벗어날 수 없는 일상의 현실과 그 속에서 점점 커지는 일탈의 꿈을 더욱 강하게 확인하게 하는 날이다. 그리고 어쩌면 그런 꿈과 좌절 사이를 오가는 오정희의 인물들에겐 모든 날들이 이 '하지'일 수도 있을 것이다.

"까치가 우는 쪽으로 침을 뱉어라. 저녁 까치는 재수가 없단
다."

"잘 안 보인다니까요."

"렌즈를 어쨌니, 또 잃어버렸구나. 그러길래 안 쓸 때는 꼭 물
에 담가두랬잖니?"   ──「저녁의 게임」

"수건 있니?"

아버지가 물이 뚝뚝 떨어지는 손을 휙휙 뿌리며 부엌으로 들
어왔다.

"목욕탕에 있는 걸 쓰시지 그래요."

"더럽고 축축하더라."   ──「저녁의 게임」

남편과 나, 그리고 나와 아버지 사이에 이루어지는 이와
같은 대화는 모두 서로로부터 차단되어 겉도는 '거짓말이
다.' 「불의 강」에서 '나'는 등에 새끼를 잔뜩 지고 있는 거미
에 대한 남편의 관심이 죽음에 대한 이끌림임을 알고 있고,
「저녁의 게임」에서 '나'는 "동공에 정확히 부착된 렌즈를 통
해" 모든 것을 확연히 보고 있으며, 아버지는 목욕탕에 "낮
에 개수대를 뚫은 수선공이 쓴" 수건이 새 수건으로 바뀌어
걸려 있는 것을 알고 있다. 이들은 자신이 직면해야 하는 고
독과 죽음의 현실을 거짓말로 외면해버리고 위장된 평온과

일상 속으로 숨어버린다. 그것은 죽음의 그림자로부터 벗어나고자 하는 연극적인 몸짓이다. 일상적인 대화로 위장된 이들의 대화에서 함께 나눌 수 없는 것으로서의 삶의 허무와 존재의 외로움이 더 짙게 배어나오는 것은 이 때문이다.

이제는 울음을 감추려 하지 않는 아내에게 그는 무언가 위무의 말을 해주어야 한다고 생각했다. 아내에게는 다정한 말이 필요한 것이다. 그는 소년 같은 수줍음과 약간의 두려움으로 입을 열었으나 아내는 어눌하게 새어나오는 말을 알아듣지 못했다. 아내는 유언이라도 듣는 시늉으로 그의 입에 바짝 귀를 갖다대며 안타깝게 되물었다. 뭐라구요? 뭐라고 하셨어요? 누가 왔느냐구요?

그는 칠흑처럼 검은 머리를 하고 이제는 더 이상 말할 수 없는 무너진 입을 반쯤 벌린 채 누워 있었다. ──「동경(銅鏡)」

이 같은 대목은 말의 부재, 어긋남이 죽음에 직면하는 존재로서의 우리의 비극적 숙명에서 비롯되는 것임을 확연히 드러낸다. 아들의 죽음을 가슴에 묻고 사는 두 노인네의 고통과 비애는 서로에게 나누어지지 못한다. '그'는 혼자 산책을 하고, '아내'는 반죽을 빚어 나쁜 꿈을 먹는 맥을 만들면서 혼자 중얼거릴 뿐이다. 그리고 아내의 절망을 위로하기 위해 자신의 입을 떼고자 할 때, 틀니를 뺀 '그'의 입은 "공허하고 냄새나는, 무의미하게 뚫린 구멍에 지나지 않"는다.
이제 말은 금지되거나 어긋나는 것이 아니라 근본적으로 불
가능하다. 죽음 앞에서 말은 그야말로 속수무책인 것이다.

4

　말하고자 하는 욕구와 좌절, 이는 최근에 발표된 작품들에
서도 하나의 일관된 주제가 되어 있다. 부엌 찬장 서랍 안쪽
에 노트를 넣어두고 시구나 유행가 가사 혹은 삶의 단상들을
써놓은 어느 여자(「옛우물」), 시를 쓰고 싶어했던 경옥, 그림
자 놀이를 할 수 있는 많은 이야기를 알고 있었던 언니(「그림
자 밟기」), 소설을 쓰고 싶어하는 혜순과 비감해지면 무슨 얘
기든 끝없이 늘어놓으려는 병언, 줄곧 떠들어대지 않으면 안
되는 듯한 김선생(「파로호」), 잠시라도 입을 다물면 자기 속
에 끓어오르는 말들을 도둑맞을 듯, 혹은 속으로부터 넘쳐흐
르는 말에 익사해버릴 듯한 불안으로 물을 쏟듯 쉴새없이 쏟
아내는 명약사(「불꽃놀이」), 이들은 말의 꿈과 좌절이라는 오
정희의 주제를 다시 확인하게 하는 인물들인 것이다. 이들의
말 역시 타인과 나누어지지 못하고 안으로 숨겨지거나 어긋
나거나 끊어진다.

"글쎄 흔들리지 뭐예요. 난 깜짝 놀랐어요. 가만히 있으면 지
금도……"

명재와 민수가 문득 놀란 얼굴로 경옥을 바라보았다. 경옥이
밑도끝도없이 뱉어버린 말을 수습하느라 얼굴을 쓸며 후훗 웃
었다. 어차피 그의 몫은 그 혼자 감당해야 하는 것이라는 깨달
음이 오고부터 그의 침묵이 새로운 것이 아니듯 경옥 자신의
혼잣말 역시 돌연한 것이 아니었다.   ──「그림자 밟기」

평범한 교사가 된 명재, 농민회 운동을 한다는 민수, 그리
고 명재의 아내인 경옥, 지금 이 세 명의 대학 동창생들을 이
어줄 수 있는 것은 아무 것도 없다. 명재와 민수 사이에서 경
옥이 불쑥 저녁 무렵 있었던 지진에 대한 이야기를 꺼내는
것처럼 이 세 인물이 그려내는 어긋나는 말의 풍경에는 이들
의 어긋나버린 삶의 풍경이 함께 담겨 있다. 경옥이 남편인
명재에게서 소외되어 있고 자신의 말을 전할 수 없듯이 명재
나 민수도 다른 이들로부터 소외되어 있다. 신촌시장 안의
허름한 술집에서 민수가 제 가슴을 두드리며 무어라고 같은
말을 반복했지만 그것은 다른 사람에게 전달되지 않고, 명재
와 민수도 서로의 간격을 무의미한 말과 취기 속에 숨긴다.
그래서 돌아오는 길에 경옥은 "술도 안주도 알맞고 화제도
편안했는데 이 깊이 상처받은 느낌, 쓸쓸함은 어디에서 연유
하는 것일까," 스스로에게 되묻는 것이다.

사실 우리의 삶에는 말해질 수 있는 부분보다 말해질 수 없는 부분이 더 많고, 삶의 상처와 의미는 그 깊은 곳에 숨어 있을 때가 많다. 그 침묵 속에서 혹은 꺼내어진 말과 감추어진 말 속에서 말은 변질되고 단절된다. 그리고 그것은 곧 삶의 어긋남을 드러내고 확인하게 하는 풍경이다. 언제부터인가 나란히 누워 잠들면서도 각각 꾼 꿈에 대해 이야기하지 않는 부부나(「옛우물」), 집에 들어오면 입도 떼기 싫어하는 남편과 이 때문에 거울이나 벽 혹은 열린 창을 향해 중얼거리고 설거지를 하며 쏟아지는 물소리와 맹렬히 싸우듯 말하는 아내에게서, 혹은 이들 부부 사이에서 술이 취해 가슴을 두드리며 무어라고 같은 말을 반복했던 옛 친구에게서(「그림자 밟기」), 한밤중 전화를 걸어와 누군가 필요하지 않느냐고 물어오는 낯선 사내와 이에 대해 "개새끼"라고 응답하는 여자에게서(「파로호」), 혹은 고구려 건국 연도 대신 그 상황을 이야기하는 학생에게 달을 보라 했더니 달을 가리키는 손가락만 보는 격이라며 "바보는 죽어야 낫는다"고 말하는 선생에게서(「불꽃놀이」), 나아가 판독할 수 없는 글자들로 가득한 길모퉁이의 비석이나 자신만의 기호로 가득 차 그 뜻을 짐작할 수도 없는 할아버지의 채권 장부에서(「불망비」), 우리는 일그러진 삶의 풍경으로서의 어긋나고 변질된 말, 그리고 감추어진 말을 보게 된다. 말은 "지옥에나 떨어져라"는 욕설이나, 학생들이 기계적으로 외우는 연대기나 구구단, 혹은 "소년이여 야망을 가져라"는 공허한 경구로만 남아 있다.

"인간은 말을 할 줄 아는 동물이다. 그리고 또한 거짓말을 할 줄 아는 유일한 동물이다"라는 「불꽃놀이」의 명약사의 말에서 드러나듯, 말은 때로 사람과 사람을 잇는 행복한 통로이며 때로는 위태로운 다리이다. 이런 점에서 인간에게 있어 말은 축복이자 올가미이다. 어쩌면 작가란 본질적으로 어긋나고 숨겨지는 것일 수밖에 없는 말의 뒷면을 들여다보려는 자일지도 모른다. 오정희는 이를 「그림자 밟기」의 주인공의 입을 빌려 "평온한 날의 지진이라는 예를 빌려 현상계 이면의 것을, 보이지 않는 것의 존재함을 증명하고자 하는 시인 기질"로 설명하기도 한다. 「불꽃놀이」에서 인자의 집을 찾아와 자신이 그 집을 짓고 감나무를 심은 사람이라던 낯선 남자의 이야기를 들으며 그녀가 "허심탄회한 그의 이야기 중 말해지지 않은 부분을 추측해"볼 때, 그것은 '그'의 숨은 말 찾기를 통해 '그'의 삶에 다가가려 한다는 점에서 이 같은 시인의 행위와 닮아 있다. 침묵 속에서 말을 읽어낼 때, 부서진 말에서 상처난 마음을 읽을 때, 닫힌 그리고 죽은 말들은 타인을 향한 열린 문이 된다. 작가/시인이란 이를 믿는 자가 아닐까? 이런 점에서 드물지만 오정희 소설에서 말은 행복한 풍경을 담기도 한다.

남편과 아들은 지구 온난화 현상과 기상 이변에 대해서, 나라 밖 전쟁과 핵 보유 문제에 대해, 새로 발견된 명왕성보다 더 먼 별에 대해 이야기를 하고 나는 그들이 나누는, 나로서는 잘 알 수 없는 얘기를 듣는 일이 즐겁다.　　　　──「옛우물」

이야기를 통해서 남편과 아들, 그리고 '나'는 비로소 함께 있을 수 있다. 이야기는 사람을 이어주는 끈이며, 서로에게 로 난 다리이다. 이 이야기를 건너 우리는 서로에게로 간다. 그림자놀이를 할 수 있는 많은 이야기를 알고 있었던 언니와, 아이에게 이야기를 구연해주는 경옥(「그림자 밟기」), 양지에 앉아 끝없이 얘기를 했던 고할머니(「불꽃놀이」), 그리고 금빛 잉어 이야기를 해주시던 먼 옛날 증조할머니(「옛우물」), 이들의 이야기는 기다림의 공포, 현실을 이겨내게 하는 힘이다. 어쩌면 그것은 작가 자신의 진술처럼 "현실을 환상으로 이기고자"(「그림자 밟기」) 하는 무모함일지도 모른다. 그러나 나는 오정희의 소설에서 그 무모함의 슬픔을 그리고 아름다움을 읽는다. 말, 혹은 이야기가, 부서진 삶의 파편들에 상처입으며 고독과 두려움에 떨고 있는 우리에게 여전히 구원이 될 수 있을까라는 우려와 기대를.

오정희 인물들의 말은 평화와 위기, 일상의 파괴와 일상으로의 회귀, 삶과 죽음의 공존이라는 우리의 근원적인 존재양식에 대한 질문으로 가득 찬 의문과 억압과 갈등의 말이다. 나는 그들의 침묵과 머뭇거림, 그리고 수다를 들으면서 슬퍼진다. 그들로 하여금 침묵하게 하고 머뭇거리게 하고, 또 듣는 이도 없이 혼자 떠들게 하는 것은 무엇인가? 방향 없이 떠돌다가 안으로 숨어드는 그들의 말 속에서 나는 종종 슬픈 나의 목소리를 듣는다. 그러나 그것은 또한 삶의 비의에 순간순간 멈칫하게 되는 우리 모두의 목소리가 아닌가? 나누어지지 못하고 허공으로 흩어지는 말, 상대에게 닿으면서 어긋나고 변질되는 말, 드러난 말과 감추어진 말, 부서지고 뭉개지고 혹은 새어나가는 말, 오정희 인물의 무너진 혹은 닫힌 입에서 흘러나오는 이 어긋나고 뒤틀린 말의 몰골에는 서로 다른 언어를 지닌 채 추방된 저주받은 존재로서의 우리의 비극적 초상이 담겨 있을 것이기 때문이다.

흘러가는 말 혹은 삶
——최윤의 말하기

1. 들어가는 말

최윤의 소설에는 독특한 목소리의 울림이 있다. 그녀는 소설이 본질적으로 말의 공간이며, 따라서 내용으로가 아니라 그것을 실어나르는 말의 형식으로 이야기하는 공간임을 인식하고 있는 작가이다. 표면적으로 그녀의 소설은 분단의 현실이나 이념의 갈등, 광주 항쟁 등 지난 시대의 일그러진 초상을 담고 있는 것으로 보이지만, 실상 그녀의 소설 미학은 그 같은 내용의 사실성이나 무게에서 비롯되는 것이 아니라 역사나 이념의 거칠고 성긴 그물망 사이로 빠져나가는 인간의 진실을 포착하고자 하는 섬세한 시선에서 비롯된다. 그리고 그것은 흔히 말의 욕망과 좌절로 변주된다는 점에서 역사가나 혁명가의 시선이 아니라 철저하게 시인이나 소설가의 시선이다. 그녀는 말의 혁명을 꿈꾸는 작가이며 그것을 통해 인간의 혁명을 이룰 수 있다고 믿는 작가이다.

이런 점에서 최윤에게 말은 하나의 전략이자 주제이다. 그녀에게 삶의 온갖 억압과 모순과 갈등은 말의 뒤틀린 형상으로 다가온다. 그녀의 말에 대한 관심은 '벙어리 창' '저기 소리없이 한 점 꽃잎이 지고' '속삭임, 속삭임' '그의 침묵' 등 작품 제목에서부터 침묵이나 소리와의 연관성이 강하게 시사되고 있다든지, 많은 작품이 알 수 없는 소리가 들려오는 것으로 시작된다는 점 등에서 직접적으로 드러나거니와, 말하기 / 글쓰기 방식에 있어서의 다양한 시도도 그 한 반증이다. 예컨대 독자를 상대로 고백하듯 얘기하는 「판도라의 상자」, 2인칭 화자를 내세운 「갈증의 시학」, 화자가 교체·반복되면서 이어지는 「저기 소리없이 한 점 꽃잎이 지고」, 내면 독백과 회상적 서술이 교체되는 「속삭임, 속삭임」, 파편화된 서술 양식을 시도하고 있는 「숲에서 숲으로」, 「집, 방, 문, 벽, 들, 장, 몸, 길, 물」 등이 그런 작품들이다. 뿐만 아니라 그녀의 많은 소설에서 시간이나 이야기의 논리는 파괴되고, 외적 현실과 내적 현실은 뒤섞인다. 이같이 다양한 서술 방식의 시도는 결국 말에 대한 작가의 남다른 감각과 인식을 반영하는 것으로, 이를 통해 그녀는 굳건하게 자리잡은 문학적 관습의 벽에 대항한다. 그녀를 완고한 리얼리즘의 명징성이라는 신화에 담론적으로 도전하는 작가[1]로 평가하는 것도

---

1) 김경수, 「사실주의의 명징성에 대한 두 개의 회의」, 같은 책, p. 231.

이러한 근거에서이다. 그러나 이 같은 문학적 도전은 사실 완고한 일상의 벽 그리고 의식의 벽을 넘어서고자 하는 하나의 몸부림이다. 그녀는 소설의 법전화한 기법에 저항함으로써 관습적으로 굳어져 정형화된 의식과 삶에 저항한다. 그녀에게 말은 곧 삶인 것이다.

최윤의 소설에서 문체가 거론되는 것도 이 때문이다. 그녀의 소설에는 문체가 있다.[2] 그의 문장은 오랜 시간 공을 들인 아름답고 절제된 문체로 씌어진다. 그러나 이때 문체는 내용을 꾸미는 장식의 차원이 아니다. 그녀 자신의 말처럼 그녀에게 문체는 꾸밈이 아니라 신체에 비유하자면 혈액과 같다. 뼈가 이야기라면 혈액이 순환되면서 혈색으로 드러나듯 문체는 겉으로 나타난다.[3] 이는 신체와 영혼처럼 형식과 내용은 하나라는 플로베르의 견해와 일맥상통하는 것으로,[4] 최윤의 소설에서 말이 내용이자 형식이며, 제재이자 주제임을 단적으로 보여준다. 최윤은 "소설가의 매체는 언어이다.

---

2) 유종호는 제23회 동인문학상 심사평에서 "최윤의 「회색 눈사람」에는 문체가 있다"라고 얘기함으로써, 그녀의 소설 미학의 핵심으로 문체를 거론한 바 있다. 『제23회 동인문학상 수상 작품집』(조선일보사, 1992), p. 407 참조.

3) 작가와의 대담에서. 박해현, 「텅 빈 중심에서의 즐거움」, 『문학동네』 (1994년 겨울), p. 91.

4) Leech, Geoffrey N. & Short, Michael H., *Style in Fiction*(London and New York : Longman), 1984, p. 15에서 재인용.

그가 무엇을 하든 그는 언어 안에서, 언어를 통해서 한다"[5] 라는 언어학자 데이비드 로지의 말에 걸맞는 작가이다. 따라서 그녀의 소설에 접근하기 위해서는 형식과 내용을 아우른 개념으로서의 문체적 접근이 요망된다. 여기에서는 그에 대한 하나의 소론으로 그녀의 말에 대한 인식과 말하기의 특성을 살펴보고자 하거니와 이를 통해 그녀의 삶에 대한 인식을 함께 조명할 수 있으리라 생각된다. 특히 남성적 무게를 지닌 작가, 혹은 여성적 세계를 전면에 드러내지 않는 작가로 일컬어지는 그녀가 궁극적으로는 원천적인 생명 공간으로서의 여성성 혹은 모성성의 세계에 도달하고 있는 것으로 보이는바,[6] 이 점에서 그녀의 글에서 생명의 말/글로서의 여성적 글쓰기의 한 모형을 발견할 수도 있을 것으로 기대된다. 이제 억압적 현실의 무게를 이겨내는 생명의 말/삶을 그녀의 소설을 통해 엿보기로 하자.[7]

---

5) *Ibid.*, p. 26.
6) 그녀가 "자궁을 가진 남자"로 비유되는 것도(최인자, 「새장을 든 여인」, 『문학동네』, 1994년 겨울, p. 96) 같은 맥락에서이다.
7) 본 논의의 텍스트로는 최윤 소설집 『저기 소리없이 한 점 꽃잎이 지고』(문학과지성사, 1992)와 『속삭임, 속삭임』(민음사, 1994), 그리고 『제23회 동인문학상 수상 작품집』, 『제18회 이상문학상 수상 작품집』(문학사상사, 1994)을 사용하였다.

2. 삶의 수수께끼와 두 가지 대응 방식

I. 삶의 비밀, 비밀의 삶

1) 암호풀이

최윤의 소설은 얼핏 추리소설처럼 보인다. 그의 소설은 정체 불명의 인물이나 상황의 제시, 그리고 그로 인한 추적으로 시작되곤 하기 때문이다. 그 추적은 대개 과거의 기억을 거슬러가는 과정을 밟으며, 그 과정에서 인물 뒤에 혹은 삶의 뒷면에 숨어 있는 비밀이 드러난다. 이 점에서 그의 소설은 이른바 비밀이 삶의 실체이고 그 비밀을 관찰, 공모하게 되면서 삶은 지속된다라는 세계관[8]을 보여준다. 삶의 비밀을 엿보기, 그것이 최윤 소설의 출발인 셈이며, 암호풀이 혹은 수수께끼 풀이의 과정이 소설의 전개 과정이 되는 것이다.

예컨대 「당신의 물제비」는 "삶의 행로에 닥쳐드는 아픔을 의문부호로 바꾸어 그곳에 없을지도 모를 비밀을 추적하는" 인물들 / 우리들의 이야기라 할 수 있고, 「푸른 기차」는 "거울 속에 모호한 의문부호를 양미간에 그려내는" 28세 남자의

---

8) 양진오, 「영원한 신인의 신생의 소설」, 『세계의 문학』(1995년 봄), p. 300. 최윤의 소설을 비밀의 드러냄이라는 측면에서 검토한 다른 글로는 서재원의 「비밀 속삭이기」(『문학사상』, 1995년 8월)가 있다.

세상에 대한 갑작스런 부재 선언의 이야기이며, 「문경새재」
는 의심 섞인 질문을 던지는 순경과 "스무고개하듯 모호한
대답만 하며 머뭇거리는" '나' 사이의 은밀한 숨죽임 속에
이야기가 진행되고, 「그의 침묵」은 우연히 발견한 혁명적 예
술가 진덕우의 전시회 팸플릿을 통해 무식한 미장이 아버지
와 조각가 진덕우의 관계, 그리고 배운 것이 없고 말이 드문
부모가 일본어를 섞어가며 목청을 높이던 일 등의 불가사의
를 풀어가는 이야기이다. 그런가 하면 「속삭임, 속삭임」에서
는 모호한 암호 문자처럼 적힌 아재비의 공책이 삶의 비밀을
간직한 단서로 등장한다. 때로 그것은 편지로 접혀져서 어린
'나'에 의해 전달되기도 했는데, 그 암호 같던 편지의 진실이
내내 그녀에겐 풀어야 할 수수께끼처럼 자리잡게 된다. 반공
포로였던 아재비가 자신을 통해 은밀히 보내는 편지가 어떤
행동을 지시하는 암호일 수도, 혹은 단순히 가족에게 자신의
존재를 증명하는 편지일 수도 있다는 것, 그 불분명함과 모
호함에 접하는 것으로 소설은 시작된다. 그것은 우리를 삶의
비밀로 이끄는 초대장과도 같다.

  2) 미소의 불가사의
  때로 불가사의한 삶의 징후는 인물들의 얼굴 위에 퍼지는
미소로 나타나기도 한다. 늘 여유 있는 웃음기 때문에 하는
말이 농담인지 진담인지 구분이 안 가던 최홍주가 도망중임

에도 불구하고 짓고 있는 미소, 경황 없는 중에도 시인이 되겠다는 박순경의 말에 차영주가 짓게 되는 미소, 자신을 기억해주는 게 고맙다는 표정으로 박순식이 짓고 있는 소박한 웃음(「문경새재」), 뒤집힌 차 안에서 모르는 여자와 함께 시체로 발견된 남편의 얼굴에 남아 있는 미소(「당신의 물제비」), 다방 앞자리에 앉아 누군가를 기다리던 여자의 미소(「워싱턴 광장」), 외가에서 비밀스럽게 실수처럼 짓곤 하던 어머니의 슬픈 미소(「집,방,문,벽,들,장,몸,길,물」), 궁지에 몰린 사람이 짓는 것 같던 안의 웃음(「회색 눈사람」), 누이의 동어 반복을 들으며 아슬아슬하게 짓는 '나'의 미소(「푸른 기차」), 예외처럼 아재비 얼굴에 지펴지는 봄 아지랭이 같은 웃음(「속삭임, 속삭임」), 낙동강가에서 남자들이 짓던 광란의 웃음과 그곳에서 사라질 때 하나코가 짓던 웃음(「하나코는 없다」), 초점 잃은 시선으로 쫓아온 소녀가 흘리는 웃음(「저기 소리없이 한 점 꽃잎이 지고」), 이들의 미소는 삶의 비밀을 품은 불가사의한 전언과도 같다. 그것은 삶의 행복과 평안함을 환기시키기도 하고, 때로 "노오란 조소"가 되어 경멸의 쓴 경험을 하게 만들기도 하며(「워싱턴 광장」), "웃음의 두꺼운 껍질" 뒤로 폐 속에 쌓이는 독가스를 내보내려는 안간힘이 숨겨져 있음을(「저기 소리없이 한 점 꽃잎이 지고」) 보게도 만든다. 눈물·경멸·환멸·두려움, 그리고 그것을 이겨내려는 안간힘 등 숱한 사연과 이야기를 품고 있는 그 미소는 삶의 불가사의를 환기시키는 하나의 영상이다.

3) 구멍 속으로의 실종

최윤의 인물들은 삶의 불가해한 심연 앞에 서 있는 인물들
이다. 삶은 은밀하게 깊이를 알 수 없는, 그리고 방향을 알
수 없는 구멍을 숨기고 있다. 때문에 평온한 삶의 이면을 들
여다보고자 하는 최윤의 소설에는 곳곳에 음험한 구멍이 자
리잡고 있다. 그녀의 시선은 그 구멍을 아프게 응시하고 있
다. 그 구멍은 고아원의 벽에 난 개구멍처럼 그들을 '다른'
삶으로 유혹하는 통로이지만 때로 쾌락이 강해지면 무섭게
변하는 육체의 이기주의라는 구멍이 되기도 하며(「판도라의
가방」), 여름이면 빠져드는 조울증이라는 이름의 구멍은 모
든 일상의 톱니가 돌기를 멈춘 어두운 구멍이자 심연이지만
동시에 퇴폐적인 전율과 고통에 가까운 쾌락을 경험하게 하
는 것이기도 하다(「한여름 낮의 꿈」). 그 구멍은 이들에게 유
혹과 두려움을 함께 수반한다.

그것은 이야기를 삼키고 삶을 삼킴으로써, 종국에 죽음에
이르게 하는 통로이다. 그 구멍 때문에 이모는 죽은 듯한 삶
을 살았고, 소녀는 미쳐서 떠돈다. 죽는 것은 구멍이 뚫리는
것이다. 엄마는 구멍이 나버려 죽었고, 소녀의 몸에도 어두
운 구멍의 심연이 자리잡고 있으며, 소녀가 탄 기차 문 밑에
도 텅 빈 구멍이 있어 바람이 몰려들고, 그녀의 상처들이 남

자의 몸에도 구멍을 뚫어내며, 언젠가는 그녀가 광인들이 사는 지하 지대로 가는 백색의 구멍으로 사라질 듯 보이고, 그녀의 오빠는 밤이면 냉기가 올라오는 어두운 구멍 / 무덤 속에 잠들어 있다(「저기 소리없이 한 점 꽃잎이 지고」).

삶의 한복판에 음험하게 숨겨져 있는 이 무서운 구멍을 잊기 위해 이들은 눈물 방울이나 땀방울로 길이를 재는 장난을 하기도 하지만(「속삭임, 속삭임」), 최윤의 인물들은 그 구멍 속으로 곧잘 빠져든다. 실종되거나 죽는 인물이 그들인데, 「당신의 물제비」에서 지방 출장중이던 남편의 갑작스런 죽음, 「한여름 낮의 꿈」에서의 아버지의 실종과 '나'의 무단 결석, 「푸른 기차」에서 주인공의 갑작스런 세상에 대한 부재 선언, 「숲에서 숲으로」에서 북극에 대해 얘기하던 '너'의 갑작스런 잠적, 「그의 침묵」에서의 아버지의 실종, 「하나코는 없다」에서 흔적 없이 있다가 사라져버리곤 하는 하나코의 행방, 「저기 소리없이 한 점 꽃잎이 지고」에서의 소녀의 사라짐 등, 블랙홀과도 같은 삶의 미궁 속으로 사라져버린 그들의 부재는 남아 있는 사람들에게 또 하나의 풀어야 할 삶의 수수께끼를 남긴다.

II. 시인과 과학자

최윤에 의하면 이 같은 삶의 미궁에 대응하는 방식에는 두 가지가 있다. 시인과 과학자의 방식이 그것이다. 그의 비유에 따르면 과학자/의학도는 벙어리가 어떻게 감동적인 노래를 만들어내는가에 관심이 있고, 시인/음악도는 가능하면 그것을 녹음해서 충격을 전달하고자 하는 사람이다. 과학자는 논리에 의지해서, 그리고 시인은 직관에 의지해서 삶의 수수께끼에 접근한다. 그러나 삶의 진실은 논리적이고 이성적인 질문에 의해 포착될 수 없다는 것이 최윤의 생각이다. 예컨대 「당신의 물제비」에서 민주환 박사는 자신의 가족들을 모두 죽게 만든 상황에 대한 논리적인 접근으로는 그 진실에 다가갈 수 없다는 것을 깨달은 인물이다. 그가 자신의 추적을 멈추고 발표한 글이 「과학의 우연성에 대한 소고」였다는 것은, 인간 역사의 한 가지 행동이나 의도가 꼭 그 예상된 결과를 낳지 않듯이 과학자가 자신의 질문을 잘못 던졌음을, 그리고 다른 방식으로 질문을 던져야 함을 인정하는 것을 배울 때 삶의 진실에 다가갈 수 있음을 보여준다. 이외에도 공중전화에서 무언가를 얘기하고 있는 벙어리 여인이나 창을 배우겠다는 이모, 이들의 소리에 귀기울이는 음악도인 '나'(「벙어리 창」), 아이들을 관객 삼아 노래하던 소녀와 그 노래를 하모니카로 연습하던 '나'(「워싱턴 광장」), 시인 같던 아재비, 시인의 나라에 사는 아이(「속삭임, 속삭임」), 문경에서 제일가는 시인이 되는 꿈을 지닌 박순경(「문경새재」) 등 최윤의 소설에서 흔히 등장하는 시인이나 노래하는 이는 모두가 이 같은 작가의 전언을 담고 있는 인물들이다.

이들의 맞은편에는 삶의 진실에 객관적인 자료와 논리적인 설명으로 접근하려는 이들이 있다. 「한여름 낮의 꿈」에서 식물의 명명법에 관해 논문을 쓴 아내는 바로 그와 같은 부류의 인물이다. 여름만 되면 모든 일을 멈추어버리는 알 수 없는 병에 시달리는 '나'의 증세를 그녀는 논리적 설명과 이성적 추리, 빛나는 과학의 성과에 기대어 접근하고 처방하려 한다. 아내와 '나'는 삶에 대한 태도나 이해에 있어 아주 대조적인 면모를 보여주는 인물로, 이들의 말 역시 아주 대조적이다.

1) 그럭저럭 한여름은 이 끝도 없는 대질 심문으로 지나가버렸고 나는 그 시절에 대해 제법 감미로운 기억까지를 간직하고 있다. 그녀가 직장에서 돌아와 홑이불을 뒤집어쓰고 누워 있는 나의 머리맡에 살포시 내려앉아 가만히 이불깃을 들치기를 은근하고 간지럽게 기다리면서 하루를 보낸 적까지 있으니 말이다. 2) 비록 자타가 칭송하는 지력을 소유한 아내였지만, 그녀의 분류적인 접근 방법에도 한계가 있었고 특히 나의 증상이 혹시 신체상의 결함에서 기인할지도 모른다는 가정에 이르자 식물의 조직과 인간 신체의 조직 사이의 근본적인 차이점을 솔직하게 인정하고는 신체 조직의 전문가인 의사들을 추적하기에 이르렀다.

1)과 2)는 각각 '나'와 아내가 의미상의 주체가 되고 있는 문장들로, 서로 대조적인 모습을 보인다. 2)의 문장은 아내의 합리적이고 이성적인 의식을 그대로 반영하듯 전문적이고 논리적인 어휘——지력, 소유, 분류적, 신체상의 결함, 가정, 식물의 조직, 추적 등——를 사용하고 있는 데 반해, 1)에서 '나'의 말은 감정 언어를 사용하여 부드러운 느낌을 준다. 특히 2)에서는 전혀 드러나지 않는 형용사나 부사어의 활용이 눈에 띄게 두드러짐을 알 수 있는데(제법, 감미로운, 살포시, 가만히, 은근하고 간지럽게 등),[9] 2)가 지시적 정보나 의미를 전달하는 데 초점이 맞추어진, 따라서 명사가 중심이 되는 문장이라고 한다면 1)은 감정의 움직임을 표현하는 데 초점이 맞추어진 문장이라고 할 수 있다. 이 서로 다른 말은 세계를 인식하는 서로 다른 방식에 기인하여 만들어진다. 이 대조적인 말을 통해 최윤은 전문가인 의사의 말, 과학자의 말이 과연 존재와 우주의 비밀에 다다를 수 있는가, 하는 질문을 던진다. 그리고 이미 그 질문 안에는 '나'의 조울증이 아내의 과학의 그물에 잡힐 수 없는 것이듯 삶의 수수께끼는 언제나 이성 너머에 있다, 라는 작가의 답이 담겨 있다.

「푸른 기차」에서의 '그'는 일상적 자아로서는 "사회적인

─────────────

9) 권성우는 「회색의 진실, 혹은 경계선의 진정성: 최윤의 「회색 눈사람」론」(『문예중앙』, 1993년 봄)에서 최윤 소설의 독특한 매력이 부사나 부사구의 적절한 사용에서 비롯되고 있음을 지적한 바 있다.

활동과 비사회적인 활동을 구분하는 목록과 통계와 숫자에 대해 말하는 남자"이며, "불확실한 지식을 확실한 어조로 말하며 주관적인 견해를 그럴듯한 이론으로 객관화하며, 민감한 이권을 저마다 대변하며 첨예하게 나누어지는 특정 분야의 계파에 대해 외울 정도로 빠삭"한 남자이다. 이 작품은 이 남자의 이런 일상의 자아 밑에 숨겨진, 그리고 때로 불쑥불쑥 일상에 고개를 드는 전혀 새로운 자아에 대한 이야기이다. 그의 존재의 변화에 따라 그의 말 역시 변화한다.

1) 아직은 초여름의 열기가 그의 상체와 침대가 닿는 그곳에서부터 시작되고 있지만 그는 일어나지도, 커튼을 젖히지도, 창문을 열지도 않는다. 그가 눈을 뜨자마자 하는 첫번째의 몸짓, 너무 자동적이어서 몸짓이라고 할 수도 없는, FM 라디오의 버튼을 누르는 그 동작을 그는 하지 않는다.

2) 어느 날 그는 군악대의 북소리와 함께 일어난다. 잠시 죽은 척하고 있다가 사 분 후면 다시 호들갑떠는 북소리와 함께. 그는 전화를 한다. 아무 용건도 없이. 그는 편지를 쓴다. 그는 찻잔을 씻고 책상을 정리하며 침대보를 갈고, 저 더운 대륙의 늙은 대령을 흉내내며 병 밑에 눌어붙은 커피를 긁어낸다.

책상에 앉기 전에 그는 자동적으로 오디오의 버튼을 누른다.

1)과 2)는 각각 갑자기 세상에 대해 부재 선언을 하게 되는 날과 다시 세상으로 복귀하는 날에 대한 묘사이다. 1)의 문장에서 쉽게 확인할 수 있듯이 일상의 '그'에서 일탈의 '그'로 변모할 때 가장 먼저 일어나는 것은 아무것도 하지 '않는' 것이다. 그리고 2)의 문장들을 통해 알 수 있듯이 일상의 세계로 복귀한다는 것은 끊임없이 무언가를 '한다'는 것을 의미한다. 그러나 긍정문으로 일관하고 있는 2)에서 아무 의미도 없는 듯 삽입되어 있는 유일한 부정어 '용건도 없이'는 그 무수한 긍정문들, 무수한 그의 행위들을 무화시킬 잠재적 힘으로 자리하고 있다. 계속해서 무언가를 '하지만' 그것은 1)의 설명처럼 '몸짓이라고 할 수도 없는' 것이며 따라서 아무것도 '하지 않는' 것이 되고 마는 것이다. 이는 세상에 대한 부재 선언을 통해 참다운 자기 존재를 확인하고 세상에 뛰어듦으로써 오히려 자기를 상실하는, 긍정과 부정, 존재와 부재의 전도된 관계를 드러내는 문체적 장치이다.[10] 부정문을 통한 세상에 대한 부재 선언 혹은 일체의 관심 끊기가 오히려 적극적인 자기 실현이 되며, 그의 무관심이 단순한 수동이 아니라 능동이 되는[11] 이유도 여기에 있다.

---

　10) 예컨대 끝없이 무언가를 '하며' 살아온 주인공을 의미적 주체로 내세우는 거의 모든 문장은 부정문으로 되어 있다. 이 같은 서술 방식은 결국 그가 '한' 것은 아무것도 '없으며,' 그의 삶은 '살고 있음을 잊을 정도로' 산, 다시 말해 진정으로 '산' 것도 '아닌' 것임을 역설적으로 드러낸다.

「문경새재」에서도 우연히 일행이 되었던 박순경은 그 안에 경찰로서의 자아와 시인으로서의 자아가 함께 있는 인물이다. 그는 함께 타고 가는 일행이 자기가 쫓는 인물임을 눈치채고 있었으면서도 경찰의 목소리가 아닌 시인의 목소리로 이들에게 접근, 이들을 놓아준다. 문경에서 제일가는 시인이 되는 것이 꿈이던 그는 부드럽고, 젖은, 그리고 무언가 사람을 안심시키는 목소리를 가지고 있다. 그것은 바로 시인의 목소리이다. 여행 초반부에 순조로운 시작을 가능하게 했던 것이 이들을 인도한 미신에 가까운 직관적인 느낌이었듯이, 삶의 기미는 이런 시인의 감각으로 감지되며 삶을 살아갈 만한 것으로 만드는 것도 그 같은 시인의 목소리이다.

「숲에서 숲으로」는 의도적으로 순서와 논리를 흩트려놓은 듯한 글쓰기를 시도함으로써 삶을 바라보는 시인의 시선을 작품의 구조를 통해 그대로 보여주고 있다. 모든 문장에는 주어가 없고 그에 따라 화자의 성(性)도 분명하게 드러나지 않는다. 모든 사건, 상황에는 '기억한다'라는 술어가 따르고 있고, 이는 사실과 기억 사이 그리고 과거와 현재 사이의 경계를 흐려놓는다. 작품에 들어가기에 앞서 인용되어 있는 조르주 페렉의 말에서 드러나듯 '사고 / 분류'의 과학적 · 논리

---

11) 최윤은 그의 산문집 『수줍은 아웃사이더의 고백』(문학동네, 1994)에서 「푸른 기차」에서 사용된 부정문과 그 의미에 대해 언급한 바 있다 (pp. 105~06).

적 접근에는 이미 모호성과 불분명함이 숨어 있다는 것을, 따라서 삶의 비밀은 그 과학자의 시선으로 밝혀낼 수 없는 것임을, 그 흐려진 경계와 해체된 이야기로 전하고 있는 것이다.

삶의 수수께끼를 추적하는 최윤의 소설은 명쾌한 해답이나 결론을 찾아내는 것으로 끝나지 않는다. 의문 부호와 암호들이 처음에 시사하고 있던 예상된 답들은 번번이 어긋나고, 삶의 진실은 모호한 채로 남겨진다. 그녀가 도달하게 되는 결론은 의도한 목적과 결론이 일치하지는 않는다는 것, 삶의 길은 하나로 이어진 단선이 아니라 무수한 샛길과 갈랫길이 엉켜 있는 길이라는 것, 따라서 삶의 진실이란 일관된 논리나 이성적 접근 너머에 있는 것이라는 사실이다. 이제 최윤은 삶의 미로를 시인의 눈과 귀로 헤쳐간다. 그녀가 소리에 그토록 민감한 것도, 그리고 그로 인해 소리가 말이 되고 이야기가 될 수 있는 것도 이 때문이다.

3. 삶의 미로와 소리의 미로

I. 침묵에서 소리로

최윤의 인물들에게 있어 말은 곧 생명과도 같다. 말이 죽은 곳에는 죽음 같은 삶이 수반되고, 말이 살아 있는 곳에는 삶의 생기가 넘친다. 예컨대 '네'가 쌍둥이 형제인 '나'에게 전화하지 않은 지 두 달이 되어 침묵의 신전이 되어버린 집이나(「갈증의 시학」), "늘 침묵했던 것 같"은 사람들이 라디에이터 옆에 모여 있고 진혼곡류의 합창곡이 흘러나오던 역 근처 다방, 그리고 알 수 없는 공허로 말다툼을 벌인 후 찾아오는 말이 죽고 난 후의 적막한 풍경(「숲에서 숲으로」) 속에는 죽음의 기운이 흐른다. 그 죽음은 말의 죽음과 함께 온다. 「갈증의 시학」에서 다 쓴 공책 위에 몽당색연필로 하늘과 구름과 바다와 배를 그리던 '너'는 그 말/그림의 꿈 대신 물질의 꿈을 따라가다 죽고, 「숲에서 숲으로」의 '너'는 '나'와의 말의 어긋남 끝에 사라진다. 침묵이 특기이고 냉소적인 말투를 가진 '너'였지만 그녀의 내면에는 말에의 욕망이 꿈틀대고 있다. 그녀가 자기의 목소리가 담긴 테이프를 선물했었다든지, 사람들이 늘어선 공중전화에서도 그녀가 먼저 한 통화는 늘 길었던 것이라든지, 의성어와 말장난에서 조립한 카드의 비밀번호를 갖고 있었다든지, 눈을 감고 누워 있을 때 그녀의 입이 몸에서 멀리 떨어져 혼자 움직이는 것 같았다는 것 등은 그러한 말의 욕망을 보여주는 일화들이다.

이런 점에서 최윤의 인물들은 모두가 말에의 욕망과 그 좌절 사이에서 갈등하는 인물들이다. 작품 곳곳에 등장하는 전화하기, 편지쓰기 등의 행위는 그러한 욕망의 발현이다. 「속삭임, 속삭임」에서는 '나'와 아재비 사이에, 그리고 아재비

106

와 아재비의 가족들 사이에 편지가 있고, 「아버지 감시」에는 월북한 아버지와 식구들, 그리고 서울의 아버지와 중국 연변의 식구들 사이에 편지가 있고, 「벙어리 창」에서는 벙어리 여인이 공중전화에서 무언가를 이야기하고 있고 '나'는 벙어리 여인에게 편지를 쓰고, 「그의 침묵」에서 '나'는 고향을 떠난 후 살아 있음을 알리기 위해 어머니께 편지를 쓰며, 「문경새재」에서 최흥주와 '나'를 이어준 것도 그의 우편엽서와 전화였으며, 「회색 눈사람」에서 주인공도 발작적으로 일어나 미국으로 간 엄마에게 편지를 쓴다. 이 말/글은 나/그의 부재를 존재로 바꾸는 생존의 말이자 삶에 대한 욕망을 담은 생명의 말이다.

최윤의 인물들은 그들의 삶을 잃을 때 그들의 말을 잃는다. 벙어리 여인, 웃지 않는 누나, 배우처럼 우스꽝스러운 탈을 쓰고 살아온 이모, 말이 드물던 부모, 입 다물어 미친 소녀, 이들은 모두 내면에 갇힌 자신들의 말을 밖으로 꺼내놓지 못하는 벙어리들이다. 그러나 동시에 이들은 "내면에서 아우성치던 소리"들을 "토해내고 싶은 광증과 같은 욕구"로 "늘 할말이 많았다"(「속삭임, 속삭임」). 사거리로 뛰쳐나가 소리를 지르고 싶던 욕망과 어느 화가가 요구한 분노로 고함을 지르는 자세, '나'의 독백(「판도라의 가방」), 이모의 통곡과 노래(「벙어리 창」) 등은 내면에 갇힌 소리들을 토해내는 고통스런 몸짓에 다름아니다. 말이 되지 못하고 신음 소리로, 울음 소리로, 노랫소리로 떠돌고 있는 이 소리들은 죽음과도 같은 침묵을 뚫고 나오는 생명에의 갈망을 담은 일종의 전언이다. 그 소리들은 그것을 듣는 이가 있을 때 비로소 말이 된다. 최윤의 소설 곳곳에서 들려오는 소리들은 말이 되기 위한, 그래서 생명을 준비하기 위한 징후인 것이다.

그것은 이야기를 담고 있다는 점에서 그렇지 않은 소리들과는 전혀 다르다. 예컨대 「푸른 기차」에서도 세상은 소리로 다가온다. 그러나 그것은 삶의 비의를 감춘 숨겨진 말로서가 아니라 반복적이고 무의미한 일상의 소리로 다가온다. '그'는 전혀 소리내지 않으며, '그'의 밖에만 '그'와 무관한 소리가 있다.

복도로 면한 창문 쪽에서는 늘 그렇듯이 그가 다가가기 위해 어떤 행동을 취하기 전에 세상이 먼저 그에게 다가온다. 사무실 임대용으로 지어진 이 건물을 향해 걸어오는 바쁜 발걸음과, 각자 문 뒤로 사라져버리기 전에 던지는 짧고 부산한 인사말들, 혹은 전동차 시간에 맞추어 출근을 서두르는 똑같이 바쁜 발자국 소리, 밤새 억눌려 있던 강한 수압의 수돗물 소리, 이미 하루를 시작한 사람들의 의자가 바닥을 긁는 소리…… 이제 그만.

이상의 「날개」 주인공과 박태원의 구보씨를 연상시키는[12]

이 작중인물이 일상으로의 편입을 거부하고 자기만의 세계 속으로 숨어들기 시작하면서 이 작품은 시작된다. 그 거부의 몸짓은 일어나지도, 커튼을 젖히지도, 창문을 열지도, 그리고 FM 라디오를 틀지도 '않는' 것과 같은 빛과 소리에 대한 거부로 나타나는데, 특히 그가 예민하게 반응하는 것은 소리이다. 일상의 시간이 다가옴에 따라 문밖의 소음도 점점 커지고, 전화 소리/사람들의 목소리/의자 소리도 끊임없이 들려오며, 그는 음악에 대해 변덕스럽고 까다로워지기 시작한다. 이때 일련의 소리들은 그와 함께 공유되고 나누어지는 대화가 아닌 일방적이고 공적인 소리들이다. 거기에는 나눔이 없다. 그는 단지 모든 소식을 삼키는 '종이 수거함'이며 '서류 정리 파일'이다. 그래서 그는 전화도, 편지도, 라디오 소리도 거부한다. 그리고 그런 세상에 대한 부재 선언조차 지속될 수 없을 때, 그리고 아무것도 바뀌어지지 않음을 깨닫게 되었을 때 그는 다시 군악대 북소리와 함께 일어나 전화를 하고, 편지를 쓰고, 오디오 버튼을 누른다. 거기에선 일상으로의 회귀를 알리는 '푸른 기차' 음악이 흘러나온다. 꼭 하루치의 기운과 격려가 담긴, 그러나 이상으로 하여금 절망

12) 특히 폐쇄된 공간 속에서 누워 잠자다 밖으로 외출하여 무목적적으로 거리를 헤매다 집으로 돌아오는 것으로 진행된다는 점에서 「날개」의 구조와 흡사할 뿐 아니라, 그것이 권태로운 일상으로부터의 탈출의 의미를 갖는다는 점에서도 유사한 점을 갖고 있다.

하게 한 한없이 늘어진 초록빛 벌판처럼 그 끝없는 이어짐에 절망하게 만드는 '푸른 기차'의 음악이.

최윤의 소설은 이 죽은 소리들로부터, 혹은 소리의 죽음으로부터 소리를 되살려내고자 하는 이야기라 할 수도 있을 것이다. 소리의 죽음은 존재의 억눌림, 생명의 죽음을 비유하는 상징적인 상황이다. 그러나 최윤의 소설은 수많은 이야기와 사연을 삼키고 때로 중얼중얼거리거나, 고함을 치거나, 통곡을 해대는 이들의 이야기를 통해 단지 말의 죽음, 생명의 죽음을 환기하는 데서 끝나지 않고, 그 소리를 생명의 말로, 이야기로 바꾸어놓는다. 이제 그 과정을 따라가보자.

II. 소리에서 의미로

앞서 살펴본 대로 최윤의 소설은 소리와 침묵 사이에서 벌어지는 수많은 사연과 갈등, 화해의 이야기라 할 수 있다. 삶의 어떤 징후나 흔적, 비의는 대개 소리를 통해 감지된다. 그 소리들은 거기에 귀를 기울이는 존재에 의해 말로, 이야기로 바꾸어진다. 최윤의 많은 소설이 갑작스런 환청, 노랫소리, 혹은 소리에 대한 귀기울임으로 시작되고 있다는 것은 이 점에서 주목된다. 그의 대부분의 소설들은 이야기의 중심에 소리를 내는 인물들이 있고 그들의 곁에 그 소리에 주목하고 있는 또 다른 인물이 있는, 따라서 화자와 청자의 대화적 관계를 기본 구도로 갖고 있다. 해결되지 못한 삶의 사연들이

나 풀어내지 못한 갈등, 혹은 삶의 근원적인 모호성을 환기
시키듯 수수께끼처럼, 암호처럼 나타나는 소리들이 다시 침
묵 속으로 사라지지 않을 수 있게 되는 것도, 그리고 이야기
로 살아날 수 있는 것도 이 대화적 관계 안에 내재된 관심과
사랑의 힘 때문이다.

　　귀를 기울인다. 먼저는 톡톡 어디선가 돌아가는 시침 소리.
시간의 물방울 소리는 누가 조절해놓았기에 저토록 정확히 떨
어질까. 그렇다. 늦은 시간이다. 귀를 기울여야. 아주 먼 곳에
쳐진 은유의 방벽 뒤에서나 울려옴직한 웅웅거리는 그 무엇 외
에는 시계 소리뿐이다. 　　　　　　　　　　──「당신의 물제비」

　　어느 날 아침, 머릿속 가득히 한 곡의 이중창이 채워져 있었
다. 머릿속 작은 우주뿐 아니라 방안 가득히, 도시 가득히 그리
고 저 먼 우주까지 가득히. 그것은 여느 상쾌한 이른 아침 휘파
람 곡으로 되어 입술 사이를 새어나오는 작은 행복의 표시 같
은 것은 아니었다. 때가 지나가버린 유행가 가락이며, 음악이
라기보다는 부르짖음에 가까운 그런 이중창.
　　　　　　　　　　　　　　　　　　　　──「워싱턴 광장」

　　그르스스, 게스스트, 게스흐트……
　　그것은 바람 소리 같기도 하고 가벼운 천이 껄끄러운 물건에

부딪히는 것 같기도 한 소리였다. 아니면 언어를 잊은 실어증 환자가 어렵사리 토해내는 것 같기도 한 이상한 소리가 그럴까.

　나는 오늘도 머릿속에서 부유하는 이 소리의 파동과 함께 깨어 일어났다.　　　　　　　　　　　　　　　 ──「그의 침묵」

「당신의 물제비」에서 주인공의 귀에 들려오는 소리들은 삶의 불안한 징후들과 관련된다. 그녀는 그 소리를 피해 아이의 숨소리에 귀를 기울이기도 하지만 다시 웅웅거리는 소리에, 그리고 딴사람의 그것처럼 생소하게 들리는 자기 자신의 숨소리에 사로잡히게 된다. 남편의 교통 사고 사망, 그리고 그것보다 더 충격적이었던 남편 얼굴에 비친 미소와 옆에 타고 있던 여자의 존재. 자신의 삶의 끝이자 도저히 파고들어갈 수 없는 삶의 의문의 시작이기도 했던 그 사건을 통해 깨닫게 된, 삶의 어긋남이라는 불안한 명제는 이같이 웅웅거리는 소리가 되어 그녀의 의식을 떠도는 것이다. 그녀가 정신을 잃었다가 깨어났을 때에도 혼란된 목소리들이 들려오고, 그녀는 가끔 열에 들떠 횡설수설해대는 현상을 보인다. 혼란스런 말, 뒤엉킨 말, 그것은 갑작스레 엉켜버린 삶의 실타래 그것이다. 민주환 박사의 집에 머물며 그가 녹음기에 대고 말한 것을 문장으로 옮기는 일을 하게 됨으로써 그녀가 자신의 고통으로부터 서서히 벗어난다는 것은 이 점에서 상징적이다. 엉킨 소리를 풀어내는 것, 그래서 횡설수설하는 자신의 소리를 노인처럼 안정감이 있는 목소리로 만드는 것, 그것이 그녀가 안고 있는 과제였기 때문이다.

「워싱턴 광장」에서의 이중창은 어린 시절 노래를 불러 돈을 벌던 여자 아이와 자신과의 비밀스런 관계에 연관된 소리이다. 이 소리를 '나'는 지하철 입구의 계단에서 구걸하는 여자를 통해 새롭게 환기한다. 그녀는 다름아닌 자신과 함께 노래부르던 소녀였던 것이다. 그녀의 앞에 놓인 상자 귀퉁이에는 '진부하고 상투적일' 구걸의 글이 씌어져 있었고, 그 글자들은 그에게 '구체적인 어떤 목소리로' 다가온다. 이로 인해 오만하고 당당하던 소녀를 초라한 걸인으로 만들어버린 것, 그래서 아름답던 노래를 진부하고 상투적인 글로 바꾸어버린 것에 대한 추적이 시작된다. 그 아이와 함께 부르던 이중창은 '감히 행복했다'고 기억하고 있지만, 그 아이의 아버지가 결박당한 채 끌려간 후 자신의 아버지가 간첩으로 고발되어 붙잡혀간 것이 '나' 때문이라고 믿고 있을 그 아이의 오해로 인해 이제 '나'와 그애와의 관계는 일그러진 이중창으로 남아 있다. 그애의 노래에 맞춰 연주하리라던 어린 시절 하모니카 연주자의 꿈이 이류 악단의 플루트 연주자의 현실로 초라하게 변질되어 있듯이, 그 부르짖음 같은 이중창은 어쩔 수 없이 어긋나버리고 깨어져버리는 삶의 비극성을 말해주고 있는 것이다. 그것은 아이의 아버지가 경찰에 의해 끌려갈 때의 "이상한 침묵의 대열"이나 "어른이 되면 내가 하지 못했던 말을 해주리라" 생각했지만 "해명할 기회를 박탈당한" '나'의 침묵과 함께 모두 죽은, 혹은 변질된 말이고 소리이다. 함께 만들어내어 울려퍼지던 노랫소리가 사랑과 평화를 환기시켰다면, 이제 이들 사이에 흐르는 침묵은 갈등과 어긋남을 환기시킨다.

「그의 침묵」에서 임종 직전 아버지가 내뱉은 소리는 한편으로는 아버지가 자신의 삶을 걸었던 '역사'의 의미를 묻는 것이면서 다른 한편으로는 온전하게 내뱉어지지 못한 채 갇혀버린 말의 의미를 묻는 것이기도 하다. 조각가였던 아버지 진덕우가 무식한 미장이 박삼돌로 살아야 했던 삶의 질곡, 그리고 그 힘겨운 과거의 모든 흔적을 지우듯 살아왔던 부모들의 침묵 속에 갇혀 있던 말들은 겨우 그와 같이 알 수 없는 신음 소리로 남겨졌다. 그것은 '내'게 그 몇 음절의 소리로부터 수천 수만 갈래의 삶의 갈피와 길을 더듬어야 하는 작업을 남겼는데, 그것은 잡음과도 같은 소리에서 혹은 침묵 속에서 그 안에 갇혀 있는 비밀스런 이야기를 찾아내는 일이다. 그저 바람소리처럼 남아 있는, 그리고 숨소리에 말려버리던 말 뒤에는 혁명적 예술가가 그 꿈과 열정을 묻고 미장이로 살아와야 했던 역사의 무게 그리고 그로 인해 어긋나버린 한 인간의 어긋나버린 삶의 무게가 숨겨 있다. 신음 소리처럼, 바람 소리처럼 들리는 아버지의 소리에 숨겨진 많은 이야기처럼, 소리는 그 뒤를 들여다보는 시선에 의해서 말로, 의미로, 변모한다.

제목에서부터 소리와 침묵 사이의 비극적 엇갈림을 암시하고 있는 「벙어리 창」에서 화자인 '나'는 소리를 듣고 채집하는 일을 하는 음악도이다. 그에게 삶의 갖가지 갈래들은 모두 소리를 통해 감지된다. 공중전화 부스에서 벙어리 여인이 내던 이상한 소리의 곡예에 이끌려 그 벙어리 여인에게 편지를 쓰고 있을 때, '나'는 다시 귀에 익숙한 소리를 듣게 된다. 그것은 이모부한테 반주검이 되도록 맞고 온 이모가 내는 소리이다. 그녀는 볼일이 있어 들를 때는 초인종을 사용하다가도 피신하러 올 때면 손가락 마디로 철대문을 두드리는데, 초인종 소리가 단지 금속성의 소음에 불과하다면 손가락으로 내는 소리는 이야기가 담긴, 그래서 말이 될 소리이다. 물론 그것은 그 소리에 귀기울이는 '나'라는 존재가 있음으로 해서 가능하다. '나'는 소리를 '듣는' 일을 하는 인물이지 않은가. '나'는 말이 되지 못하고 소리로 떠도는 이야기를 감지하고 끄집어내려는 작가의 분신과도 같은 인물이다. 이모가 집 안으로 들어올 때까지의 일련의 과정은 모두 소리를 통해 그리고 그 소리에 민감하게 반응하고 있는 '나'의 태도에 의해 서술된다.

이모는 누나 방 창문이 나 있는 담 쪽으로 다가가, 대문을 두드릴 때의 조심스런 태도를 내던지고 누나의 이름 석 자를 고음으로 부르기 시작했다. 세번째의 부르짖음이 채 끝나기도 전에 누나 방문이 후다닥 열리고 이어 씩씩거리는 분노의 숨결과 함께 허겁지겁 내 방문을 가로지르는 발걸음 소리가 들려왔다. 〔······〕

그리고는 빗장 여닫는 소리, 무언가 쿵 부딪치는 소리, 한숨 소리, 발자국 소리가 내 방문 앞에서 멎는다. 나는 죄라도 지은 것처럼 숨소리를 죽였다.

〔······〕 다시 신발 끌리는 소리, 방문 여닫히는 소리. 침묵. 그리고 얼마 안 있어 마치 내가 들으라는 듯이 울려퍼지는 이모의 자유분방한 통곡 소리.

가수가 되는 것이 꿈이었다는 이모는 이 울음 끝에 자신을 위해 어느 작곡가가 지어주었다는 노래를 불러대기 시작한다. "입 한번 뻥긋한 적이 없이" 살아온 이모가 내는 이런 일련의 소리들은 오랫동안의 침묵을 뚫고 내면에서 솟구쳐 올라오는 살아 있는 말이다. 작곡가이자 남로당원이었던 강우진과의 사이에서 낳은 아이를 떼어 북으로 보냈을 때 이모의 삶은 이미 죽은 것이나 다름없었고, 가슴속에 묻어버린 그때의 기억들, 갇혀진 말들은 소리나 노래가 되어, 혹은 신음 같은 창이 되어 터져나오곤 한다. 따라서 말없이 살아온 이모가 간혹 내뱉는 이 소리에는 모든 억눌림에서 벗어난 '자유분방한' 생명의 기운이 넘친다. 이모의 통곡 소리를 듣고

116

'내'가 미소를 떠올리고 그 소리를 채집하고 싶은 충동에 사로잡히는 것도 이 때문이다. '나' 역시 일상의 소음과 금속성의 고음, 갈등과 혼란의 소리가 아닌 살아 있는 육성, 생명의 소리를 그리워하고 있는 인물인 것이다.

따라서 이 울음 소리를 기화로 이모와 '나' 사이에는 일종의 대화가 이루어지게 된다. 이모의 오랜 울음 끝에 이들은 "박장대소를 하며 이유 없이 웃어제꼈"고, 이모는 술을 마신 후 노래를 부르기 시작한다. 이때가 이모의 얼굴이 가장 아름다워지는 순간이라는 것은 그 노래 속에, 침묵 속에 억눌려 있던 자유로운 생명의 기운이 비로소 발산되기 때문일 것이다. 이모의 목소리에는 "답답한 체증을 펑 뚫어주는 시원스런" 어떤 것이 있다. 이모가 사랑했던 작곡가 강우진과 아마도 그 역시 작곡가가 되어 있을 아들 강희석, 음악도인 '나,' 그리고 벙어리 여인, 이들은 모두가 소리에 민감한 인물들이다. 이들에게 소리는 절망이자 그리움이며 상처이자 욕망이다. 이들은 침묵 속에 묻힌 이야기에 대한 그리움으로 고통스러워하는 인물이다. 북에 있는 강희석의 전화번호를 알려달라고 114에 전화를 거는 이모의 모습은 신음 소리로 전화를 걸던 벙어리 여인의 모습 바로 그것이다. 한편 이들의 반대편에는 마사지를 하기 위해 형광등 불빛 밑에 흰 가제 수건을 쓰고 시체처럼 누워 있는 누나가 있다. 그녀는 피부 노화 방지를 위해 마사지를 하는 동안 결코 웃지 않는다.

그리고 자신이 태어난 곳으로 돌아가고자 하는 연어들에 비유될 수 있는 이모와 '내'가 전화를 걸었을 때 생선회를 준비해놓겠다고 한다. 그녀가 웃음 없는 따라서 생명이 사라진 인물이라면, 이모와 '나' 그리고 벙어리 여인은 울음과 웃음, 신음 소리 들로 오히려 살아 있다. 이들은 서로의 소리에서 이야기를 듣고 전하는 음악도이자 문학도들인 것이다.

이처럼 최윤의 소설은 일련의 소리들 속에서 말을 찾아내려는 고통스런 탐색의 과정을 그리고 있다고 할 수 있다. 작가의 말 그대로 "모호한 소리의 기억으로부터 하나의 단어, 역사를 형용해주는 하나의 단어에로 나가는 것은"(「그의 침묵」) 수천 수만 갈래의 길을 통과하는 일이 된다. 최윤은 소리와 말과 그것이 만들어내는 의미 사이에서, 아직 말이 되지 못한 소리와 그것이 감추고 있을 의미 사이에서, 그 신기하고도 어지러운 말의 길들 위에서 줄곧 서성댄다. 때론 음악도로, 작곡가로, 플루트 연주가로, 때론 화가로, 조각가로 등장하는 그의 인물들은 내면에 갇힌 소리에 귀기울이고 그것들을 표현하려는 자라는 점에서 작가의 분신들이라 할 수 있다. 그는 말이 갖는 생명과 자유, 해방의 힘을 믿는 사람이다. 최윤의 인물들은 자신의 이야기를 들어주는 혹은 듣고자 하는 '나' / '그'를 갖고 있다는 점에서 그들처럼 말의 욕망에 시달리고 있는 오정희나 신경숙의 인물들보다 행복하다. 이들의 말이 자신들의 세계만에 갇혀 있는 혼자만의 독백으로

끝날 수밖에 없는 데 반해, 최윤의 인물들의 말은 비록 그것
이 아직은 의미 이전의 소리로 떠돌고 있다 하더라도 그 소
리를 듣고자 하는 대상과의 관계 속에 들어와 있기 때문이
다. 이들의 소리는 타인과의 단절된 관계를 확인시키는 닫힌
말이 아니라, 타인으로 하여금 수수께끼 같은 그 말에 귀기
울이게 하고 그리하여 그의 삶에 참여하게 하는 열린 말이
다. 최윤 소설에서 생명의 말을 발견하게 되는 것은 이 때문
이다.

4. 생명의 몸과 말

I. 물의 집

최윤의 인물들이 궁극적으로 돌아가고자 꿈꾸는 곳은 생
명 공간으로서의 물/바다이다. 이들에게 삶의 과정은 바다
에 가까운 집 혹은 물의 집으로 되돌아가는 것이 된다. 그리
고 그 갈망은 결국 어머니의 자궁이라는 여성 공간과의 만남
으로 이어진다. 「집.방.문.벽.들.장.몸.길.물」에서 주인공인
'너'가 땅과 바다의 경계가 모호한 곳에서 그리고 밤과 아침
의 경계가 불분명한 시간에 죽는 것을 꿈꿀 때, 이 죽음의 방
식은 생명의 원초적 공간인 자궁 속으로 되돌아가려는 시도
를 담고 있다. 모든 대립과 갈등을 무화시키고 경계를 해체

시키는 액체의 공간, 그것이 생명의 원천으로서의 자궁 속이기 때문이다. 작중의 말대로 어머니는 우리의 "원초적 셋집의 주인"이며, 우리가 "움츠리고 기거했던" "어머니의 어두운 복부"는 우리의 원초적인 공간이다. 생명의 물을 찾아가는 최윤의 인물들은 궁극적으로 이 어머니의 몸, 자궁 속으로 되돌아가고자 하는 것이다.

「하나코는 없다」와 「저기 소리없이 한 점 꽃잎이 지고」의 두 여주인공이 각각 생명력과 불모성을 환기시키는 인물이라고 할 때, 여기에도 생명의 근원으로서의 물이 전제되어 있다. 하나코가 물을 연상시키는 인물이라는 점이나 그녀가 물과 안개의 도시 베네치아에 살고 있다는 점 등은 그녀가 언제나 흔들리지 않는 생명의 중심과도 같은 인물임을 보여주기 위한 장치이다. 반면에 하나코를 찾아간 '나'는 갑자기 목이 말라오고, 「저기 소리없이 한 점 꽃잎이 지고」에서 황폐한 현실에 의해 몸과 정신이 다 망가져버린 소녀는 늘 목이 마르며, 몸의 물기가 다 빠져나간 듯이 누울 수조차 없다. 풍요로운 물이 자유와 생명의 기운을 환기시킨다면, 갈증 혹은 물의 부재는 죽음의 징후와 연결된다. 따라서 최윤의 인물들은 갈증을 견디며 물을 찾아간다. '내'가 먼 베네치아까지 하나코를 찾아가는 것도, 소녀가 강변을 따라 바다 쪽으로 걷는 것도, 그 물이 모든 대립과 갈등을 무화시키고 상처를 끌어안는 곳으로서의 어머니의 자궁을 만나게 하는 곳이기 때문이다. 그리하여 소녀는 자기의 몸이 녹아 물이 되기를 바라면서 강변에 누워 있지만 녹지도, 흐무러지지도 않는 몸을 일으켜세우는 수밖에 없다. 그녀에겐 생명의 물, 어머니가 없다. 그녀의 곁에는 대신 폭력과 욕망의 불길이 끓어 오른다. 목적지인 바다를 잊어버린 후 강을 건너 뒤돌아본 강변 숲은 온통 불길 속에 타오르고 있는 것이다.

물로, 바다로 돌아가고자 하는 욕망은 그 속에 녹아 해체되어 그 자신 물이 되고자 하는 욕망이다. 최윤의 인물들은 그 욕망으로 바다와 수평으로 눕는다. 작중의 표현에 따르면 그것은 바다를 더 잘 아는 데 필수적인 자세이다(「집,방,문,벽,들,장,몸,길,물」). 「푸른 기차」에서 일상의 '그'와 일탈의 '그' 사이에는 이 수평의 자세가 수직의 자세와 대립하며 자리하고 있다. 갑자기 세상에 부재 선언을 해버린 그가 하는 일은 이 수평의 자세를 유지하는 것이다. 그는 침대 위의 수평의 자세에서 침대가의 수직의 자세로 이동하는 데에는 생물계의 진화가 이루어지는 시간만큼이나 오랜 시간이 걸린다고 고백하며, 외출 후 귀가하면 청바지 허물을 벗고 그의 몸에 알맞은 자세인 이 수평의 자세로 돌아간다. 눈에 띄게 제목을 앞쪽으로 내보이며 쌓여 있는 수직적 투자 가치 전문 서적과는 달리 수평으로 무더기로 뒤죽박죽 쌓여 있는 책더미들, 그 중에서도 책장 맨 밑 층에서 전체 무게를 받고 있는 『최신 지리부도』책, 이는 '수평의 가치'를 환기시키며 그가 일상으로부터 자유로워져 존재의 본원으로 되돌아가기를 촉구한다. 그가 살이 물렁물렁해질 정도의 뜨거운 물에 샤워를 하는 것도 수평의 바다, 물의 집으로 되돌아가고자 하는 한 시도이다. 그러나 그는 "녹지 않았"고, "그의 뼈는 액체로 변하지 않았다." 또 하나의 번거로운 일상이 될 여행도 포기한다. 그에게 완전한 일탈, 자유는 불가능하다. 그는 다시 수직의 자세로 돌아가 수직적 가치에 매달리며 살아가야 하는 것이다.

이처럼 일어서서 걷기를 강요하는 일상의 무게로부터 자유롭고자 할 때 최윤의 인물들은 수평의 자세를 취한다. 「속삭임, 속삭임」의 주인공은 파충류의 후예인 듯 땅을 길 때가 가장 마음이 편하다고 고백하고 있고, 「판도라의 가방」의 주인공도 자전거를 세우고 벌렁 누워 자꾸 수평 자세로 돌아가 머릿속 그림을 쫓아가고 싶어지며, 「아버지의 감시」에서 오르막길 인생을 선택한 아버지도 변함없이 평평한 대로만 있으면 오죽 좋겠냐고 얘기하고, 「한여름 낮의 꿈」에서 주인공은 여름이면 오는 조울증으로 마냥 수평적 자세만을 갈망하며 한 달 남짓을 보낸다. 이들에게 있어 이 같은 몸짓은 생명 공간인 바다에 가까워지고자 하는 몸짓으로, 자궁 속에서의 웅크림을 닮아 있다. 자궁은 '나'와 '너'의 경계를 허물고 모든 대립과 갈등의 벽을 풀어놓는, 그럼으로써 생명을 탄생시키는 "액체의 나라"(「벙어리 창」)이다. 최윤은 인물의 말을 빌려 "삶은 아무래도 고체보다는 액체에 가까운 모양"이라고 고백하고 있기도 하거니와(「당신의 물제비」), 생명의 말 또한 그 액체의 나라에서 태어난다. 낮과 저녁, 물과 하늘, 그리고 말과 말의 경계가 흐려질 때 그래서 딱딱하고 굳은 것들이 풀어지고 흩어지고 흘러갈 때 가장 아름다운 생명의 풍경이 만들어지는 것이다.

II. 물의 말

생명의 말이 액체의 나라에서 태어난 물의 말이라는 것은 「하나코는 없다」에서 단적으로 드러난다. 여기에서 흔들리지 않는 삶의 중심과도 같은 존재로 등장하는 하나코의 특성 중의 하나는 그녀가 사람들의 이야기를 잘 듣는다는 사실이다. 그녀는 나직나직한 목소리를 가졌고, 재치 있는 농담과 감탄사를 할 줄 알았으며, 진지한 어조로 얘기하는 인물이었고, 그래서 사람들로 하여금 내밀한 얘기를 꺼내놓게 만드는 힘을 가진 인물이다. 그녀는 얘기를 중간에서 끊는 법이 없었고, 편지를 쓰고 싶은 욕구를 불러일으키던 인물이며, 남자들의 편지에 꼭 답장을 하던 인물이다. 반면에 다른 인물들 사이에서 말은 항시 단절되거나 어긋나 있다. K와 그와의 전화 통화는 침묵이나 농담으로 끝나고, 그와 아내는 침묵이 트집이 되어 불화에 이르렀고, J는 결혼 일주일 전 하나코에게 청혼 편지를 보내고는 그녀의 답장을 친구들에게 읽어준다. 이들에겐 진정한 마음의 나눔으로서의 말이 없다. 따라서 이들은 삭막한 일상 속에서 생명의 물과 말에 대한 갈증에 시달리며 때로 물의 도시에 살고 있는, 그녀 자신이 물인 하나코를 찾아오곤 하는 것이다. 그녀에겐 생명의 물과 말이 있기 때문이다.

따라서 최윤의 소설에서 생명의 말은 물처럼 부드럽고 조용하게 사람들 사이를 흘러간다. 그것은 "내용보다는 서로의 마음의 흐름을 확인하는 것이 중요한"(「당신의 물제비」), 그래서 말 자체보다 말을 통한 마음의 교감이 중요한 그런 말이다. 바닷속처럼 고요하기만 한 집 안을 부산하게 만들던 민박사와 양자인 복동씨 사이의 이야기라든지(「당신의 물제비」), 아버지와 아재비 사이의 속삭임, 그리고 아이를 향한 '나'의 끝없는 이야기(「속삭임, 속삭임」)들은 죽음 같은 삶 속에서 확인하는 유일한 평화의 풍경이다. 요컨대 최윤의 인물들은 그 이야기 속에서만 살아 있다.

1) 아버지가 편찮으시니 주말에 집에 오너라. 올 때는 이런 저런 약을 사오거라.

2) 송이가 없으니 풀포기가 다 기운이 없이 시들하다.

이것은 「속삭임, 속삭임」에서 주인공에게 보내는 부모와 아재비의 편지를 대비해서 서술하고 있는 대목이다. 1)이 정보나 지시적 사실을 전달하는, 따라서 보내는 이의 마음은 전혀 읽어볼 수 없는 글인 데 반해, 2)는 어떤 사실이나 정보를 제공하는 데 목적이 있는 것이 아니라 감정을 전달하고 서로 마음을 나누는 데 목적이 있는 글로, 주인공으로 하여금 아재비는 시인이야, 라고 중얼거리게 만들었던 편지의 한 대목이다. 주인공은 이 편지들 중 아재비의 편지가 맘에 들었다고 고백하고 있거니와, 이는 말이란 사람 사이의 마음을 나누게 하는 것이어야 한다는 작가의 믿음을 드러내는 것이기도 하다. 공책에 무언가를 끄적거리다 지우곤 하던 아재비, '박'자를 삐뚤삐뚤하게 써놓고 글자가 웃고 있다고 말하던 아이, 이들은 모두 시인의 나라에 사는 인물이며, 이들의 말은 모두 부드럽고 가볍다. 이들의 세계 / 말은 밖의 딱딱하고 질긴 세계 / 말과 다르다. 밖은 항시 전쟁중이고, 사방 문틈으로 그 전쟁의 냄새가 안으로 새어들어온다.

그 냄새는 딱딱하고 질기고 직선으로 세상을 가르는 그런 고약한 냄새지. 아, 너를 위해 세상의 미운 단어들을 모두 바꿀 수 있다면…… 모든 딱딱하고 근육질이 박인 단어에 공기 같은 가벼움과 부드러움을 주고 모든 악취나는 단어에 지상의 들꽃 이름을 대신해줄 수 있다면. [……] 이애, 너는 아무래도 시인이 되어야겠다. 미운 단어를 아름답게 만드는, 악취에 향기를 주는, 입을 벌리면 음악이 나오는…… 너는 아주 고전적인 시인이어야겠다.

밖의 세계가 딱딱하고 질기고 근육질이 박인 밉고 악취나는 직선의 세계라면, '나'와 아재비 그리고 아이들의 세계는 가볍고 부드럽고 향기나는 세계이다. 이들은 늘 전쟁중인 밖의 세계에 부드러운 말과 음악으로 대응하려 하거니와, 이때 악취나는 미운 단어를 향기나는 단어로 바꾸고자 하는 시인은 세상을 바꾸는 혁명가와도 같다. 말은 월남하여 반공 강연을 다니던 아버지와 남로당 간부였던 아재비가 그림자처럼 엉킬 수 있게 하는 힘이며, 그로 인해 전쟁중인 세상을 평화의 마당으로 만들어놓기도 하는 힘이다. 최윤에 의하면 이 말은 억압의 무게와 단절의 경계를 허무는 해체와 융화의 힘이며, 따라서 액체 같거나 기체 같다. 그 말들은 딱딱하고 질서정연한 남성 언어에 대응하는, 그리고 그것들을 흔들어 부수어놓는 여성 언어의 면모를 보인다. '내'가 아이를 향해 독백처럼 건네는 말들은 바로 그런 말들이다. 아이는 주인공에게 있어 생명의 근원 그 자체이다. 그녀가 없어진 아이를 찾아 아래층에서 지하실로 광으로, 그 죽음의 지하 공간을 헤매고 다니는 동안 정작 아이는 지붕 꼭대기에 걸터앉아, 햇볕을 향해 있다. 뿐만 아니라 아이의 몸에 물을 뿌려 먼지를 씻어내리거나 아이와 함께 물장난을 치는 등 이들 사이에는

126

생명의 물이 있다. 생명은 그 물방울처럼 둥글다. 그녀가 그린 동그라미가 하늘이기도 하고, 딸아이의 이름(은하)이 되기도 하고, 동그란 호수가 되기도 하며, 두 개의 바퀴가 팔랑팔랑 도는 자전거가 되기도 하듯, 이들이 꿈꾸는 세상 그리고 이들의 말은 이를 닮아 둥글고 부드럽다.

아, 세상의 모든 속삭임이 물이 되어 흐른다면…… 이애, 우리가 한몸이었을 때 그랬던 것처럼 네게 해줄 속삭임이 이다지도 많은데, 이제는 어떻게 그 얘기를 해야만 할까. 울음처럼, 웃음처럼, 옛날 이야기로 혹은 미래의 이야기로, 기체의 이야기 아니면 액체의 이야기로? 이애, 햇볕이 아직도 이렇게 따가운데…… 우리가 예전에 한몸이었을 때처럼, 그렇게 얘기해볼까.

이때 모든 속삭임이 물이 되어 흐르고 너와 나를 하나로 만들었던 곳, 그래서 생명의 말이 태어나는 곳은 어머니의 몸, 자궁이다. 그 속에서 말은 일정한 틀이나 법칙을 넘어, 단지 화해와 나눔에의 열망으로 '너'에게 흘러간다. 그 말은 고체의, 남성의 말과 대비되는 액체의, 여성의 말이다.[13] 그

---

13) 식수스에 의하면 목소리의 원천은 아버지의 법이 출현하기 이전에 자리했던 어머니, 그리고 어머니의 육체이다. 따라서 그 목소리는 항시 젖과 함께 섞여 있으며 우리는 잃어버린 어머니인 그 목소리, 고

것은 나와 너, 안과 밖을 가르는 온갖 대립과 갈등의 벽을 딱딱하고 거센 논리적인 목소리로서가 아니라 부드럽고 둥근 속삭임으로 그리고 웅얼거림으로 감싸안는다. 특히 아이를 향한 독백과 서술이 교체되면서 진행되고 있는 이 작품에서 독백의 경우 인용문에서 드러나듯 이탤릭체로 처리되어 있는데, 이는 단순히 아이를 향한 '나'의 말을 화자로서의 '나'의 말과 시각적으로 구분시키기 위한 장치만은 아니다. 그 말은 시각적으로뿐만 아니라 형태적으로도 기울어져 있다. 루스 이리가레이의 지적처럼 이항 대립에 기초한 선적·체계적·논리적 남성 언어와는 달리 여성 언어가 모든 확고한 형식이나 모양·개념 등에 저항하는 특성을 가졌다고 할 때,[14] 이 독백은 이를 내용과 형식 양 측면에서 함께 보여주고 있는 것이다.

자궁에서 태어나는 생명의 말에 대한 꿈은 「집,방,문,벽,들,장,몸,길,물」에서도 드러난다. 특히 파편자전이라는 부제가 붙어 있는 이 작품은 자신의 삶을 파편화된 흔적들을 통해 조립해가는 특이한 서술 방식을 보이고 있는데, 우선 순위도, 체계적 연관성도 없이 기억의 파편들을 모아놓은 듯한

갈되지 않는 젖을 다시 찾아야 한다. Moi, Toril, *Sexual / Textual Politics*(London and New York: Methuen), 1985, p. 114.

14) King, Adele, *French Women Novelists: Defining a Female Style*(New York: St. Martin's Press), 1989, p. 34.

이런 글쓰기는 나/너, 중심/주변, 안/밖 등의 대립을 해체시키려는 말의 꿈의 연장선에서 나타나는 시도로 보인다. 조화로운 자아 형성을 진화적인 연대기로 서술하는 남성의 자전적 글쓰기가 남성 중심 사회의 질서와 총체성 지향의 삶에서 비롯한다면 여성의 글쓰기는 일회적이고, 파편화된, 비연속적인 형태의, 무형식의 특성을 보인다[15]는 점을 상기할 때, 이것은 여성적 글쓰기의 한 측면을 보여준다고 할 수 있거니와, 주인공이 꿈꾸는 말 역시 액체의, 여성의 말이다.

어두웠겠지. 너는 먼 바다에 떠 있는 부표처럼 눈을 감고 하루종일 작은 밀썰물의 애무를 느낀다. 부표인 너는 멀리 갈 수 없고 멀리 갈 필요가 없다. 발이 바닥에 닿지 않는 깊이의 물 속에서처럼 당황할 필요도 없다. 너는 가끔 사지를 움직이고 눈을 감은 채 밖의 세상에서 들려오는 멀고도 부드러운 웅얼거림을 듣는다. 거세고 모서리 날카로운 세상의 소리는 무한히 궁글려져서 내장 근육의 조화된 협화음 속에 흡수된다. 너는 기다린다. 어둠 속의 느린 유영과 침묵의 귀기울임을 변주하면서.

---

15) Jilinek ed., *Women's Autobiography: Essays in Criticism*, 1980; 김성례, 「여성의 자기 진술의 양식과 문체의 발견을 위하여」, 『여자로 말하기, 몸으로 글쓰기』, 또 하나의 문화, 1992, pp. 123~24.

여기에서도 멀고도 부드러운 웅얼거림과 거세고 모서리 날카로운 소리가 대비되어 나타나는데, 이 세상의 소리들은 결국 몸 속에서 무한히 궁글려지고 흡수되어 생명의 말로 태어난다. 이때 '너'가 떠 있는 바다 같은 곳은 다름아닌 어머니의 자궁 속이다. '너'의 생명이 준비되고 있는 이 자궁 속은 부드러운 액체의 흔들림으로 가득 차 있고, 그곳에서 날카롭고 거센 소리들은 부드러운 소리로, 말로 다시 태어난다. 위에 인용된 대목에 '집'이라는 소제목이 붙어 있는 것에서도 알 수 있듯이 이 자궁은 우리의 몸의 집이자 말의 집인 것이다. 그 속에는 물이 있고, 또한 자유로운 리듬이 있다. 따라서 몸은 "리듬이고 호흡이고 음악"이며, 몸의 시인 생명의 말에도 리듬이 있다. 이제 말은 고른 숨쉬기가 되어, 생명의 본질로서의 의미를 확연하게 드러낸다.

「푸른 기차」에서 어린 조카와 일상에 지친 '나'의 차이는 아이가 고른 숨을 쉬며 자는 데 반해 '나'는 잠을 못 잔다는 사실에 있다. 그가 세상에 부재를 선언하였을 때 수평의 자세를 고수하면서 균형잡힌 이음보의 숨을 쉬려 하는 것도 그 리듬이 곧 생명이기 때문이다. 그런가 하면「문경새재」에서 도망중인 최홍주가 마음을 놓으면서 "곤하게, 규칙적인 숨소리"를 내며 잠이 든다거나,「당신의 물제비」에서 불안한 소리의 징후에 시달리는 주인공이 아이의 고른 숨소리가 만드는 리듬과 높낮이에 맞춰 숨을 쉬고자 애쓰는 것, 혹은「벙어리 창」에서 이모가 철대문을 두드리는 손가락 놀림에 익숙한 리듬과 강도가 있다는 것에서도 우리는 생명의 징후로서의 리듬을 확인한다. 자궁 속의 태아처럼 고르게 숨쉬는 것, 그것이 바로 말이라는 사실은 생명의 몸/말/물의 삼위일체를 확인하게 하는 대목들이다. 가출했을 때 세상의 끝으로 가려던 '너'를 서울로 되돌아오게 한 것이 시였듯이(「집,방, 문,벽,들,장,몸,길,물」) 말은 우리를 살리는 힘이다. 최윤이 말에 매달리는 것도 이 때문일 것이다.

5. 맺는 말

최윤의 말에 대해 살펴본다는 것은 그녀의 삶에 대한 인식을 들여다본다는 것과 같은 말이다. 그녀에게 말과 삶은 하나다. 삶의 수수께끼도, 그 미로를 헤쳐갈 단서들도, 불모의 삶을 생명의 그것으로 바꾸어놓는 것도 말에서 비롯된다. 우리의 삶이 합리적이고 이성적으로 설명될 수 없는 것처럼 그 삶의 비밀을 포착하려는 최윤의 말도 무정형으로 흩어지고 떠돈다. 그녀는 스스로 "나는 늘 말로 되어질 수 없는 삶의 국면에 소설의 언어는 도전하는 것이 아닐까 하고 자문해왔다. 소설이 이 세상에 대해 벌이는 여러 도전 중의 하나는 분명 말이 지워지는 극한의 지대 어딘가에 위치해 있다"[16]라고 고백하고 있거니와, 그녀의 말은 말로 되어질 수 없는 삶의 국면에 대한 작가적 도전을 함축하고 있다.

불가사의한 삶／말의 미로를 헤쳐나가는 그녀의 말은 논리적인 언어로 개진되는 말이 아니라 혀로 말하는 방언처럼 "말 같지 않은 소리들이 엮어내는 언어"이며, 혀가 굴러가는 대로 상상력이 가미된 감각적인 기억을 순간적으로 재생하는 여성의 갈림 언어[17]의 전형이며 '몸으로' 쓰는 언어의 전형이다. 그것은 말이라기보다 목소리에 가깝고, 더 나아가 숨소리에 가깝다. 말은 숨쉬기의 또 다른 이름인 것이다. 최윤의 소설에서 말과 삶이 종국에 자궁이라는 여성 공간에서 만나게 되는 것은 이 점에서 당연하다. 어머니의 자궁 속에서 생명의 몸이 태어나듯, 생명의 말도 자궁 속에서 태어난다. 그 안에서 우리의 말과 삶은 흘러간다. 자유롭게, 부드럽게, 둥글게. 그런 말／삶은 나와 너, 이쪽과 저쪽, 중심과 주변, 삶과 죽음 등의 경계를 넘어 흐르며 이들을 하나로 만든다. 이 점에서 최윤에게서 발견하는 여성적 글쓰기는 갈등과 단절, 죽음에 대항하는 생명의 글쓰기라 할 수 있을 것이다.

---

16) 최윤, 『수줍은 아웃사이더의 고백』, p. 100.
17) 김성례, 같은 책, p. 129.

희망을 찾아가는 발 혹은 말
—— 양귀자론

1. 길과 노래

길이 시작되면 노래가 시작된다. 양귀자의 소설에 대해 아
마도 우리는 이렇게 말할 수 있을지 모른다. 그녀에 의하면
우리의 삶이란 우울과 고통의 멍에를 짊어지고 끝없이 걸어
가야 하는 고달픈 여정과도 같으며, 따라서 그녀의 인물들은
대개 어두운 길 위에 내던져진 초라한 존재들이다. 그러나
양귀자의 소설에서 주목되는 것은 그들의 초라한 여정이 시
작되면서 또한 그들의 노래가 시작된다는 사실이다. 그들은
세상의 어둠, 삶의 본원적인 고독에 눈뜨면서 동시에 이에
대응하는 노래의 힘을 발견하고 그에 대한 믿음을 버리지 않
는다. 그들에게 노래는 삶의 어둠과 폭력에 대응하는 무기이
자 결코 포기할 수 없는 꿈에 대한 믿음이다. 따라서 비록 그
들의 현재는 어둡더라도 그들의 미래까지 그 어둠에 묻혀 있
지는 않으며, 그들의 행보는 초라하지만 그들을 바라보는 우

리의 가슴은 오히려 엄숙해진다. 그들의 노래 속에는 슬픔이 배어 있다. 그러나 "어둠을 통해 세상을 보라는 신의 섭리처럼"(「숨은 꽃」) 그 슬픔은 세상을 바라보는 맑은 눈이며 희망을 길어올리는 두레박이다. 슬픔도, 아니 슬픔만이 힘이 된다. 슬픔으로 정화되지 않은 분노란 또 다른 폭력에 다름아니지 않겠는가. 길이 시작되면 분노와 고독과 우울을 수반하는 우리의 삶의 여정도 시작된다. 그러나 그와 함께 우리의 노래도 시작된다. 초라한 우리의 삶을 엄숙하게 만드는 것은 바로 그 노래의 힘이다.

양귀자의 첫 창작집인 『귀머거리새』에 실린 「유황불」은 세상을 인식하고 대응하는 이 같은 양귀자의 방식을 엿볼 수 있는 작품이다. 함께 실린 다른 작품들이 주로 도시의 일상과 우울을 담고 있는 것과는 달리, 이 작품은 어린 소녀가 처음으로 혼탁한 세상에 대면하게 되면서 겪는 혼란스런 경험을 그리고 있는 일종의 성장소설이다. 이 작품에서 우리는 양귀자 소설의 두 가지 기본적인 테마인 길과 노래가 어떤 의미로 변주되는지 엿볼 수 있다. 이 작품의 이야기는 초등학교 2학년 때 철로변 집으로 이사를 오면서 시작된다. '나'는 혼자 그 철로변의 둑길을 걸어 학교에 가야 했는데, 그것은 주인공이 최초로 만난 '자립의 길'이자 '공포의 길'이었다. 이젠 더 이상 어린애가 아니며, 따라서 울면 안 되고, 두려움과 쓸쓸함을 견디며 철로변을 따라 홀로 걸어가야 하는 것, 그것은 세상 속으로 발을 들여놓기 시작하는 우리 모두에게 요구되는 고달픈 숙명과도 같다. 여기에는 이 숙명을 외면하고픈 욕구와 이를 대면해야 한다는 당위가 함께 따라붙는다. 철로변은 세상으로 나아가기 위해서는 반드시 거쳐야만 하는 공포와 외로움, 그리고 혼돈의 길이다. 그곳에서 바라본 세상은 온통 어둠과 더러움, 폭력이 난무한다. 철길에 붙어 있는 미화네 찐빵가게에는 항시 파리떼가 들끓고 있고, 마을 사람들은 장마로 돼지가 떠내려가자 돌멩이로 쳐서 죽이며, 미화 아버지는 자기 딸을 돈에 팔아 다방에 넘기고, 그 딸의 애인인 철둑길 간수는 장인 될 사람을 죽인다. 어른이 된다는 것은 이 같은 세상의 어둠 속으로 들어선다는 것을 의미한다.

처음으로 세상의 어둠에 눈뜨고 대면하게 된 '나'의 앞에는 이에 대응하는 두 가지 길이 놓여 있다. 그 하나는 어머니의 길이고 다른 하나는 미화의 길이다. 미화와 함께 만화를 보느라 자정이 넘어 집으로 돌아올 때 한쪽에는 "백열구를 훤히 밝힌 건널목 망대 옆에 어머니가 서 있"고 다른 한편에는 진작 어둠에 싸여버린 미화와 그녀의 집이 있다. 어머니는 '나'를 세상의 어둠으로부터 이끌어내는 인물이다. 그러나 그 어둠은 단지 미화를 떠남으로써 벗어날 수 있는 것은 아니다. "세상은 이미 암흑"이었다고 하지 않는가. 어머니는 세상의 어둠, 폭력과의 대면에서 오는 혼란을 지옥의 유황불

과 마귀의 유혹으로 설명하고, 이를 종교적인 초월 혹은 도
피를 통해 벗어나고자 한다. 그녀에게 지상의 삶은 이미 의
미가 없다. 그녀에겐 오로지 하늘로 난 길만이 의미가 있다.
그녀의 꿈은 천국으로 난 사다리를 타고 이 세상을 떠나는
것이다. 이 같은 어머니의 길 반대편에는 미화의 길이 있다.
그녀는 파리떼가 들끓는 자신의 가게나 딸을 팔아넘긴 아버
지 등 그녀를 둘러싼 환경에서 드러나듯 이미 세상의 어둠
속에 묻혀 있다. 그러나 '내'가 그 어둠에 놀라 혼란스러워
하고 있는 데 반해 그애는 이미 어둠에 익숙해져 있을 뿐 아
니라 그 어둠을 헤쳐 자기 길을 찾아갈 줄 아는 아이이다. 그
애는 "열두 살짜리 거인"이었으며 "어른처럼" 다 알고 있었
다. 미화는 어둠을 외면하지도, 두려워하지도 않는다. 그녀
는 세상을 등지고 하늘로 날아 올라가는 것이 아니라 오히려
세상의 어둠 속으로 들어가, 그 속에서 더욱 굳건하게 자리
잡는다. 공포와 외로움을 수반하는 길이지만 동시에 우리를
자라게 하는 철로변길, 그 삶의 길을 따라 그녀는 꿋꿋하게
걷고 있는 것이다.

　이때 그녀가 세상을 헤치고 나가는 무기가 노래라는 점은
주목할 필요가 있다. 「검은 상처의 블루스」를 불러대던 그녀
그리고 가수가 되겠다는 꿈을 갖고 야반도주한 그녀에게 있
어 노래는 자신의 상처를 달래주는 위안이자 포기할 수 없는
인생, 희망, 꿈 바로 그것이었을 것이다. 아버지가 죽었다는

소식을 전해듣고서도 가수들이 많이 온 라디오 방송국에 간 미화의 행동은 이런 점에서 어둠과 절망에 자신의 삶을 내동댕이치지 않는 그녀의 강인한 생명력을 보여주는 한 일화라 할 수 있다. 마치 똥과 오줌을 받아 먹고 철길 둑에 솟아난 쑥들처럼 그녀는 세상의 어둠과 바람과 더러움을 자양 삼아 자라난다. 어둠에 싸여 있으면서도 어둠에 완전히 묻히지 않고 바람 속에서도 꺾이지 않는 그녀의 생명력은 노래에서 온다. 그것은 '나'에게 이 더럽고 폭악한 세상에 대응하는 가장 순결하고 강한 힘을 가르친다. 그녀의 노래는 어둠 속에 자신의 꿈을 저당잡히지 않았음을, 그리하여 그녀가 여전히 생생하게 살아 있음을 보여주는 존재의 증거이며, 또한 희망이란 어떠한 절망 속에서도 꺼뜨릴 수 없는 불씨와도 같은 것이라는 작가의 믿음을 보여주는 장치다. 작품 끝에서 '나'는 말하고 있지 않은가. 미화가 사라진 후에도 미화의 노래에 대한 기억, 그 믿음은 여전히 남아 있었다고. 그리고 그녀의 소식은 전혀 들을 수 없었지만 새봄이 되자 철로변 둑길에는 어린 쑥들이 푸지게 솟아나고 있었다고.

우울한 어린 시절의 풍경을 기술하고 있는 이 작품을 떠받치고 있는 두 축은 숙명적으로 마주칠 수밖에 없는 세상의 어둠과 그럼에도 불구하고 포기할 수 없는 희망에 대한 믿음이다. 이 두 가지는 서로 상충하면서 삶의 우울한 밑그림을 그려내지만, 작가의 시선은 이 둘 사이에서 팽팽한 긴장을 유지하고 있다. 더러움과 죽음과 폭력이 난무하는 세상 한켠에서도 우리는 여전히 사랑을 하고 결혼을 하고 때로 꿈을 찾아 떠난다. 유황불 타오르는 지옥과 평온한 천국은 서로 다른 곳에 따로 있지 않다. 삶의 어둠이 희망을 조금 내몰면 다시금 희망과 믿음이 어둠을 조금 밀어낸다. 비록 믿음이 우리의 "우울을 구원해주지는 못"할지라도, 그것은 적어도 절망이 우리를 파멸케 내버려두지는 않는다. 이런 점에서 우리 시대의 참담한 현실을 어느 누구보다도 냉정하게 담아내는 양귀자가 매달리는 화두는 '희망'이라 할 만하다. 그녀의 소설은 그 자체가 암울한 절망의 길 속에서 희망을 찾아가는 노래다. 어둠을 응시하며 그러나 어둠에 굴복당하지 않으며.

2. 길 위의 삶과 지친 발의 행로

첫 창작집 『귀머거리새』는 대개 냉혹한 생존 경쟁의 현실 원리에 지배되는 도시의 일상과 우울을 그리고 있다. 철로변에서 보아버린 삶의 어둠과 세상의 비정함은 도시 공간 속에서의 그것으로 대치된다. 고독과 위험을 감수하면서 이루어지던 공포와 자립의 길은 이제 한순간도 벗어날 수 없는 경쟁의 길이자 목적지를 잃은 떠돎의 길이 되어 있다. 양귀자의 인물들에게 걷는다는 것은 피할 수 없는 삶의 명제이자 길 잃은 자로서의 실존이다. 도시의 일상에 갇히고, 삶의 무게에 짓눌린 그들은 무력감과 절망감으로 길을 걷는다. 그 길 위에는 어느 순간 우리의 발을 빠뜨리는 음험한 구멍이나 있다(「밤의 일기〔日記〕」에서는 이것이 "지하도의 크고 음울한 구멍"으로 비유되고 있다). 양귀자의 작품에 빈번하게 나타나는 교통 사고에 주목해보라. 교통 사고로 죽은 동료 직원(「녹」), 교통 사고로 의치를 해넣는 여자(「의치〔義齒〕」), 화물 운송중에 죽은 형(「얼룩」), 이들의 죽음은 길 위에서의 삶이라는 우리의 운명 속에서 필연적으로 마주하게 되는 죽음의 한 양식이다. 양귀자의 인물들은 길 위를 떠돌다 길 위에서 죽는다. 나그네처럼. 도망자처럼.

도시의 어느 새벽을 걷는 남자와 여자(「1980년의 사랑」), 그리고 매일 아침 허둥지둥 쫓기며 출근을 하는 남자와 저녁 때면 홀로 거리를 헤매고 다니는 여자(「희망」)는 모두 일상의 쳇바퀴 속에 갇힌 현대 도시 사회 속의 장삼이사(張三李四)들이다. 이들은 매일 같은 모습으로 같은 스낵 코너에서 같은 음식을 먹고 백화점을 순례하는 "정해진 순서대로"의 삶을 산다. 생일을 맞이했지만 그것이 "새로운 삶"을 만들어주지도 못하며 오히려 생일을 맞아 먹은 고기 음식이 복통만을 일으킨다. "항상 달려만 가고 있는" 미스 정이나 김성구와 같은 인물들과는 달리 이들은 같은 자리를 맴돌 뿐이다. 이들에게 희망이란 "내일부터는……"이란 말 속에만 있다.

그러나 그 내일은 영원히 잡힐 수 없는 시간이다. 현대판 「토끼와 거북이」라 할 만한 「덩굴풀」에서 남자 주인공은 지각하지 않기 위해 날마다 출근길에 비좁은 인도를 뛰어간다. 부우연 회색 하늘 밑에서 광활한 도심의 한복판을 뛰는 남자, 그게 바로 작중 유순의 남편이며, 도시 사회 속에서 살아가는 우리의 초상이다. 우리의 삶이란 하나의 달리기 경주와도 같다. 그/우리를 지배하는 것은 "어쨌든 뛰어야 해. 뒤로 처져선 안 돼"라는 경쟁 원리이다. 그래서 정체로 인해 멈추어선 버스에서 내린 그는 뛰는 일에만 전념한다. 그러나 이렇게 고단하게 뛰어도 그는 언제나 지각이다. "빠릿빠릿한 친구"인 김형은 이미 버스를 타고 여유 있게 사무실에 도착해 있다. 「토끼와 거북이」 우화에서는 토끼가 잠든 사이 거북이가 그를 제쳐 이기지만, 현대에 와선 거북이는 절대 토끼를 이길 수 없다.

「좁고 어두운 거리」에서도 삶은 하나의 달리기에 비유된다. "어떻게 살고 저항해야 하나"로 고민하던 20대를 지나 이제는 먹고사는 문제에 급급해진 30대의 인물들이 있다. 이들은 이제 "삶이 구호만으로 해결되는 것이 아니"라는 것을 안다. 이들의 20대는 긴급 조치, 시위, 경찰의 추적, 제적 등으로 소란스럽고 혼돈스러웠던 시절이며 동시에 탐욕과 모순에 대해 거침없이 저항하고 소리 높일 수 있었던 시절이었다. 이제 그 20대의 순수와 정열은 "칠십년대"라는 술집 이름으로만, 혹은 전설로만 남아 있다. 지금 이들의 앞에는 더 어둡고 추운 길이 놓여 있다. 그것은 생활이라는 이름의 길이다.

커브를 돌고, 터널을 지나고 때때로 앞차를 추월해가면서 버스는 계속 달렸다. 사람들은 영원을 가거나 할 것처럼 의혹도 없이 시트에 기대어 잠들어 있다. 사실로 이 '달리기'는 결코 끝이 나지 않을 것처럼 보였고, 자신의 두통 또한 영원한 징표로 남아 있을 것처럼 느껴졌다.
서울은 밤이었다. 그는 어깨를 움츠린 채 밖으로 걸어나왔다.

"서울은 밤이었다." 이것이 어찌 시간적 상황에 대한 진술일 뿐이겠는가. 그는 어두운 서울 거리에, 깜깜한 삶의 미로에 서 있는 것이다. 형철이 차린 술집에 찾아갔을 때에도 낮임에도 불구하고 그 실내가 대단히 어두웠다고 하지 않았는가. 이제 인구는 그 어두운 거리를 헤치고 자신의 길을 찾아가야 하는 것이다. 그러나 그는 두통과 피로로 그 임무를 택시 운전사에게 맡겨버린다. 그의 앞에 놓인 길이 더욱 좁고 어둡게 느껴지는 것은 어쩌면 어둠과 고통에 눈감는 이런 그의 무력한 태도 때문일지도 모를 일이다.
「귀머거리새」의 주인공 역시 뚜렷한 목적도, 안주할 공간도 갖지 못하고 떠도는 나그네이자 도망자의 삶을 산다. 그는 항시 누군가가 자신의 뒤를 쫓아와서 공포 속에서 달음박질치는 꿈을 꾼다. 그에게 도시적 삶이란 "가만히 있어도 누군가에 의해 소모되고, 소모됨으로 해서 겨우 생존하고 있는" 그런 삶이다. 그의 체중과 신장이 끊임없이 줄어들고 있다는 것은 이 같은 생명의 소모 현상을 드러내는 우화적 상황이다. 그렇다면 그를 쫓고 있는 추적자는 누구인가? 그것은 그를 현실적으로 구속하고 있는 아내이거나 웨이터이거나 비어 홀 '신라'에 오는 손님들 혹은 무심하게 이 무위의 일상을 보내고 있는 우리들 모두일 수 있다. 이들은 그에게 노래한다. "지나가는 나그네여 걸음을 멈추어라." 아마도 이는 도시적 삶에 자신을 내던지라는 유혹일 것이다. 주인공이 이 도시적 삶에 대항하는 방법은 두 가지이다. 하나는 산을 오르는 것이고 다른 하나는 거리를 돌아다니는 것이다. 전자가 단순히 도시로부터의 도피적 일탈의 의미를 갖는다면, 후자는 도시 구석구석에 내재된 삶의 더러움, 누추함, 눈물을 직접 대면하고자 하는 보다 적극적인 대응의 의미를 갖는다. 세상과 단절된 채 방에 갇혀 지내던 그는 이 과정에서 동시에 앉고 일어나야 나동그라지지 않는 긴 의자를 함께 사용하게 된 동반자를 만나게 되기도 하고, 비틀거리면서라도 여전히 거리에 서 있고자 한다. 그것은 지금껏 도망만 쳐온 세상에 마주서고자 하는, 그럼으로써 살아 있고자 하는 그의 안간힘이라 할 수 있다. 이렇게 볼 때 더 이상 거리에 나갈 수 없게 되었을 때 그의 앞에 죽음이 기다리고 있었다는 것은 필연적인 일이다.

이처럼 양귀자의 인물들에게 있어 길 위에서의 보행은 피할 수 없는 비극적 실존이거나 삶의 당위적 과제이다. 따라서 이들은 항시 발이 아프다. 이들에게 발은 거친 세상과 대면하는 최일선의 육체이며 고된 삶을 감당하는 슬픈 육체다. 「유빙(流氷)」에서 치밀한 전략과 배짱을 바탕으로 판매 성적을 올릴 것을 강조하는 신입사원 연수에서 남편이 감내해야 하는 고통은 발에서부터 비롯된다. 산악 훈련중에 생긴 동상으로 발가락이 근질거리기 시작했던 것인데, 그는 "구두 속에 갇힌 발가락이" 얼어붙어 감각이 마비될 정도로 온종일 이 거리 저 골목을 돌아다니지만 아무 실적도 올리지 못한다. 발의 고통과 수난, 이는 경쟁 원리가 지배하는 도시 사회에 적응하지 못한 그의 무력하고 초라한 실존을 상징적으로 드러내고 있는 것이다. 그런가 하면 의붓아버지와 씨 다른 동생들을 책임지느라 신혼 여행도 포기하며 힘겹게 살아가는 「덩굴풀」의 남편은 회사에 늦지 않기 위해 온 힘을 다해 뛰지만 결국 지각을 하고 다리에는 경련이 인다. 그의 옆에는 버스로 편안히 회사까지 온 김형과, "싱싱한 틀니"에 여전히 식욕이 좋고 건강한 노인네, 그리고 브레이크 댄스를 추고 경쾌하게 줄넘기를 하는 동생이 있다. 그들이 걸어내도 이내 뻗어가는 질긴 덩굴풀이라면, 유순과 남편은 몸을 한껏 오그린 벌레들이다. 이들의 운명은 노인네의 파리채에 잡혀 죽는 파리들의 그것과도 같다. 이들은 때론 세상을 따라다니느라 때론 세상에 쫓겨다니느라 발이 아프다. 그런가 하면 「의치」에서 회사에서부터 집까지 걸어온 남편은 발이 부어 있어 여간해서 발이 구두 속으로 들어가지 않으며, 「밤의 일기」에서 일주일 간 실종되었던 남편은 발바닥에 동전만한 흠집을 만들어 돌아왔고, 시간이 지나자 그 상처 위에 굳은살이 돋아난다.

발바닥에 돋아나는 굳은살만 아니라면, 성가시게 달라붙어 걸그적거리는 그 흠집만 아니라면 남편은 그날의 일을 다 잊었어도 좋았다. 밤마다 쉽게 잠들지 못하고 깨어서 새벽을 기다리는 그의 모습을 볼 수밖에 없는 까닭은, 잘라내도 잘라내도 솟아오르는 저 굳은살 때문인지도 모를 일이다.

이때 남편 발바닥에 들러붙어 있게 된 굳은살은 단순히 국가 기관에 연행되어 겪은 부당한 고초를 상기시키는 데 그치는 것이 아니라 우리의 역사, 사회를 움직여가는 실체로서의 폭력을 끝없이 상기시킨다. 그것은 끔찍하고 슬픈 일일지 모르지만 폭력에 눈감지 않게 하는, 그리하여 진정한 새벽을 기다리게 하는 원동력이기도 하다. 어떤 점에서 세상을 살아간다는 것은 이 폭력과 경쟁에 익숙해지는 것이라고 할 때, 그 굳은살은 그것에 타협하지 못하는 불화의 흔적일 것이기 때문이다. 발빠른 현실주의자가 못 된다는 점은 「녹」의 주인공도 마찬가지이다. 여기에서 세상의 폭력성은 한쪽 발로 뛰어다니면서 원 밖으로 다른 사람을 밀쳐내는 아이들의 놀이에서부터 시사되어 있다. 주인공은 그 놀이에서 순식간에 금밖으로 나동그라지고, 아이들은 "죽었다"고 함성을 지른다. 살아남기 위해서는 아둥바둥 다른 사람들을 밀쳐내야 한다. 초등학교 시절 했던 그 놀이를 기억할 때 떠오르는 "검정 고무신"은 바로 그러한 현실 원리를 일깨우는 우울한 상징이다. 「희망」에서 날마다 백화점을 순례하는 여자가 항시 한 켤레의 양말을 쓰레기통에 던져버리고 집으로 오는 것은 그 굴레로부터 벗어나고자 하는 무력한 몸짓이며, 서른세 살의 생일을 맞은 날 남자가 여전히 엘리베이터 안에서 자신의 더럽혀진 구두코를 보게 되는 것은 아무것도 달라지지 않았다는, 그러니 희망은 없다는 암시와도 같다. 구두는 이들을 세상 속으로 이끄는 현실의 굴레이며 그 속에서 확인하게 되는 자신들의 초라한 실존이다. 따라서 이 쫓고 쫓기는 현실의 무게로부터 벗어나기 위해서는 구두를 벗어야만 한다. 이들에게 있어 낡은 구두에서 발을 꺼내는 것은 "최대의 안락한 휴식"을(「얼룩」) 의미한다. 이들이 밖에서 돌아오면 문이 열릴 동안 구두끈부터 푸는 버릇을 가진 것도(「유빙」) 이 때문이다.

그러나 이처럼 세상 앞에 선 초라한 육체인 발은 동시에 세상과 싸우는 숭고한 몸이다. 발의 길을 포기하지 않는 한 이들은 살아 있다. 「다락방」에서 진숙이네 집을 찾아가는 은희는 길을 찾지 못해 헤매고, 땀에 젖은 손아귀에서 약도는 구겨질 대로 구겨져버렸지만, 그래도 낡은 구두 속에 잠긴 발을 끌고 열심히 걷는다. 비록 진숙이에게 주려고 가져간 인절미는 굳어가지만 어디선가 아카시아꽃 향기가 흘러오는 것은 그녀의 헤맴 자체가 이미 하나의 희망일 수 있다는 작가의 믿음 때문에 가능한 결말이다. 「들풀」에서도 주인공의 꿈은 신기료 장수, 구두 수선공, 구둣방 주인 등 모두가 발과 연관되어 있다. 그의 꿈은 사람들 각각의 발에 잘 맞는, 편안하고 따뜻한 구두를 만드는 것이다. 이는 상처와 절망뿐인 삶일지언정 지상에 발 딛고 사는 삶에 충실하겠다는, 그리고 지치고 상처난 발을 따뜻하게 감싸 다시 세상 속으로 걸어나가게 하고 싶다는 꿈이다. 상처도, 절망도, 그리고 사랑도, 희망도 발을 통해 온다. 영등포 술집을 전전하며 청춘을 빼앗기고, 살림 차린 남자에게 버림받고 아이도 빼앗긴, 그리고 지금은 아이 유괴범으로 경찰에 쫓기는 여자는 다리를 한껏 오므리고 맨발로 잔다. 그는 웅크리고 있던 그녀의 다리를 편하게 해주고 맨발을 감싸쥔다. 다음날 아침 여자가 조금도 흐트러지지 않은 걸음걸이로 밝아오는 새벽 속으로 단정하게 걸어갈 수 있었던 것은, 그래서 다시금 세상 속으로 나아갈 수 있었던 것은 바로 이 같은 그의 따뜻한 마음 때문에 가능할 수 있었을 것이다. 그는 그녀에게 편안하고 따뜻한 한 벌의 구두를 지어준 셈인 것이다.

뒤에 발표된 「천마총 가는 길」과 분위기나 구조가 흡사한 「얼룩」은 여로형 구조로 되어 있다는 점에서도 인물의 발길에 주목하게 만든다. 암울했던 지난 시대가 남긴 상처, 형의 죽음과 그로 인한 정신적·경제적 책무 등으로 고통받고 있는 영준은 숙영의 결혼식에 참석하기 위해 남쪽으로 가는 고속버스를 탄다. 과거가 그러했듯 그의 현재는 여전히 춥다. 거리에는 마치 시베리아에서와 같은 찬바람이 분다. 서울 북쪽에 사는 그가 강남터미널에 와서 남쪽으로 가는 버스를 탄다는 것은 이 여로 자체가 따뜻한 미래에 대한 기대를 담은 여정임을 보여준다. 그러나 고속버스 안의 따뜻함은 유리창이 받아들이는 바깥의 냉기에 금세 침식당해 점차 한기로 변하고, 옆구리를 찔러오는 옆 사내의 팔꿈치 때문에 그는 차가운 유리창에 기대 잠이 든다. 어디에도 그에게 따뜻한 곳은 없었다. 뿐만 아니라 결혼식장에서 그는 숙영으로부터 상빈이 남긴 가방을 건네받는다. 그것은 지난 시대의 어둠과 그에 맞서 싸운 신념을 상기시키는 초라하고도 무거운 짐이다. 결혼식장에서 나왔을 때 그가 거리에 서서 "어디로 갈까" 혼란스러워하는 것은 이처럼 자신에게 더해진 삶의 무게 때문이다. 가방의 무게 때문에 그는 상행선 삼등칸을 타기도, 상빈의 묘에 들러가기도 어려워졌다. 그가 혹한 속에서 들고 있는 가방에는 형수와 조카의 생계를 책임져야 한다는 형에 대한 부채 의식과 과거 역사에 대한 부채 의식 등 생존의 무게와 역사의 무게가 함께 얹혀져 있다. 그것은 무겁고 우울한 짐일는지 모른다. 그러나 동시에 그것은 우리가 벗어날 수 없는, 그리고 벗어던져서도 안 되는 짐이다. 한동안 거리를 바라보며 서 있던 주인공이 큰길을 마주하고 서서 가방을 껴안고 걸어나가는 마지막 장면은 우리에게 이러한 믿음을 환기시킨다. 형의 죽음과 상빈의 실종에도 불구하고 그들에 대한 기억과 그들이 가졌던 사랑과 믿음까지 밀어낼 수는 없다는 믿음. 그래서 비록 힘겹고 초라한 길일망정 그들과 함께 걸어가야 한다는 믿음. 양귀자 인물들의 초라한 발걸음이 미더운 것은 이 때문이다.

『원미동 사람들』의 첫머리에 놓인 「멀고 아름다운 동네」는 서울을 떠나 부천 원미동으로 이사를 하는 것으로 시작된다. 하필이면 가장 추운 날씨에 만삭인 아내와 칠순 노모, 딸을 데리고 이루어지는 이들의 이사는 그지없이 초라한 풍경을 연출한다. 그것은 "이제 서울특별시민이 아니라는 사실"과 짐뭉치처럼 트럭 짐칸에 올라타고 가야 하는 현실에 주눅든 "우울한 순례"이다. 그러나 이들은 "멀고 먼길을 달려오면서, 그것도 트럭 짐칸에 실려"오면서도 "기어이 또 하나의 희망을 만들어놓는다." 초라하고 우울한 길을 젖과 꿀이 흐르는 가나안을 향한 혹은 무릉도원을 향한 엄숙한 순례로 바꾸어놓는 것이다. 이러한 풍경은 사실 『원미동 사람들』 곳곳에서 만날 수 있다. 원미동은 우리로 하여금 삶의 초라함과 고단함을, 다른 한편으로는 그 속에서도 버릴 수 없는 희망을 확인하게 하는 곳이다. 그 안에서 우리는 땅에 뿌리박고 사는 것의 어려움을, 그리고 동시에 그것의 엄숙함을 상기한다. 다소 관념적이고 허무적인 분위기가 강하게 지배했던 『귀머거리새』에 비해 이 작품집에 오면 한층 삶이 구체화되어 있고, 분노가 내재화되어 있다. 작가는 분노보다는 슬픔을, 세상의 냉혹함보다는 따뜻함을 이야기하고 싶어한다.

사실 『원미동 사람들』은 모두가 서울이라는 중심으로부터 밀려난 소외된 군상들이다. 적금과 밀린 월부금, 빚에 허덕이다 원미동으로 밀려온 은혜네나 서울에 있는 직장을 잃고 전동차 안에서 잡동사니들을 팔아야 하는 신세가 된 진만이 아버지, 비 오는 날이면 빌려준 돈을 받으러 가리봉동으로 가는 설비공 임씨, "일용할 양식" 때문에 싸움을 벌이는 형제슈퍼 김반장과 김포슈퍼 경호네, 이들이 자신의 삶의 터전에 '서울미용실' '한강인삼찻집' '강남부동산' '행복사진관' '써니전자'와 같은 상호를 내건다고 해서 혹은 "서울 여자"를 자칭하며 다닌다고 해서 서울 사람이 되는 것은 아니다. 이들은 서울에서 밀려난, 그래서 항시 서울이라는 중심으로의 진입을 꿈꾸는 이들일 뿐이다. 이들에게 행복은 닫혀져 열리지 않던 다락문 저편에 있는(「멀고 아름다운 동네」), 그래서 만져볼 수 없는 그야말로 추상명사로만 존재한다.

그러나 이 쓸쓸한 풍경에서도 희망을 이야기할 수 있는 것은 이들이 서로에게 보이는 신뢰와 애정에서 비롯되는 따뜻함, 그리고 삶의 진정성을 담아내고자 하는 작가적 시선의 깊이 때문이다. 매섭고 아린 추위 속에 트럭 짐칸에 "남루한 덩어리"처럼 웅크리고 있는 남편과 아내 사이에는 "따뜻한 온기"가 있다. 남편은 얼음처럼 차가운 아내의 발을 녹여주고, 행복사진관 엄씨는 슈퍼맨 놀이를 하던 진만이가 발목이 부러지자 병원비를 보탠다. 이들의 차가운 발 혹은 부러진 발목은 삶에 지치고 좌절한, 고단한 육체다. 그러나 이들에게는 서로의 상처난 발을 응시하는 눈과 그것을 감싸는 마음이 있다. 우울한 순례의 길을 가나안 땅 혹은 무릉도원으로의 그것으로 바꾸어놓는 힘은 바로 거기에서 비롯된다. 한때는 사진 예술가를 꿈꾸었으나 지금은 누추한 모양의 동네 사진관을 열고 있는 행복사진관 엄씨가 찻집 여자와의 사랑을 다시금 "먹고 살아야 하는" 밥의 현실에 내주어야 할 때, 그래서 '행복사진관'의 실체가 고단한 인생살이를 꾸려가는 '행보사진관'으로 드러나는 순간, 우리는 "일용할 양식"의 현실이 곧 진실이 될 수밖에 없다는 쓸쓸함과 그럼에도 불구하고 행복이 밥만으로 만들어지는 것은 아니라는 믿음에의 확인을 함께 하게 된다. 떨어져나간 'ㄱ,' 그것은 행복과 꿈의 상실의 표상이면서 동시에 그때조차도 계속되어야 하는 삶의 명제를 환기시키는 기호다. 여기에서 우리는 행복이 사라져도 우리가 계속해야 할 행보는 남는다는 쓸쓸한 전언을, 그리고 어느 때도 그 행보는 포기될 수 없는 것이라는 믿음을 함께 읽는다. 행복사진관 엄씨는 떨어져나간 'ㄱ'에도 불구하고 여전히 행복에의 꿈을 버리지 못하는 인물이다. 그가 지물포 주씨와 바둑을 두곤 하는 평상의 다리 한쪽이 짧아 항시 기우뚱거리는 것처럼 그의 마음속에는 일탈의 꿈과 일상의 현실이 늘상 갈등을 일으키고 있다. 월남에 참전해서 가졌던 사이공 콩가이와의 사랑 이야기를 입에 달고 사는 것도 그 때문일 것이다. 기차역 부근에 살면서 항시 기차를 타고 어딘가로 떠날 궁리를 하던 소년 시절의 꿈은 지금도 여전히 그의 어깨에 걸려 있다. 그러나 그것이 어찌 비단 엄씨만의 슬픈 이야기이겠는가. 양귀자의 말처럼 우리는 모두가 떠남을 꿈꾸는 "길 위의 친구들"(『희망』)인 것이다.

3. 비명이 된 노래, 희망이 되는 노래

이들의 지친 발을 다시 일으켜 희망을 찾아가는 순례를 계속하게 하는 것은 노래다. 말/노래는 꿈의 다른 이름이기 때문이다. 그러나 이들의 발이 피로에 지쳐 있는 것처럼 이들의 입 또한 자유롭지 못하다. 이들은 날지 못하는 새이며 또한 노래부르지 못하는 새이다. 새가 되지 못한 양귀자의 인물들은 쥐나 개가 되어 땅바닥을 기어다닌다. "개처럼 온통 내장을 흐트려놓은 채 죽은" 어머니, "개처럼 헐떡"이는 '그,' "거대한 짐승처럼 음흉스러운 빛을" 발하고 있는 문 손잡이(「갑[匣]」), 쥐 혹은 뱀 같은 김실장(「쥐」), "늙은 개처럼 거리로 기어나"가는 '나'(「귀머거리새」), 개처럼 낑낑대며 똥 눌 데를 찾아다녀야 하는 남자(「지하 생활자」), 자신이 끌고 다닌 개들의 인생이나 별로 다를 바 없는, 구제할 수 없는 삶을 살았을 임씨(「비 오는 날이면 가리봉동에 가야 한다」) 등, 이들에 대한 묘사에서 나타나는 개/쥐의 비유는 이 같은 절망과 환멸을 담고 있다. '개/쥐'는 날개를 잃고 노래를 잃은 '새'의 다른 이름이다.

「의치」에서 교통 사고를 당한 주인공들이 호소하는 고통은 노래/이야기를 할 수 없다는 데에 있다. 노래를 부르고 싶다는 남편의 소망과 잇몸이 가려운 그녀의 증세는 모두 이야기를 하고 싶다는 욕구의 표현이다. 그러나 의치를 해넣은 그녀의 이와 마비된 잇몸에서는 노래가 나오지 않는다. "행여 노래를 부르고 있어도 비명으로밖엔 들리지 않는" 것이다. 「1980년의 사랑」에서도 여자는 하고 싶은 말을 한마디도 하지 못한다. 남자와 말을 하고 싶다는 욕구에도 불구하고 아무 말도 건네지 못하며, 버스 안의 라디오 소리를 줄여달라고 말하고 싶었지만 아무 말도 하지 못한다. 남자와 여자 사이에도 대화가 없다. 이들은 "사랑해" 소리도 없이 정사를 치른다. 이때 말의 부재, 침묵은 삭막한 도시 사회와 그 안에서의 죽음과도 같은 삶을 환기시키는 은유적 상황이다. 『귀머거리새』곳곳에서 우리는 이같이 죽어버린 말들, 그리고 이에 반해 시끄럽게 커져버린 소음들을 만날 수 있다.

> 모두들 묵묵히 그들의 일만 했다. 상자에 활자 담는 철그럭 소리, 슬리퍼 끄는 소리, 교정지를 싣고 도르래가 천장의 구멍으로 사라지는 소리, 다시 내려오는 소리, 조판실에서 크게 부르짖는 소리…… 남자는 다른 이들과 마찬가지로 정해진 시각에 공장을 나섰다.
> ──「1980년의 사랑」

> 그때 나는 비로소 온 방안을 가득히 채우고 있는 한 묶음의 소리들을 깨달았다. 〔……〕 자세히 들으면 웅얼대는 듯한 한 떼의 꼬마들 목소리도 있었으나 여자의 깐깐한 음성이 단연코 그것들을 눌러버렸다. 자, 따라해보세요. 예수님 사랑, 예수님 사랑. 옳지! 더 크게! 시이작!
> 저 소리를 지울 수 있다면. 나는 엉뚱하게도 어려서 읽었던 지우개 박사란 만화를 기억하였다. 뭐든 쓱싹쓱싹 지워버리면 완전히 무(無)가 되던 그 신기한 지우개로 저 소리들을 깡그리

지워 뭉갰으면.   ——「들풀」

　사람들은 특히 도시의 사람들은, 그 가운데서도 고층 빌딩을
드나드는 사람들은 낯선 이들 사이에서 좀체 입을 열지 않는
다. 설령 안면이 있다 하더라도 그가 옆자리의 미스터 누구가
아닌 이상 눈썹도 올리지 않는다. 엘리베이터걸이야말로 유일
하게 입을 열어도 좋은 자격인데 그녀까지 침묵하고 있으니 이
작은 사방의 공간은 순식간에 숨소리와 콧소리, 발 옮겨놓는
소리들만 서성이게 된다. 그는 새삼스런 이 침묵이 하도 낯설
어서 스멀스멀 온몸이 가렵기 시작한다.   ——「갑」

　이들의 삶에는 사람 사이의 말은 없고, 기계 소리와 무의
미한 소음들만 난무한다. 그 소리들은 삶에 지친 인물들의
"축 늘어진 하루에"(「귀머거리새」) 당당하게 끼여든다. 진정
한 말은 죽고 거짓된 소리만 활개치는 것이다. 「1980년의 사
랑」에서 인쇄공인 주인공 남자가 글자나 숫자를 바꿔치는 행
위는 이처럼 모든 게 어긋나고 거짓된 현실을 반영하는 것이
면서 동시에 그와 같은 현실을 뒤바꾸고자 하는 작은 반란이
라 할 만하다. 말의 혼란을 드러내는 것이자 동시에 말을 통
한 반란을 시도하는 셈인 것이다.
　이들의 좌절된 말의 욕망은 몸으로 옮겨간다. 「1980년의
사랑」에서 여자는 갑자기 등이 간지럽고, 「갑」에서 주인공은

온몸이 가렵기 시작한다. 양귀자 소설에서 몸은 세상과의 불화를 겪는 가장 구체적이고 직접적인 대상이다. 양귀자의 인물들은 세상을 살아가기에 너무 약한 머리와 가슴과 배와 위장을 가졌다. 그들은 소화 불량이나, 복통·두통·오한, 때로는 목덜미의 통증에 시달린다. 심지어 그들에게는 "공기가 안 맞는"(「기회주의자」)다. 그러나 그들의 약한 몸은 오염된 공기와 더러운 세상에 시달리며 갈등하는 몸이자, 그것을 고발하는 몸이며, 그들을 서로 이어주는, 그래서 말이 되는 몸이다. 「1980년의 사랑」에서 남자와 여자가 나누는 정사가 그러하거니와 이때 남자는 여자의 가렵던 등을 쓸어내린다. 좌절된 말의 욕망으로 꿈틀대던 여자의 등을 쓰다듬는 그의 손길은 여자의 말에 대한 일종의 응답이 아닐까. 아마도 우리는 그것을 사랑이라고 이름붙일 수 있을지도 모른다. 그러나 이들이 나누는 침묵 속의 말/사랑은 아직도 이 세상을 이겨낼 만큼 강하지 못하다. 남자는 기차 밖에서 여자는 기차 안에서 서로 단절된 상태로 헤어지게 되고 여자가 뱉어낸 최초의 말은 "다만 한 뭉치의 소리로" 튀어나올 수 있었을 뿐이다. 여전히 말은 죽어 있고, 무의미한 소리들만이 넘쳐나고 있는 것이다.

『원미동 사람들』에서도 절망과 우울은 말의 좌절을 통해 드러난다. 예컨대 「방울새」에서 경주와 감옥에 갇힌 남편은 노래하지 않는 방울새로 비유된다. 사회 정의를 실현하려다

감옥에 갇힌 남편, 그로 인해 해체된 가족, 궁핍한 생활 등, 이들이 처한 상황이 정치·사회적인 맥락에서의 억압적 현실에 기인하고 있음에도 불구하고, 경주에게 있어 정작 문제가 되는 것은 남편과 자신 사이에 놓인 침묵이라는 벽이다. "이야기가 술술 풀려만 간다면" "한번만 입을 열어 모음과 자음을 발음한다면, 한번만 부리를 벌려 방울 소리를 낸다면 그것만으로도 족히 견디어낼 것 같았다"는 고백은 바로 이야기/노래의 소멸과 회복에 이들 삶의 절망과 가능성이 있음을 보여준다. 그러나 『귀머거리새』가 말의 죽음이라는 절망적 현실을 담아내는 데 초점이 놓여 있었다면, 『원미동 사람들』은 그처럼 죽어 있던 말들이 조금씩 되살아나는 것을 보여주는 세계다. 으악새 할아버지가 "목젖 밑의 무엇을 끄집어내기 위해서인 듯" 으악, 소리를 내며 지나다니는 그곳에는 그처럼 무언가 끊임없이 이야기를 끄집어내려는 사람들과 그들의 이야기를 들어주는 사람들이 있다. "박해받는 순교자"처럼 세상의 폭력을 묵묵히 감당하고 있는 원미동 시인과 그의 "시적 대화"를 끊임없이 듣고 있는 어린 '나'가 있는가 하면(「원미동 시인」), 걸핏하면 자신의 사랑 이야기를 해대는 사진관 엄씨와 그의 이야기를 "귀 아프게 들어"주는 원미지물포 주씨와 김반장, 강남부동산 박씨 등이 있고(「한 마리의 나그네 쥐」), 하루종일 전철 안에서 물건을 팔러다니며 자신의 "어눌한 입을 뚫어줄 상대"를 찾아다닌 진만이 아버

156

지는 터미널 대합실에서 짐꾼 권씨를 만나 이야기를 털어놓게 되며(「불씨」), 임씨의 일 솜씨를 미심쩍어하고 견적비도 비싸게 계산되었을 것이라고 의심하던 은혜 아버지는 임씨의 이야기를 듣고 심정적으로 그와 하나가 된다(「비 오는 날이면 가리봉동에 가야 한다」). 이들에게 이야기는 앞만 보고 걸어가야 하는 일상의 행보를 잠시 멈추고 자신들이 그 속에 묻어버린 꿈을 돌아보게 하고, 굳건한 일상 뒤에 숨은 이면의 진실을 보게 만들며, 사람에 대한 신뢰와 애정을 회복시켜 다시금 희망을 꿈꾸게 하는 힘이다. 그리고 그것은 폭력적인 세상에 대응하는 가장 강력한 무기가 된다. 김반장의 위선을 까발리고 싶은 아이와 "다 알고 있으면서, 바보같이" 그것을 덮어두고 전처럼 그에게 다가가는 시인 중에서 작가는 시인의 편에 선다. 그것은 시/노래가 이 폭력적인 세상에 대응하는 가장 치열한 방식일 수 있다는 믿음 때문이다.

「한계령」은 말의 힘에 대한 이 같은 성찰과 믿음이 더욱 본격적으로 드러나는 작품이다. 여기에는 이미 「유황불」에서 등장한 바 있는 박미화가 밤업소의 가수 미나 박이 되어 다시 등장한다. 지독히도 탁하고 갈라진 목소리로 자신의 목소리가 "완전 갔어"라고 말하는 박미화에게 있어 노래는 수없이 넘어지며 살아온 자신의 삶을 지탱시켜온 힘이며, 지금도 "좋은 나라"에 대한 꿈을 버리지 않게 하는 힘이다. 비록 전화 속의 그녀의 목소리는 갈라지고 탁했지만 무대 위에 선 그녀는 "탁 트인 음성"으로 노래를 부른다. 게다가 그녀가 일하고 있는 곳 또한 지하의 음습한 어둠 속에 있는 것이 아니라 화려하고 밝은 조명이 있는 이층에 위치하고 있다. 그녀와의 대면이 든든했던 큰오빠의 허물어짐, 날마다 달라지는 고향, 팔기로 한 고향집에 이어지는 훼손된 고향에의 재확인이 될 것을 두려워한 '나'에게 그녀의 노래는 안타까움과 미련, 두려움을 떨치고 세상에 다가가라고 이야기한다. 유황불이 이글거리는 지옥의 아수라장 같은 세상 속으로 나아가라고. 우리는 모두 제각기 무거운 삶의 짐을 지고 고개를 넘는 사람들이며, 그 안에 삶의 엄숙함이 담겨 있다고. 그리하여 그녀 스스로에게 던지는 위안과 다짐의 노래이기도 했을 그 노래는 이제 '나'를 일으켜세워 새로운 길을 떠나게 한다. 노래 / 이야기는 그런 것이다. 우리의 삶이 제 몫의 짐을 지고 봉우리를 오르내리는 힘들고 쓸쓸한 여정이며 그래서 발 아래 첩첩산중의 막막함을 바라보면서도 다시금 봉우리를 향하여 무거운 발길을 옮겨놓아야 하는 것이라고 할 때, 이 고단함을 감수하는 행보에서 인생살이의 엄숙함과 훈훈함을 확인하게 하는 것, 그래서 박미화의 노래가 그랬듯이 듣는 이로 하여금 감동의 눈물을 흘리게 만들고 고단한 삶에의 여정을 다시 꾸려가게 만드는 것, 그것이 노래 / 이야기인 것이다.

4. 삶의 길, 소설의 길

세상의 폭력과 이에 대응하기라는 주제로 요약될 수 있을 『슬픔도 힘이 된다』는 이 같은 말의 힘을 더욱 확인시킨다. 출판사 직원(「기회주의자」), 기자(「천마총 가는 길」), 소설가 (「숨은 꽃」) 등 대개의 주인공들이 말/글과 연관된 일을 하는 사람들이라는 점에서도 알 수 있듯이 여기에서 삶의 문제는 말의 문제와 겹쳐진다. 이들이 겪고 있는 좌절과 혼돈은 말을 통해 온다. 예컨대 「기회주의자」에서 주인공은 약사에게 자신의 증세를 정확하게 설명할 수 없을 때나 혹은 낯간지러운 감상으로 가득 찬 여류 시인의 에세이집을 교정볼 때면 양볼이 달아오르면서 얼굴이 벌겋게 상기된다. 그것은 무력한 말 혹은 변질된 말 앞에서 느끼는 부끄러움 혹은 분노의 한 표현이다. 그가 헤어나지 못하고 허우적대고 있는 "낱말 찾기의 미로"는 진실을 지켜가기 힘든 삶의 미로에 다름 아니다. 그런가 하면 「천마총 가는 길」의 주인공은 고문 사건 이후 여성지 기자로 일하고 있지만, 자신의 기사를 "색깔 있는 양념으로 버무려놓아도" 관계치 않는 유기자와는 달리 "누구라도 기사에 손을 대어 토씨 하나라도 고치는 것을 못 견뎌하는" 인물이다. 이들은 억눌리거나 변질된 말에 좌절하고 분노한다는 점에서 그리고 종국에 말의 치유력과 생명력을 믿는다는 점에서 본질적으로 "시인들"이다. 이들은 칼이 아니라 말로써 세상을 뒤바꿀 수 있다고 믿는다.

「천마총 가는 길」의 주인공은 바로 이 "시인 같은" 인물이다. 그는 "매사에 부드러운 처리를 원하"는 사람이다. 그러나 그가 서 있는 현실은 흡사 전쟁터처럼 매사가 사납고 거칠고 폭력적이다. 사람들은 피 뿜으며 죽어가는 협객들이 나오는 영화를 즐겁게 보다 잠이 들고, 택시 운전수는 잠든 아이가 미처 내리기도 전에 차를 움직이고, 동사무소나 구청 민원실 직원은 냉랭하고 불친절하게 반응하고, 길은 뒤집혀진 차와 낭자한 선혈로 어지럽고, 여관방은 너무나 춥다. 서울에서 대구, 경주로 옮겨가면서 그와 그의 가족들은 전쟁터와도 같은 거리를 마치 패잔병처럼 돌아다닌다. 그 과정에서 그는 1980년 6월 이유도 없이 사내들에 의해 경찰서 취조실에 끌려가 고문을 받았던 기억을 떠올린다. 이때에도 폭력은 우선 발을 통해 온다. 사내들에 의해 끌려오는 동안 그가 본 것은 두 사내의 구둣발뿐이었다.

곤봉은 무자비한 속도로 그의 발바닥을 난타하기 시작하였다. 그만한 고통이 있으리라는 것을 알았으면 혀를 깨물고라도 비명을 참았을 것이다. 그는 연신 비명을 질러대지 않을 수 없었다. 발바닥을 두들기는 묵직한 소리와 비명이 한데 어우러지는 동안에도 그는 줄곧 자신의 비명을 증오하였다. 사내의 손

길이 잘못되어 발가락을 맞게 되면 뼈가 부러지는 것처럼 통증
이 심하였다.

　발바닥에 가해지는 폭력, 그것은 우리의 발의 길을 수정하
도록 강요하는 가장 직접적인 위협이다(「기회주의자」에서 노
조 가입을 방해하려는 사장이 미스 윤에게 구두 티켓을 사줬다는
것은 이런 점에서 시사적이다). 그 앞에서 우리는 끝내 삶의
길을 수정하거나 도중에 멈추어선다. 몰수당한 땅을 찾기 위
해 북진하는 군인들을 따라 고향으로 떠났지만 결국에는 "한
쪽 귀를 먹통으로 만들어버리고 왼쪽 다리를 절룩이며 돌아"
왔던, 그래서 평생을 "말수 적은 음울한 인간으로" 사셨던
아버지처럼, 이 고문 사건 이후 그는 주로 연예인들의 뒷이
야기를 캐고 다니는 여성지 기자로 전락한다. 상처입은 발과
빼앗긴 말, 이는 세상의 폭력에 무너져버린 이들의 삶을 상
징적으로 보여준다. 이들은 이때 자유롭게 날아다니고 노래
하는 새가 아니라 네 발로 기어 도망다니는 한 마리의 돼지
거나 주인에게 평생 충성을 바치는 개가 된다. 사직서를 낸
후 감행한 그의 여행은 이렇게 빼앗긴 발/날개와 말/노래
를 되찾고자 하는, 그래서 "체제에의 봉사"를 끝장내야겠다
는 의지의 한 표현이다. 그러나 아버지 묘의 이장 보상금을
받으러 간다는 것을 빌미로 이루어진 이 여행에서 그의 발은
다시금 고통받기 시작한다. 월부로 맞추어 신은 그의 수제화

는 먼지투성이가 되었고, 꿈에서조차 위협적인 구둣발 소리에 시달린다. 이제 그 더렵혀진 구두나 위협적인 구둣발 소리는 고문과 폭력이 단순히 지난 과거의 고통스런 기억이거나 혹은 몇 사람의 사악함에서 비롯된 것이 아니라, 지금까지도 계속되고 있는 그리고 우리 모두가 조장하고 용인한 것임을 일깨운다. 요컨대 우리 모두가 "폭력의 공범자들"이라는 것이다.

우리는 이 폭력에 대응하는 힘을 아내가 아이에게 들려주는 이야기에서 발견할 수 있다. 아내는 그 이야기에서 힘들고 초라한 경주로의 여행을 돌아가신 할아버지가 손녀를 위해 몰래 마련해준 여행으로 바꾸어놓는다. 아버지의 철저했던 무위의 삶이 몇십 년 후 아내의 이야기에 의해 손녀에 대한 사랑으로 바뀌어지는 것을 보면서 그는 아버지의 현실이 동화로 변질되고 있다고 말하지만, 그것은 동시에 절망에서 희망을 이끌어올리는 이야기의 힘을 확인하게 하는 대목이다. 여행의 끝에서 주인공이 "자신의 칠 년이 그러했던 것처럼 아버지의 무위도식한 삶도 전혀 고의가 아니었다"는 인식을 하게 되는 것을 상기한다면, 이 여행이 그와 한별을 위해 할아버지가 마련해준 것이라는 아내의 이야기는 전혀 허황되지 않다. 물고기가 되어 연못에 갇혀버린 용의 비극은 전설 속의 이야기만은 아니다. 그와 그의 아버지도 결국 그 용들 중의 하나이며, 폭력에 굴복한 그들의 무위의 삶에도 진

162

실은 담겨 있다. 이야기는 그것을 일깨움으로써 절망과 분노를 사랑과 희망으로 바꾸어놓는다. 짐승 같은 삶을 인간다운 삶으로 만드는 것은 이 같은 부드러운 힘이다. 이것을 우리는 문화의 힘이라 부른다. 칼과 피의 역사라 할지라도 그것을 종국에 부드러운 곡선으로 남게 하는 것, 그리하여 인간을 버티게 하는 것은 문화의 두께인 것이다. 주인공이 어둡고 칙칙한 숲과 햇살 아래 빛나는 한별의 모습을 어느 것 하나도 다치지 않게 사진에 담아내고자 하는 것은 어둠과 밝음, 개인과 역사, 평화와 혼란 모두를 감싸안고자 하는 엄숙한 몸짓이다. 비록 '한빛'을 잃었지만 그 / 우리에게는 '한별'이 남아 있다. 그 별은 어둠 속에서 빛을 발하고 있는, 그래서 더욱 소중한 우리의 희망이다.

전교조 결성과 관련된 사건을 다루고 있는 「슬픔도 힘이 된다」에서도 이 같은 작가의 시각은 유지된다. "역사는 흐르지 않고 고여 있었다"는 절망적이고 비관적인 인식에도 불구하고, 작가가 그려내는 사람들의 세계는 지극히 따뜻하다. 복잡 미묘한 마음의 무늬에 버거워하고 이를 단순하고 강렬한 것으로 바꾸고 싶다고 생각하는 한선생, 다정하고 부드러운 성품의 주영희 선생, 활달한 성품에 열성이 넘치는 박규옥 선생, 마음의 무늬가 한결같은 김목사, 남한테 악의를 품을 줄 모르고 떨어진 은행잎조차 밟지 않으려 애쓰는 사람 좋은 이만호 선생, 그리고 전교조에서 탈퇴했지만 유난히 도덕적 잣대가 긴 탓에 그런 자신을 용서하지 못하고 마음 고생하고 있는 유선생에 이르기까지 작중의 인물들은 시각의 차이는 있지만 모두 선량하고 마음이 따뜻한 사람들이다. 이들에게 있어 전교조 현판식은 이들이 자신들의 손과 발에 채워져 있던 온갖 사슬과 족쇄로부터 벗어나 자신들의 목소리를 내기 시작했음을 선언하는 의식이다. 이들이 함께 부르는 전교조 노래는 이들이 내는 첫 목소리인 것이다. 그리고 이것은 항시 서툴게 구호를 외치던 이만호 선생이 식순에는 없지만 "도저히 참을 수가 없으니 따라하실 분은 하시"라며 외치는 구호로 이어진다. "그냥 막 외치고 싶"었다는 그의 말처럼 이제 이들의 말은 더 이상 안에 고여 있지 않고 밖으로 튀어나온다. 이들의 말은 진실은 반드시 승리한다는 간단한 사실을 모르는 사람들이 많은 이 답답한 현실을 향해 던지는 작은 돌멩이와도 같다. 그러나 그것은 분노에 찬 말이라기보다 슬픔의 말에 가깝다. 분노에는 폭력이 따르지만 슬픔에는 이해와 포용이 따른다.

그는 그렇게 어둠 속에 서 있었다. 길 위에 흐르는 모든 것들이 내는 소리, 고함과 경적과 사이렌 소리와 거친 구둣발 소리들의 한가운데로 뛰어들었으면서도, 그랬으면서도, 그는 지극히 고요하였다.

이는 유선생이 왔었다는 말에 한선생이 그를 찾아 밖으로 나왔을 때의 거리를 묘사하고 있는 작품의 마지막 대목이다. 여기에서 한선생이 서 있는 현실은 여전히 어둡고 시끄러운 소리들로 가득 차 있다. 그러나 이제 그 어둠과 소리들은 그를 압도하지 못한다. 온갖 소음 한가운데에 있으면서도 오히려 고요함을 느낄 수 있었다는 것은 그가 더 이상 외부의 소음에 흔들리지 않게 되었음을 의미한다(『희망』에서는 이것이 "공기조차 떨리지 않는 고요"로 묘사된다). 거친 구둣발 소리로 다가오는 세상은 변함없지만 그 앞에 선 이들의 모습은 바뀌어 있다. 이들에게 노래가 살아 있는 한, 어둠 속에 서 있는 이들의 발—길은 희망적이다.

그러나 「숨은 꽃」에서 작가는 다시 마주치게 된 말의 절망에 대해 이야기한다. 그 절망이 더 심각한 것은 더 이상 말이 희망이 될 수 없는 시대가 되었다는 인식 때문이다. "의분이 많은 땅에 평화가 있다"는 『희망』에서의 이정하의 말을 확인시키듯, 더 이상 의분을 낼 대상마저 사라져버린 시대에 오히려 평화는 멀리 있다. "나는 너를 사랑해"라고 말 못 하는 앵무새 인형에 절망한 시인이 있었다. 그 시인은 서울을 떠나 새를 기른다. 그러나 시인의 뜸부기는 노래하는 게 아니라 식용으로 팔려간다. 시인은 이제 노래를 부르게 하기 위해서가 아니라 돈을 벌기 위해서 새를 기른다. 노래가, 시가, 인간을 버티게 하는 최후의 보루라는 믿음은 이렇게 무너져버렸다. 주인공이 더 이상 글을 쓸 수 없게 된 것은 바로 이러한 절망 때문이다. 이제 무슨 믿음으로 노래를 부를 것인가? 이리하여 모두들 자신들의 길을 "거침없고 선명한" 태도로 걸어가고 있을 때, 그는 서울역의 혼잡한 광장에 홀로 남겨졌다. 그것은 「슬픔도 힘이 된다」에서처럼 어둠 속의 길도 아니고 「천마총 가는 길」에서처럼 한기가 느껴지는 길도 아니다. 그것은 오히려 "눈부신 봄 햇살 속의 거리"이며, 사람들은 행복한 얼굴로 신나는 휴가를 떠나고 있는 중이다. 그만이 "허공에 들린 발"을 해가지고 미로에 빠져 있다. 삶과 글이 하나이던 시대가 지나버렸다는 것, 더 이상 글이 우리 삶의 구원이 되고 미로를 헤쳐가게 하는 힘이 될 수 없다는 것, 이 절망적 인식 때문에 '나'는, "한평생 종이만 우물거리다 말" 운명으로 태어난 '나'는, 여행길에 나서면서 "책을 동반하지 말 것"을 다짐한다. 그러나 군것질감의 상표와 등받이에 새겨진 피로 회복제 광고의 글자처럼 기차 안에도 글자는 널려 있었고, 그것은 한결같이 말과 글의 환멸을 다시금 환기시킨다.

그의 여행은 이런 말과 글의 소란스러움을 피하고 싶다는 욕망에서 시작된다. 그러나 사실 언제 어느 때 그가 세상의 소음으로부터 자유로울 수 있었던 때가 있었던가. 문제는 그것이 자신에게 아무런 방해도 되지 않았던 예전과는 달리 지금은 그 소음을 감내해낼 수가 없어졌다는 점일 것이다. 귀신사로의 여행은 이 세상의 소음으로부터 벗어나 텅 빈 적요를 찾아가는 여로이다. 그러나 귀신사로 들어오는 길에서 그가 만나는 것은 적요가 아니라 여자의 비명과 남자의 욕설이고 "적요 속에 잠겨 있으리라던 경내는" 보수 공사로 온통 수선스럽다. 그런데 바로 이 귀신사에서 '나'는 새로운 소리를 만난다. 그것은 김종구와 황녀가 내는 소리로, 혼돈과 어둠과 소란스러움을 피해서 나는 소리가 아니라 그 속에서, 그것을 뚫고 살아나는 소리다. 그것은, 안개 속에서 길을 잃고 헤매는 배들은 어디선가 들려오는 식구들의 목소리만은 반드시 가려듣게 되어 있다는 믿음으로 행해지는 안개 길잡이에서의 소리들처럼, 실로 죽음을 이겨내게 하는 생명의 소리이며, "구멍에 입술을 대고 숨을 불어넣으며 한참 동안 소리를 골"라내는 황녀의 단소 소리에서 확인할 수 있듯, 생명의 움직임에 의해 나타나는 숨소리이다. 귀신들의 귀를 즐겁게 해주어야 한다며 김종구와 황녀가 합창하는 노래는 공동묘지를 음산한 죽음의 공간이 아니라 신나고 아름다운 정원으로 만든다. 그들은 자신들의 소리가 달려가야 할 길을 알고 있는 사람들이다. 그리고 그 길을 따라 달리는 그들의 발역시 거침없고 자유롭다. 황녀는 목단꽃 무늬가 화사한 긴치마를 펄럭거리면서 맨발로 달음박질치고 있지 않았는가. 이때 그녀의 맨발은 거칠고 메마른 땅을 보듬어 안고 달리면서, 도망가듯 허우적대는 '나'의 발을 질타하는 듯하다. 적요는 세상의 소음 바깥에 있는 것이 아니고, 평화는 혼돈 너머에 따로 있는 것이 아니라고.

회상 속으로 들이밀었던 내 발은 아까의 남녀에 의해 호되게 짓밟히고 말았다. 진실로, 메마른 황토를 걷고 있는 오른발의 발가락 어디가 한순간 끊어질 듯이 아픈 듯도 싶었다.

맨발로 달음박질치던 황녀의 자유롭고 생기 넘치는 모습과는 대조적으로 '나'는 발가락 어딘가가 아픈 통증을 느낀다. 그것은 미로 속을 헤매고 있는 '나' 자신에 대해 그들이 가하는 하나의 호된 질책이다. 그들의 말과 발이 세상의 소음과 어둠과 혼돈을 뚜벅뚜벅 가로질러가며 삶과 하나가 되고 있다면, '나'의 말과 발은 "허공에 들린" 채 어긋나고 있다. '나'는 그들과의 만남을 통해 다시 글을 쓰기 위해서는 삶으로 돌아가야 함을 거듭 확인받는다. 아무리 거대하고 음흉하며 교활한 세상이라 할지라도 그것을 뚫고 나가, 그 속에 묻혀 있는 이름 모를 꽃들을 찾아내는 것, 그것이 작가로서 '내'가 찾아가야 할 발의 길이자 말의 길이라는 것이다. 이런 점에서 우리는 "기차는 자꾸 달린다"라는 작품 끝머리의 문장을 미로 속에서도 자신의 글쓰기는 계속될 것이라는 작가의 고백으로 고쳐 읽어도 되지 않을까? 미로 속을 헤매는 양귀자의 발의 길과 말의 길은 이렇게 계속된다.

반란의 성, 반역의 삶
── 전경린론

우리가 무엇이 됐건, 우리 뒤에 걸어오는
그림자는 분명히 네 발 달린 늑대다.
── 클라리사 P. 에스테스,
『늑대와 함께 달리는 여인들』

1. 마녀의 신화

마녀의 탄생. 전경린의 소설을 두고 아마도 우리는 이런
말을 할 수 있을지 모른다. 여성의 운명의 형식에 대한 접근
으로 요약될 수 있을 그녀의 소설에는 천사의 이미지 아래
혹은 여성다움의 미덕 아래 가려지고 억눌려 있던 본능의 몸
부림, 불온한 정열, 광기의 그림자가 어른거린다. 그녀의 인
물들은 인내와 희생을 통해 얻어지는 여성다움의 신화를, 순
종의 미덕을, 나약함을, 그리고 천사에의 칭송을 거부한다.

차라리 그녀들은 거친 야성의 들판에 혹은 어두운 강 깊은 곳에 숨겨져 꿈틀거리고 있는 욕망을, 그리움을, 분노를 불러모으며, 그 힘으로 펄펄 살아 있기를 기원한다. 그리하여 그녀들은 천사이길 거부하고 스스로 마녀가 되며, 순한 양의 외피를 벗고 늑대가 된다. 그녀들은 늑대의 뼈와 숨결과 살과 털로 이루어진 늑대 여인 로바 La Loba들인 것이다.[1] 때문에 전경린의 소설을 읽는다는 것은 이처럼 부활한 늑대들의 울음 소리에 귀기울인다는 것이며, 그리하여 우리 몸 안에서 되살아나는 늑대의 꿈틀거림을 경험한다는 것을 의미한다. 그러니 그녀의 소설을 덮으며 우리 역시 영화 「안토니아스 라인」의 여성들처럼 밤이면 늑대 울음 소리를 내며 껵껵 울게 될지도 모를 일이다. 잃어버린 야성의 흔적, 늑대의 그림자에 대한 회한 섞인 그리움으로 그리고 그것을 복원하고자 하는 강한 열망으로 말이다.

우선 등단작인 「사막의 달」을 통해 부활하는 늑대들의 신화 혹은 마녀들의 탄생을 들여다보자. 주인공인 해연을 비롯하여 주혜 엄마, 옷수선 가게 여자, 이층 아가씨들, 해연의

---

1) '로바'라고 불리는 이 늑대 여인은 늑대를 비롯한 갖가지 짐승들의 뼈를 모으는 일을 한다, 전설 속의 인물이다. 그녀는 그것들을 모아서 원래 형태대로 늘어놓고 불 옆에 앉아 노래를 부르는데, 그러면 뼈에 살과 털이 생겨나 늑대가 되살아나며, 이 늑대는 사막을 달리다 갑자기 여인으로 변한다고 한다(클라리사 P. 에스테스, 『늑대와 함께 달리는 여인들』, 고려원, 1994, pp. 39~49).

엄마 등은 모두 남자들로부터 그리고 세상으로부터 추방당한 인물들이다. 이들의 한숨과 눈물과 분노는 대개 남성의 이기적이고 폭력적인 욕망에 기인하고 있으며, 따라서 이 작품은 여성들의 핍박받는 삶을 문제삼고 있는 듯 보이기도 한다. 그러나 그보다 더 우리의 관심을 끄는 것은 그녀들을 삶의 구렁텅이로 이끈, 그녀들 스스로도 어쩌지 못한 가슴속의 열정이다. "시베리아에 유배된 카추사"처럼 그들의 삶은 그들 자신의 불온한 정열 때문에 비극적이다. 금지된 곳에 다가간 죄, 금지된 것을 집어먹은 죄, 금지된 것을 가진 죄, 그로 인해 그녀들은 뱀의 꼬임에 빠진 이브가 되며, 나아가 그녀들 스스로가 뱀이 된다. 그녀들은 단순히 남성에 의해서가 아니라 신에 의해 추방당한 것이다.

태양은 드러난 머리 위에 불을 엎지르는 듯했다. 아무도 곁에 오지 말라고 했지만 오빠가 꼬챙이를 든 그의 똘마니 떼를 몰고 왔다. 패거리들은 마녀의 처형식이라도 보듯 빙 둘러서서 원을 그리며 나무 주위를 돌다가 실실 웃으며 떠났다. 그리고 아무도 오지 않았다. 가뭄이 심해 흙먼지 덮인 잡초 속에 개망초와 소루쟁이 무리가 까맣게 타고 있었고 미루나무 잎들도 때이르게 노란 물이 들고 있었다. 빳빳하게 풀 먹인 흰 원피스가 땀에 젖어 밀가루 익는 냄새를 피웠다. 하얀 시간 속에 내 눈속으로 소금물이 흘러들어갔다.

이것은 주인공이 여덟 살 때 아버지 방에서 지폐를 훔친 죄로 나무에 묶여 벌을 받던 장면을 묘사하고 있는 대목이다. 이때 그녀는 불의 제단 위에서 처형되는 마녀와도 같다. 머리 위에 이글거리던 태양, 그것은 그녀를 짓누르는 아버지의 원리, 질서의 상징이 아닌가. 게다가 그녀의 주위에는 또 하나의 아버지로 자라날 오빠와 그의 똘마니들이 처형식을 구경하고 있다. 가뭄과 뜨거운 태양과 눈 속을 파고드는 소금기, 이것은 그녀가 짊어져야 할 피할 수 없는 삶의 조건들이다. 이때 이미 그녀는 사막 위의 삶에 들어섰던 것이다. 뿐만 아니라 이 사건은 그녀 안에서 마성을 발견하게 한 계기가 되었다는 점에서 주목된다. 아버지가 강조했을 순결, 여성다움의 상징인 흰 원피스는 뜨거운 햇빛과 땀으로 얼룩지고 구겨진다. 그녀는 서서히 흰 원피스를 벗고 마녀의 옷을 입게 되는 것이다. 이 일이 있은 후 난처한 일이 생길 때면 늘 "나를 구해다오, 나를 구해다오"라고 기도를 발신했다는 그녀의 고백이 섬뜩하게 느껴지는 것은 이 때문이다. 그리고 그 마성은 드디어 넘어서는 안 될 최후의 금기의 선을 넘게 만든다. 근친 사이로 드러난 휘승과의 사랑이 그것으로, 그 일로 해서 그녀는 아버지의 집으로부터 완전히 추방을 당하게 된다.

아버지는 처마를 타고 내려오는 구렁이를 본 듯 녹슨 낫을 들고 내 등을 쫓아왔다. 나는 그렇게 쫓겨 집을 나왔다.

이때 그녀는 드디어 저주받은 몸, '구렁이'가 되어 '아버지의 집'으로부터 쫓겨난다. 이것은 실락원의 역사, 바로 그것이 아닌가. 그러니 그녀의 이야기는 단지 사악한 아버지에 의해 유년 시절을 훼손당한 한 여성의 이야기가 아니라 낙원으로부터 추방당한 인간의 역사와 운명에 대한 이야기이다. 잔인하게 딸을 처형하고자 했던 아버지, 그는 우리에게 이성과 금욕을 가르치신 신(神)의 얼굴이 아닌가. 그런가 하면 제단 위에 묶인 그녀를 구하러 왔던 그리고 자신과 해연이 근친임을 알고 미친 듯 날뛰다 그의 형들에 의해 온몸이 묶이어 허공에 매달려진 휘승은 우리를 위해 이 땅에 내려와 십자가에 매달린 예수를 연상시키고 있지 않은가. 그러나 성경에서와는 달리 해연의 구원은 휘승을 통해서도 이루어지지 않는다. 휘승은 결코 아버지로부터 도망가버릴 수 없는 인물이기 때문이며, 그녀의 생명은 이성의 저편, 신화의 세계로부터 비롯되었기 때문이다. 이제 그녀는 더 이상 아버지의 착한 딸이 아니다. 그녀는 원래 "여우나 고양이 같은 못된 짐승"이며, 따라서 그녀의 집은 안락한 아버지의 집이 아니라 광활한 들판이다. 옷을 구입하러 가죽 전문 도매 상가로 들어섰을 때, 그곳에서 "야광의 푸른 눈빛"을 보고, "달

밝은 들판을 헤매는 허기진 야생 고양이떼의 냄새"를 맡고, "창녀의 터럭에 덮인 야광의 성기" 같다고 느끼며, "집으로부터 너무 먼 곳에 와 있다"고 느낄 때, 그것은 바로 그녀의 운명이 들판을 헤매는 야생 고양이의 그것에 다름아님을 보여주고 있지 않은가. 그러나 고양이떼의 냄새가 묻어나는 듯하던 상가에 사실은 가짜 무스탕들이 넘쳐나고 있다는 진술에서 드러나듯, 그녀가 자신의 짐승을 마음껏 꺼내놓을 수 있는 공간은 없다. 그러니 우리는 그녀의 운명에 대해 다시 말해야 할지 모른다. 진정 불행한 것은 그녀가 천국에서 추방당했다는 사실 그 자체가 아니라, 그녀가 찾아갈 진정한 집, 야성의 공간이 부재하다는 사실이라고 말이다.

2. 꽃·뱀들의 운명

추방된 마녀들의 운명, 이를 이해하기 위해 다시 한번 시간을 거슬러 올라가보자. 에덴 동산의 이야기를 기억하는가? 선악과와 뱀의 유혹과 이브의 호기심과 그로 인한 에덴 동산에서의 추방을. 아버지에게로 다시 돌아가기 위해 아담들이 흘린 인내의 땀을. 그리고 죄인으로서의 낙인을 온몸으로 감당하며 흘린 이브들의 눈물을. 전경린의 소설은 낙원에서 추방된 인류의 이 같은 슬픈 역사를 닮아 있다. 「안마당

174

이 있는 가겟집 풍경」도 그런 실락원에 대한 이야기이다. 일종의 성장소설이라 할 수 있는 이 작품에서 주인공이 떠올리는 행복한 유년 시절은 안마당 장독대 앞에서 시작된다. 그곳에서 월남전에 참전했다 돌아온 삼촌과 아이들은 춤추고 노래부르며, 홀아비 장씨와 월림 아지매 부부와 인천댁은 이들을 보며 웃는다. 그곳은 온통 웃음과 꽃향기와 노랫소리로 가득한 일종의 낙원과도 같다. 그러나 삼촌이 가져온 달콤한 초콜릿이 "마귀 할멈에게 쫓기는 꿈을 꿀 때처럼 허황되게" 느껴졌듯, 그 웃음과 행복과 평온 뒤에는 어두운 그림자가 잠복하고 있다. 베트콩들의 시체를 배경으로 해서 웃고 서 있는 사진을 자랑스러워하며 보여주던 삼촌은 후에 정신이 망가지게 되고, 월림댁은 걸핏하면 남편에게 매를 맞고 심지어 나무에 묶이기도 했으며(이는 「사막의 달」에서의 해연의 모습을 연상시킨다), 아버지는 문계장과 열애중이고, 엄마는 아버지를 묶어두기 위해 다섯째 아이를 임신중이며, '나'와 동생들은 "잘못 뽑힌 제비들처럼 꽝"인 인생들이다. 요컨대 안마당을 메우던 웃음과 행복은 가짜였던 것이다.

주인공이 떠올리는 유년의 기억들은 이처럼 거짓과 진실 혹은 드러난 것과 감추어진 것 사이의 혼란 그리고 그로 인한 최초의 환멸에 대한 것들이다. 예컨대 비밀처럼 간직하고 있던 교장선생님 아들과의 입맞춤이 무용하던 친구들 모두가 경험한 것이었음을 알게 되었을 때, 그리고 다시금 그 친구들의 고백이 거짓으로 꾸며진 것일지도 모른다고 생각했을 때, 어떤 남자의 무릎 위에 맡겨져 단단해지고 뜨거워지는 '고구마'를 경험하게 되었을 때, 미국에서 온 고모의 '인조 속눈썹'과 '배우처럼' 찍은 그러나 어쩐지 '가짜같이만' 느껴지는 가족 사진들을 볼 때, 엄마처럼은 절대로 살지 않겠다던 그녀가 목욕탕에서 엄마의 순간의 행복과 긴 외로움과 몸부림을 이해하게 되었을 때, 그래서 자신의 탄생이 한때나마 소중한 것이었음을 알게 되었을 때, 그녀는 더러움과 깨끗함, 아름다움과 추함, 가짜와 진짜가 뒤죽박죽 섞이어 있는 혼돈과 환멸의 삶을 본다. 그리고 그녀는 비로소 깨닫는다. 애초부터 낙원은, 혹은 '다른 삶'은 없다는 것을. 장마가 지나간 뒤의 안마당의 풍경은 이를 아프게 깨닫게 한다. 비가 내린 뒤 물이 빠지지 않아 뻘밭이 되어버리고, 더 이상 춤과 노랫소리가 들리지 않으며, 꽃 대신 잡초가 무성하고, 사람 대신 뱀만큼이나 긴 지렁이와 집달팽이떼가 거니는 그곳에는 꽃과 뱀이, 낙원과 지옥이 운명처럼 손잡고 있다. 인생이란 "한 구덩이에서 풀려나온 실뱀떼처럼 꿈틀거리며" 이들을 다른 곳으로, 다른 뱀의 머리 위로 실어나른다. 그리하여 이들 스스로가 뱀의 운명을 산다. 줄곧 매를 맞던 그리고 나무에 묶이기도 했던 월림댁이 '뱀대가리'에 비유되고 있지 않은가.

세상과 삶의 추악함에 눈뜨고 자기 안에서 뱀의 운명을 확인하게 되는 과정을 그린 성장소설이라는 점에서 「꽃들은 모두 어디로 갔나」와 「낯선 운명」도 주목된다. 이들 작품에서 기타에 맞춰 함께 노래를 부르곤 했던 나팔꽃 핀 베란다나 해마다 여름이면 온갖 꽃들이 가득 피어나던 큰집 뒤뜰은 환영처럼 존재하는 낙원의 영상이다. 그러나 영원이 떠나고, 꼽추 언니의 남편이 떠나고 아기마저 죽었을 때, 꽃들은 더이상 피지 않는다. 「꽃들은 모두 어디로 갔나」에서 '내'가 관계를 맺는 것은 연인인 영원이 아니라 뱀처럼 혹은 늑대처럼 다가온 남자하고였으며, 「낯선 운명」에서 꼽추 언니의 상자 속에 복병처럼 숨어 있던 것은 한 마리의 고양이였다. 이제 이들의 운명을 지배하는 것은 뱀과 늑대와 고양이의 눈길이다.

　　남자는 그의 앞을 지나가는 나를, 혀를 내미는 뱀처럼, 재빨리 훑어보았다.

　　어두운 얼굴에 깊숙이 박힌 남자의 눈이 짐승처럼 빛났다. 왜소한 늑대, 열등한 늑대 꼴이었다.
　　　　　　　　　　　　　　　　　—「꽃들은 모두 어디로 갔나」

영원이 떠난 후 '나'는 이 뱀의 운명에 몸을 맡긴다. 그것은 세상이 달콤한 노래와 향기로 채워진 아름다운 꽃밭일 수만은 없음을 인정한다는 것이며, 그 환멸의 삶을 수용한다는 것을 뜻한다. 영원은 군대를 간 것이 아니라 다른 여자와 살고 있을지도 모르고 혹은 정말 죽었을지도 모른다. 중요한 것은 '영원'한 것은 없다는 것, 오로지 '현재'만이 있을 뿐이라는(현영원이라는 인물의 이름은 이 점에서 음미할 만하다) 것이다. 그런가 하면 「낯선 운명」에서 운명은 어딘가에서 갑자기 튀어나와 손등에 상처를 남기는 고양이의 발톱으로 비유된다. 꼽추 언니의 삶에 숨겨져 있던 것은 바로 그런 운명이었다. 왕자처럼 다가와 돌연 가슴을 할퀴고 달아난 한 마리의 고양이인 형부, 언니에게 그는 상처이자 동시에 꿈이었다. 그러므로 그녀가 불길이 치솟는 달집에 던져 그 고양이를 처형시켰을 때, 그녀가 꾸었던 꿈들도 함께 불타 없어진다. 이 의식을 치른 후 언니는 뚱뚱한 생활인으로 늙어가고, 꽃들이 무성하던 뒤뜰은 묵정밭으로 변질된다.

꽃에의 추억과 뱀의 욕망, 이는 전경린 인물들의 슬픈 운명의 내용이다. 그녀들이 대개 꽃의 순정함과 짐승의 야성을 동시에 지니고 있는 것은 이 점에서 당연하다. 「사막의 달」에서도 주혜 엄마는 식물의 홀씨처럼 가벼워 보이는 머리카락과 숨은 생쥐들의 눈처럼 빛나는 까만색 매니큐어 칠한 손톱을 함께 가지고 있고, 해연은 "어린 가시내 얼굴" 같은 모습과 못된 짐승 같은 모습을 함께 가지고 있으며, 타조 깃털 달린 옷을 입고 술집에 나갈 아가씨들에게선 "작은 꽃들처럼" "비 맞은 풀잎 냄새"가 나고, 심지어 바람에서도 박하향과 성난 고양이의 날선 발톱이 함께 느껴지고, 해연이 휘승과 관계를 맺는 순간에도 피비린내와 고향의 밤꽃 향기가 함께 있다. 이때 꽃은 추억으로만 남아 있게 되는 삶에의 순정한 꿈을 혹은 여리고 순결한 존재로서의 여성성을 상징한다. 그러나 거기에는 삶과 존재의 복잡함에 대한 이해가 없다. 때문에 꽃은 때로 벗어던져야 할 낡고 갑갑한 옷이 되기도 한다. 옷가게가 이야기의 배경으로 설정되어 있는 「사막의 달」에서도 옷은 여성적 삶의 사회적·운명적 기호로 나타나고 있거니와, 「평범한 물방울 무늬 원피스에 관한 이야기」에서 주인공이 십 년 동안 입었던 원피스는 바로 그런 옷이다. 그녀의 몸을 "치렁치렁한 커튼처럼" 무겁게 가리고 있던 그 옷은 그녀의 삶을 구속하던 일종의 구속복과도 같다. 그것은 사랑을 잃은 대신 얻은 옷이며, 근친상간이라는 반역의 길에서 질서와 제도의 길로 되돌아와 입은 옷이다. 따라서 그녀가 자신의 사랑을 찾고자 할 때, 자유로운 주체로 서고자 할 때, 그 옷은 필연적으로 거부될 수밖에 없다. 원피스를 입은 채 선본 남자와 사랑을 나눔으로써 원피스 단이 터져버렸다고 하는 사실은 그 행위가 갖는 반란의 의미를 암시한다. 사실, 화려하기보다 검소한 느낌을 주는 원피스가 그 안에 "발정기의 고양이만큼이나 도발적이고 위험한 또 하나의 얼굴을" 가지고 있다는 진술이나, 주인공이 "조용하고 말이 없지만 안에 아무도 모를 음흉한 구렁이가 들어 있는 게 틀림없다"고 하는 엄마의 말을 상기할 때, 이미 그 모반의 징후는 예감되고 있다. 그러므로 닳고 해져서 종국에는 허수아비 위에 걸쳐 있게 된 원피스, 이것은 "여성에 관한 몽상과 꿈과 오해와 추억"의 허망한 실체 바로 그것일 것이다.

여성적 운명의 상징으로서의 이 옷은 「거울이 거울을 볼 때」에서는 사촌언니의 칸나색 원피스로 나타난다. 열세 살의 삼월(전경린 소설에서 종종 만나게 되는 13, 33 등의 숫자는 예수의 죽음과 연관된 이른바 악마의 숫자라 할 수 있다), 주인공은 거울 속에서 전혀 다른 세상을 만난다. 그 안에는 돌출된 젖망울을 가진 낯선 자신의 모습과 그 뒤로 뱀을 잡고 있는 남자 아이들의 모습이 들어 있다. 이는 성과 악에 눈뜨는 과정을 상징적으로 묘사하고 있는 대목으로, 그녀가 더 이상 어린아이로 낙원에 머물러 있을 수 없음을 그리고 여성이라는 이름으로 세상 속으로 들어가야 함을 시사받는 장면이라 할 수 있다. 꼭 끼는 옷이 더 이상 머물 수 없는 유아적 삶의 기호라고 한다면, 사촌언니가 남긴 칸나색 원피스는 여성적 삶의 기호다. 그것은 여성으로서의 몸의 욕망을 일깨우고 동시에 그것을 금지시킨다. 순결을 의심받고 결혼식 후 일주일 만에 스스로 목숨을 끊은 사촌언니는, 그 원피스 이데올로기의 희생양이다. 그러므로 주인공이 그녀의 옷을 입고 몰래 밤길을 걸어나갈 때, 그 길은 사촌언니를 비롯해서 숱한 여성들이 걸어갔던 그 길에 다름아니다. 여성은 교태를 부리는 뱀의 몸과 그 뱀과 대결해야 하는 의식을 동시에 지닌, 그래서 제각기 혼자 목숨 건 전쟁을 치러야 하는 존재다. 내 안의 욕망과 내 밖의 욕구가 충돌하는, 뱀을 품고 있는 그러나 뱀이어서는 안 되는, 그래서 마녀와 성녀 사이를 끝없이 오가는, 본질적으로 모순적이고 비극적인 존재, 전경린 소설에서 우리는 그런 여성을 만난다. 이렇게 볼 때 흔히 원피스 위에 스웨터나 가죽 점퍼를 걸쳐 입고 나타나는 그녀들의 모습이나, 이들이 응시하는 담배꽃 핀 들판(「평범한 물방울 무늬 원피스에 관한 이야기」), 밀밭(「바닷가 마지막 집」「환과 멸」), 피처럼 빨간 단풍잎(「밤의 나선형 계단」), 혹은 마을을 나서는 고갯길에서 본 불꽃나무(「바닷가 마지막 집」) 등은 불/술을 품고 있는 꽃, 혹은 동물성 꽃으로서의 그녀들의 운명을 상징적으로 드러내고 있다고 할 수 있을 것이다.

3. 염소와 함께 달리는 여자들

자기 안에서 마성을 발견하는 것으로 시작되는 여성의 삶은 불행히도 자기 안에서 마성을 죽이는 것으로 이어진다. 소녀로, 딸로, 아내로, 엄마로 진행되는 삶의 과정에서 그녀들은 자신의 이름을, 늑대의 피를 잊는다. 이들이 서 있는 들판에는 이제 아무도 담배를 심지 않는다. 그녀들은 야수로서가 아니라 해진 원피스를 걸치고 서 있는 허수아비로 들판 위에서 초라하게 늙어간다. 그들에겐 영혼이 없다. 「염소를 모는 여자」는 이처럼 영혼을 잃어버린 여자가 자기의 영혼을 찾아나서는 과정을 그리고 있는 소설이다. 그녀는 "닭장 같은 집" 속에 "갇힌 짐승"이다. 아니, "너무 많은 벌레를 삼킨," 그래서 이제는 그녀 자신이 곤충이 된 "죽은 짐승"이다. 이런 그녀에게 어느 날 한 남자가 자신의 새어머니의 영혼이라며 염소를 맡아줄 것을 부탁해온다. 그것은 그녀가 잊고 살아온 영혼의 목소리, 그녀를 부르는 그녀 안의 목소리이다. 그녀가 그 염소를 받아들이기로 한 후 그녀의 일상은 조금씩 붕괴되기 시작하는데, 예컨대 염소의 밥을 주느라 가스레인지 위에서 끓던 매운탕 냄비를 태워먹었는가 하면, 염소 냄새가 퍼져온다고 이웃으로부터 항의를 받게 되고, 그녀와 남편은 서로 더럽고 냄새 난다며 싸움을 하게 된다. 그러나 이를 통해 정작 무너진 것은 일상의 평온함이 아니라 평온함으로 위장되어온 허위적 삶이다. 닭장 같은 집들은 너무 흰하고, 교회의 정원에는 가짜 덩굴 지붕과 가짜 나무 탁자와 가짜 나무 벤치들이 놓여 있으며, 차갑고 습기차고 퀴퀴한 욕망의 냄새로 가득 차 있던 극장 밖의 거리는 표백시킨 듯 환하다. 염소의 울음 소리는 이 가짜들 속에서 묻혀지고 잃어버린 영혼의 울부짖음, 바로 그것이다. 그러므로 결국 그녀가 염소를 몰고 아파트 단지를 빠져나갈 때, 이는 '미소'라는 위장된 평온을 둘러쓴 허위적 존재로서가 아니라 삶의 벼랑 아래로 훌쩍 뛰어내리는 '검은 염소'로서의 자기 선언이며, "훼손된 집"에서 벗어나 잃어버린 영혼의 집, 고향의 들판으로 향해 가는 귀환의 출발을 의미한다.

어떤 점에서 전경린의 소설은 신에게서 버림받은 인물이 자신의 영혼을 입증하기 위해서 떠나는, 그러나 '성숙한 남성의 형식'이라는 소설에 대한 정의를 무색케 하는 '성숙한 여성들'의 투쟁과 탐색의 이야기이다. 그녀의 소설은 흔히 위태로운 사랑 이야기의 외양을 하고 있지만, 이때 그녀의 인물들이 진정으로 갈망하는 것은 사랑의 대상으로서의 남자가 아니라 자신을 삶의 중심에 서 있게 하는 정열의 기운 그 자체다. 그들은 사랑을 찾아가는 것이 아니라 자신의 잃어버린 영혼을 찾아가는 것이다. 「봄 피안」에서 남편과 아이를 빼앗긴 미리 엄마를 꿋꿋하게 살아오게 한 것은 삶에의 희망이 아니라 복수에의 집념, 원한 어린 독기다. 그녀는 "피비린내 가득한 반전"을 삶의 끝으로 상정하고 그 파멸을 향해 한 점 두려움도 없이 치닫는 부나방 같은 존재다. 이에 반해 신이 엄마는 고통과 번민과 아픔을 피해 끝없이 강 저편의 피안을 꿈꾼다. 거기에는 그녀의 열정의 대상이며, 그녀를 지루하고 고통스런 이곳에서의 삶과는 '다른' 삶으로 이끌어줄 '그'가 있다. 그러나, 생각해보라. '그'는 과연 누구인가? 암호처럼 날짜와 시간만 적은 짧은 편지를 보내오는 '그'는 과연 어디에 있는가? '그'에게 보내야 할 마지막 편지를 어째서 '나'는 완성하지 못하는가? '그'는 남편이 선물한 서른세 송이 장미꽃의 주검으로 표상되는 자기 자신 안에서 되살려내야 하는 '나'의 분신이다. 그렇다면 어떻게 '그'를 되살려낼 것인가? 미리 엄마는 그 해답을 제시하고 있지 않은가. 욕망이, 분노가, 정열이 이끄는 대로 운명의 길에 뛰어들라고 말이다. 그리하여 '나'는 뒤켠 마당에 커다란 돌덩이에 눌러 묻어두었던 '그'의 선물을 흙 속에서 끄집어 냄으로써 '그'를 되살려낸다. 피안은 강 저편에 따로 있지 않다. 그것은 그녀들이 뛰어든 불의 한가운데에 있다. 그녀들은 지금 되살려낸 염소/'그'를 몰고 그곳으로 간다.

「새는 언제나 그곳에 있다」의 경우는 어떠한가? 주인공인 '나'는 동굴 속에서 쑥과 마늘의 시간을 견딘 끝에 인간이 된 웅녀의 후예다. 그러나 태어난 이후로 줄곧 갇혀 있었던 것 같다고 느끼는 그녀는 그 신화의 시간을 거슬러 올라가 거꾸로 곰이 되기를, 공터에 버려져 실컷 햇볕을 받고 비와 바람을 맞고 술에 취하게 되기를 꿈꾼다. 어릴 적부터 오르고 싶어했지만 오를 수 없었던 고향의 산에 오르는 것은 그 욕망을 실현하고자 하는 하나의 시도이다. 육이오 때는 계곡에 온통 핏물이 흘러넘쳤고 지금도 습기 찬 굴속에 박쥐가 살고 있다고 하는 그 산은 그녀 안에 은밀하게 자리잡고 있는 야성의 공간이자 두려움으로 인해 오랫동안 잊혀졌던 세계로,

금기의 파괴 그리고 죽음과의 대면을 무릅쓸 때만이 도달할 수 있는 곳이다. 그녀는 이제, 서른 살이나 먹은 여자이면서 여전히 "단발머리 중학생인 것처럼" 느껴지게 만드는 '미나리'라는 이름의 운명을 벗어던지기로 한다. 그리고 산딸기 덤불과 야생화 무리가 무성한 산으로 오른다. 특히 이 산행이 아버지의 생신날, 친정집에 가는 대신 이루어졌다고 하는 사실은 이것이 아버지와 남편으로 대변되는 세상의 질서에 대한 반란의 행위임을 분명히한다. '나'를 교태 있게 춤추는 여자애로 키우고자 했던 아버지, 미나리라는 연한 이미지 속에 '나'를 가두어놓고 싶어했던 남편, 세상의 딸들에게 이들은 모두 거짓말쟁이 양부나 다름이 없다. 이들은 결코 날아오르는 법을 가르치지 않으며, '먼 곳'으로 가는 것을 허락하지 않는다. 결국 동굴 속에서 걸어나올 수 있는 길은 '미나리'라는 더 이상 입을 수 없는 너무 작은 스웨터 같은 굴레를 벗어던지고 자신의 욕망에 충실해지는 것뿐이다. 그녀는 산꼭대기에 올라 두 팔을 뻗고 딸과 함께 빙글빙글 돌면서 비로소 자신이 누구인지 인식하기 시작한다. 그것은 금지된 마녀의 모습 혹은 커다란 날개를 지닌 새의 형상을 닮아 있지 않은가.

이처럼 잃어버린 영혼을 찾아 출분을 감행하고자 할 때 전경린 인물들에게 필요한 것은 두려움 없이 욕망이 이끄는 대로 운명의 길을 따라가겠다는 용기, 그리고 건강하고 가벼운 발/날개다. 그들이 욕망을 접고 일상에 발붙이고 살아갈 때 가장 먼저 퇴행하는 것은 발이다. 시간은 그들의 발이 뻣뻣하게 굳어가게 하거나 이유 없이 발바닥이 갈라지게 만든다. 발은 회한과 그리움으로 바라보게 되는 그녀들의 과거와 현재다.

> 나는 그의 양말 한 짝을 든 채 슬프고 초조한 얼굴로 남편의 얼굴을 지켜본다. 〔……〕 너무나 무겁고 느려서 그가 움직이는 게 아니라 염증난 시간이 그의 목을 끌고 가는 것 같다. 그는 좀체로 떠나려 하지 않는다.   ——「염소를 모는 여자」

이때 윤미소가 들고 있는 남편의 양말 한 짝——목욕탕 앞에서 말똥처럼 굴러다니기 일쑤인——은 좀체로 떠나려 들지 않는, 감방에 들어가 책만 읽는 것이 꿈인 남편과, 닭장 같은 집에 갇혀버린, 그래서 떠날 수 없는 그녀 자신의 은유다. 이들은 발의 기능을 잃어버렸다. 검은 염소를 맡게 됨으로써 잃어버린 영혼을 되찾아가는 윤미소의 이야기는, 어떤 점에서 이 발의 기능을 회복하는 과정에 대한 이야기로 이해될 수 있다. 염소는 날개처럼 길다란 귀를 가지고 있고, 검은 박쥐우산 든 청년은 투박한 발소리를 지녔을 뿐 아니라 베란다에서 내려다보면 우산에 가려져 다리 부분밖에는 보이지 않는다. 그녀는 이들에 이끌려 "발이 반쯤 들린 채" 달리게 되고, 드디어 영혼의 집을 찾아나서게 된다. 그런가 하면 검은 구두를 꺼내 신고 밤버스를 타러 나갈 것을 꿈꾸던 고아 아이나(「새는 언제나 그곳에 있다」), 외출할 땐 늘 주홍색 뾰족구두를 신던 꼽추 언니(「낯선 운명」), 돌아가신 엄마가 남긴 검은 구두를 잘 때도 껴안고 잤던 '나'(「꽃들은 모두 어디로 갔나」)에게 있어 구두는 '다른 삶'에 대한 꿈, 바로 그것을 의미한다. 그러나 너무나 살이 쪄버린 꼽추 언니에게 뾰족구두는 오히려 언니의 운명을 물고 가는 덫처럼 보이고, 엄마의 구두를 늘 간직하고 다니던 '나'는 한번도 신을 신어보지 못한다. 그녀는 엄마처럼 아주 작은 발, 덜 여문 옥수수 알들 같은 발을 가졌다. 그러니 집을 나와 살고 있는 그녀가 앞으로도 집 같지 않은 곳을 오랫동안 떠돌 거라고 얘기하고 있음에도 불구하고 과연 그녀가 언제까지 떠돌 수 있을 것인가 의문을 갖지 않을 수 없다. 결국 이들의 탈주는 좌절되고, 다시금 발은 기능이 정지된다. 영양 실조로 다리가 마비중인 사촌이모(「맨 처음 크리스마스」), 임신으로 발이 부은 '나,' 아버지에게 회초리로 맞아 종아리가 터진 진, 아버지가 알면 다리를 부러뜨리려고 들 비밀스런 연인을 가진 미(「환과 멸」), 통통한 발목에 자물쇠 모양 장식의 발찌를 낀 여자애(「오후 네시의 정거장」), 마리가 환영으로 떠올리는, 미싱을 돌리고 있는 절름발이 남자(「고통」), 자동차에 다리를 다친 새끼 고양이(「밤의 나선형 계단」), 이들의 상처난 발 혹은 무거운 발은 탈주의 불가능을 시사하고 있다. 특히「환과 멸」에서 운명에 정면으로 대결하다 스스로 파멸을 선택한 진의 삶은 이 발의 운명을 단적으로 엿볼 수 있게 한다. 그녀는 탄탄한 다리를 지닌 인물답게 아버지와 세상의 질서에 쉽게 굴복하지 않고 끝없이 그 밖으로 달아난다. 무슨 이유 때문이었는지도 기억나지 않는 사소한 일로 그녀가 종아리를 맞는 장면은 그 같은 탈주, 모반을 용서하지 않겠다는 아버지의 의지를 과시하는 하나의 '잔혹극'이다. 결국 진은 스스로 죽음 속으로 뛰어듦으로써 아버지로부터 벗어난다. 그녀의 죽음을 예감하게 하는 다음 꿈을 보자.

그날 밤에 나는 또 꿈을 꾸었다. 이번에는 내가 친정집에 가 있었다. 집에는 아무도 없었다. 나는 진과 우두커니 앉아 있다가 집에 가겠다고 나섰다. 그런데 현관에 벗어두었던 신발이 없었다. 메마른 현관은 오래도록 비어 있었던 것처럼 신발이라곤 한 켤레도 없었다.
"진아, 신발이 없어."
〔……〕
"난 이제 신발이 필요없어."

'아버지의 집'으로부터 결코 벗어날 수 없음을 암시하기라도 하듯 친정집에 왔을 때 신발이 없어져버린 것, 이는 분명

탈주의 불가능을 확인하게 하는 악몽일 것이다. 진은 스스로 죽음을 선택함으로써 그 악몽에서 벗어난다. 이제 그녀는 달아날 필요가 없다. 신발이 필요없어진 것은 이 때문이다. 그러나, 진을 잃은 뒤에도 여전히 거리에서 진을 만나게 된다는 '나'의 고백이나, 진을 부르며 "밥때가 되었는데 너는 바깥으로 싸돌아만 다니는구나" 하시는 엄마의 독백을 상기해 보라. 그녀의 탈주는 완성되었는가? 과연 그녀들의 탈주는 가능한가?

4. 고양이 죽이기

탈주에의 꿈, 이것은 좀처럼 현실화될 수 없는 환영이다. 그 꿈을 접고 현실로 귀환할 때 환(幻)이 사라진(滅) 그곳에는 환멸만이 남는다. 엄밀히 말해 전경린 소설은 환에 대한 이야기라기보다 그 환의 사라짐에 대한 이야기이다. 특히 두 번째 창작집 『바닷가 마지막 집』에서 이러한 느낌은 더욱 강해진다. 여기에서 집을 나가는 것은 '나/그녀'가 아니라 그녀의 엄마나, 이모, 동생이며 혹은 개나 고양이이다. 「밤의 나선형 계단」에서는 엄마가 집을 나가고, 「바닷가 마지막 집」에서는 질과 동생, 이모가 가출하고 승혜는 떠나며, 밤에 마을 나가는 길을 따라나섰던 '나'는 해뜰 무렵 다시 집으로 돌아온다. 그런가 하면 「고통」에서 가언은 고향에 돌아와 결혼을 해서 그토록 두려워했던 "꽃들의 운명"을 살고 있고, 「맨 처음 크리스마스」에서는 이모들과 고양이 진진이는 떠나고 '나'는 섬처럼 떠 있는 집에 홀로 남는다. 이는 모두 불가능한 탈주, 환멸의 현실로의 귀환이라는 테마의 변주들이라 할 수 있다. 이때 그녀들 안의 야생 고양이는 더 깊은 곳으로 숨어들거나 그녀들 자신에 의해 추방당한다. 야성의 꿈틀거림보다 더 강렬하게 그리고 더 가혹하게 자신들을 잡아끄는 현실의 힘에 굴복하게 되는 것이다. 그렇다면 그 가혹한 현실의 정체는 과연 무엇일까? 전경린에 의하면 그것은 아버지라는 이름의 세상의 질서, 엄마라는 이름의 운명, 그리고 시간이다.

「사막의 달」이나 「환과 멸」 등에서 이미 엿볼 수 있었듯이 아버지는 벗어날 수 없는 현실 원리의 상징적 존재다. 아버지는 이탈이나 도전을 허용하지 않는다. 그는 욕망을 누르고 복종하며 살라고, 그것이 여자의 길이라고 가르친다. 「고통」에서 가언의 아버지도 그런 인물이다. 그는 가언으로 하여금 자유와 욕망에의 이끌림과 반란의 열기로 가득 찼던 왜식 목조집으로부터 나와 평온한 일상의 집으로 복귀하게 하는 존재다. 교사로 취직을 시켜준 것도 아버지였고, 결혼을 주선했던 것도 아버지였다. 시골 초등학교 교감답게 아버지는 딸에게 도덕과 질서에 순종할 것을 가르친다. 그리하여 "벽장 속에서 자신의 배를 가르는 일본 무사, 초원을 쿵쿵 뛰어다니는 분홍색 코끼리"의 꿈과 정열과 광기를 접고 그녀는 아버지가 있는 '고향집'으로 귀환해서 꽃들의 운명을 살게 된다. 그것은 세상에 존재하지 않는 여자가 되는 길이었다. 「바닷가 마지막 집」에는 시청 공무원이었다가 사표를 내고 축산업을 시작하기 위해 엄마와 '나,' 그리고 동생을 이끌고 고향에 내려온 아버지가 있다. 그는 미리 고향에 내려와 집과 축사를 지어 가족들의 새 터전을 만들었다. 그러나, 그렇다고 해서 아버지의 고향이 곧 다른 식구들에게도 '고향'이 되는 것은 아니며, "아버지가 정해준 나의 방"이 그대로 '나의 방'이 되는 것은 아니다. 더구나 아버지의 귀향은 고향의 품이나 자연에 대한 그리움에 기인한 귀향이 아니다. 혼자 고향에 내려와 있을 때 저녁마다 꿩사냥을 해서 전골을 드셨을 정도로 아버지에게 있어 자연은 정복의 대상이다. 다른 식구들(이들은 모두 여성이다)에게 일방적으로 '집'과 '고향'과 '삶'을 만들어준 아버지, 그는 엄마와 '나,' 동생에게 있어 벗어나야 할 굴레와 같다. 그렇다면 이들의 탈주는 어떻게 이루어지는가?

아버지로 인해 도시에서의 깨끗하고 화사했던 생활을 잃어버리고 한낮의 햇볕 속에서 고추밭을 매는 신세가 된 엄마는 아버지를 닮아감으로써 자신을 학대한다. 세 끼를 모두 상추로만 밥을 먹는 엄마가, 어릴 때부터 키워온 질이라는 이름의 개를 개장수에게 팔고 그 돈으로 산 고기를 한밤중에 몰래 구워 먹곤 하는 것이다. 짐승은 십 년 넘게 키우는 법이 아니라는 엄마의 변명은 사실 아버지의 말, 아버지의 법이 아니던가? 결국 엄마가 내다 판 것은 그녀의 영혼이었다. 한편 집에서는 아무와도 이야기를 하지 않고 오로지 질하고만 통하던 동생은 없어진 질을 찾아 집을 나감으로써 탈주를 감행한다. 그러나 그녀는 이 탈주를 위해 먼저 더러운 화장실 바닥과 넘쳐나는 쓰레기통과 머리카락이 엉겨 있는 세면기로 떠오르는, 여자애들에게는 불순하고 막다른 곳인 버스터미널을 지나가야만 했다. 그러니 바다가 있는 도시를 꿈꾸었던 동생은 과연 어디로 갔을까? 이제 '나'의 경우를 보자. '나'는 꿩요리에 빠져 있던 아버지나 가끔 고기를 먹지 않고는 견딜 수 없는 육식 동물로 변해버린 엄마와는 달리, 나무 향내와 새소리와 햇볕과 바람에 온몸을 맡긴 채로 밀밭에 누워 있으며 행복해하는 식물 같은 인물이다. 아버지의 집이 결코 그녀의 집이 될 수 없는 인물인 것이다. 그녀는 아버지가 먼저 내려와 묵었던 농막에서 승혜와 사랑을 나눔으로써 아버지의 집에 이단자를(특히 아버지가 시청 공무원이었고 승혜가 현장 생활을 하는 학생이었다는 사실은 이러한 점을 더욱 부각시킨다) 끌어들인다. 그것은 아버지에 대한 모반, 반역에 다름아니다. 그리고 이를 더욱 충돌질하듯 이어지는, "이곳에 있지 말고" 자기와 함께 도시로 가자는 승혜의 유혹. 이제 그녀 앞에는 아버지의 길 대신 승혜의 길이 놓인다. 그러나, "너희 집이 이렇게 된 것도 다 놈들의 짓이야"라며 흥분하는 승혜는 자신의 실패한 삶을 물귀신처럼 따라와 물을 먹이는 '놈들'의 탓으로 돌리며 분노하던 아버지를 그대로 닮아 있다. 요컨대 마을 밖 어디에도 '다른 곳'은 없다. 그러나 그녀의 귀환은 엄마의 자포자기와도, 그리고 또 다른 포기이자 도피인 동생의 가출과도 다르다. 그것은 고통과 마주하며 그 속에서 생의 기쁨을 발견하리라는 깨달음, 그리고 멀고 먼 여정일지라도 달팽이처럼 조금씩, 끊임없이 바다를 향해 나아가리라는 결의다.

「밤의 나선형 계단」에서는 탈주를 가로막는 또 다른 굴레를 만난다. 그것은 엄마라는 이름의 운명이다. 이 작품에서 아이들은 더 이상 낙원에서 뛰어노는 천진스럽고 행복한 아이들이 아니다. 아파트의 어둑한 현관 우편함에서 관리비며 가스비의 독촉장, 의료보험료 청구서 따위를 꺼내 들고 더러운 계단을 오르는 열두 살 난 여자애, "어디론가 가고 싶"어 늘 문 앞에 서 있지만 결코 계단을 내려가지 못하는 빨간 원피스 입은 아이, 그리고 유치원 수업이 끝나면 항시 이층의 더러운 놀이방에 갇혀 있어 발바닥이 까맣고 집에 오면 현관 정리하는 걸 좋아하는 동생 명, 이 아이들의 삶은 이미 외로움과 고립과 감금의 그것이며, 이들은 본질적으로 고아들이다. 뿐만 아니라 더 이상 참치를 사먹일 수가 없다며 메메를 아파트 지하실 창고에 갖다 버리라고 한 엄마는 정말로 집을 나가려고 하고, 엄마가 떠날 것이 두려운 여자애는 꿈속에서 엄마의 트렁크 안에 고양이를 넣고는 호수 안에 떨어뜨린다. 이때 고양이는 끊임없이 탈주를 부추기는 엄마 안의 정열 혹은 꿈이다. 여자애는 사랑을 찾아 한 남자의 여인이 되어 떠나려는 엄마를 자신들의 엄마로 남아 있게 하기 위해서 그 고양이를 처형하는 것이다. 엄마의 가출에 대한 어린아이의 공포를 가늠하게 하는 이 섬뜩한 장면은, 그러나 잃어버린 영혼을 되찾기 위해 끊임없는 탈주와 모반을 꿈꾸는 여성들이 마주해야 할 가장 심각한 문제를 제기하고 있다는 점에서 주목되어야 할 대목이다. 이 작품에서 초점이 되는 것은 엄마의 가슴속에 끓고 있는 불온한 정열과 그 끝에 이루어지는 가출 그 자체가 아니다. 정작 심각한 문제는 그녀가 두 아이의 엄마라는 사실에 있다. 엄마는 탈주를 원하고 아이들은 엄마를 원한다. 이것은 전혀 새로울 것이 없는 여자들의 딜레마이다. 그래서 엄마는 욕망을 접고 아이들 곁에 남는다. 그러나 전경린의 엄마들은 아이들 곁을 떠난다. 이 역시 이미 염소를 몰고 아파트 단지를 빠져나가는 여자에게서 보았던 모습이 아닌가. 그러나 엄마의 탈주에의 욕망을 여자애의 시선으로 그리고 있는 이 작품은 이렇게 떠나는 여자들 뒤에 남는 아이들의 상처받은 삶과 내면 세계에 초점을 맞춘다. 엄마에겐 '다른 삶'을 향해 떠나는 꿈의 상징일 트렁크, 그러나 여자애에게 그것은 가슴을 죄게 하는 "불길한 트렁크"이다. 이는 모성과 여성 사이의 대립, 갈등이 얼마나 심각하고 또 좀처럼 넘어설 수 없는 문제인지를 단적으로 드러낸다. 모성은 생명의 끈이자 동시에 덫이기도 하다. 엄마의 자유, 영혼의 회복이 아이의 유기를 전제로 하고 있기 때문이다. 이 불가해한 문제에 대해 전경린은 엄마처럼 여자애를 홀로 서게 함으로써 그 해결책을 제시한다. 요컨대 엄마들이 스스로 서야 하듯, 아이들도 결국 홀로 서야 한다는 것. 그래서 작품 끝에서 아이는 엄마를 엄마로서가 아니라 여자로서 이해하고 동질감을 느낀다. 엄마는 여자애의 미래의 모습인 것이다. 여자애는 엄마 없이 혼자 살아가는 법을 배워가기로 마음먹는다. 그리고 훗날 자신이 내던진 트렁크 속에서 메메를 꺼내 다시 살려낼 것을 예감한다. 이는 모성의 신화 속에 추방되었던 여성의 회복, 부활에 대한 꿈이 아니겠는가.

끝으로 우리의 운명을 이끌고 가는 또 하나의 가혹한 현실 원리인 시간에 대해 살펴보자. 전경린 소설에서 시간은 모든 욕망과 꿈과 정열을 녹여버리는 가장 강력한 현실의 이름이다. 야성의 본능을 기억 저편으로 몰아내고 얌전한 교사가 되게 하고 장미꽃이 되게 하는 것, 화려하고 열정적으로 타오르던 환상에서 깨어나 너덜너덜하고 남루한 현실로 복귀하게 하는 것, 그리하여 허수아비처럼 들판 위에 빈 껍데기로 서 있게 하는 것, 이것이 바로 시간이다. 엄마의 운명의 내용을 감추고 있는 것은 트렁크 비밀번호인 '635'라는 숫자/시간이며(「밤의 나선형 계단」), "얇은 상자 속" 같은 방의 어둠 속에서 푸른빛을 내고 있는 탁상시계는 '나'를 가둔 운명의 얼굴이다(「바닷가 마지막 집」). 「고통」에서 가언이 고백하듯, 이들이 삼키는 세월은 모두 가시와 같다. 이들에게 세월은 상희와 함께 먼 곳으로 떠나려던 가언의 발목을 붙잡고, 섬으로 돌아가지 않고 도시로 가겠다는 평란이 이모와 극장들이 문을 닫지 않는 먼 도시로 떠난다는 정미네의 꿈을 꺾어, '아무도' '아무 곳으로도' 떠나지 못하게 하는[2] "야수 같은," 아니 "야수보다 더 무서운"(「맨 처음 크리스마스」) 어떤 것이다. 세상에는 아무것도 새로운 것은 없다. 그러므로 전경린의 인물들에게 시간은 흐르지 않는다. "흐르는 건 바람일 뿐이다"(「환과 멸」).

이들은 시간이 마련해놓은 책임과 분별력과 죄의식으로부터 도망친다. 이들은 "마술사의 시간이며, 어린 창녀의 시간이며, 생명이 광기를 부려대는 초록 넝쿨의 시간"을, "신적인 시간이며 동시에 야만적인 시간, 고래이며 소이며 하마인, 모든 것이 분화되기 이전의 시간"(「거울이 거울을 볼 때」)

---

2) '아무도,' '아무 곳으로도' 등의 어휘는 전경린 소설에서 탈주의 불가능, 운명의 비극성을 환기시키는 중요한 키워드라 할 수 있다. 이는 장편 『아무 곳에도 없는 남자』의 제목에서도 나타나고 있는데, 이 작품에 대해서는 다른 글(「현실과 환상 사이에 다리 놓기」, 『문학동네』, 1997년 여름호)에서 논의한 바 있어 이 글에서는 직접 다루지 않았다.

을 꿈꾼다. 라캉의 상상계를 연상시키는 이와 같은 세계로 이들은 시간을 거슬러 올라간다. 「염소를 모는 여자」에서 윤미소가 잠속에서 익명의 구름 속으로 붕 떠오르는 것, 「봄 피안」에서 신이 엄마가 시간이 우리보다 여덟 시간 늦게 가는 유럽으로 열세 시간을 날아가는 것, 「환과 멸」에서 만삭인 '내'가 꿈속에선 열두 살이거나 스무 살이거나 스물다섯 살 정도의 나이가 분명치 않은 처녀가 되어 있는 것 등이 바로 그것으로, 이는 처음으로 자신과 세상, 삶과 죽음, 선과 악, 남자와 여자 등의 분화를 경험하게 했던 거울이 사라진 세계, 시계가 없는 세계로의 귀환을 의미한다. 그러나 꿈에서 깨면 그녀들 앞에는 그 모든 것들이 부질없는 환영이라는 듯 시계가 버티고 서 있다. 전경린 인물들의 시계는 이 꿈과 현실의 경계에 멈추어 있다. 그것은 구체적으로 얘기하자면 '네시' 무렵의 시간이다. 진의 죽음을 예감하게 하는 꿈을 꾼 뒤 깨었을 때는 밤 세시였고, 진이 죽은 것은 밤 네시였으며(「환과 멸」), 서른세 살 먹은 A가 C와 불륜의 사랑을 나눌 때도 오후 세시이다(「거울이 거울을 볼 때」). 은환이 신아와 진수의 아파트에서 나와 호텔에 든 시간은 새벽 세시 오십오분이었고, 선본 뒤 마음이 맞으면 네 명이 합류하기로 한 시간도 오후 네시였으며, 그가 독을 이기지 못하면 쏟아진다는 잠속에 빠져들면서 전화벨 소리를 듣게 될 때는 다섯시였다(「오후 네시의 정거장」). 그런가 하면 은환은 마흔 살이 다가

오고 있는 나이였고, 「거울이 거울을 볼 때」에서 '내'가 기억
하는 거울 없는 시간은 다섯 살 혹은 네 살 때이다. 이때 네
시와, 숫자 4와 죽음〔死〕과 네 발 달린 짐승은 운명처럼 만난
다. 전경린의 인물들은 이 오후 네시, 흐릿한 박명의 시간에
차단기가 내려진 철길 앞에 서 있다. 낮도 밤도 아닌, 기다리
는 차는 언제까지나 지나가지 않고, 시간도 흐르지 않고, 차
단기는 올려지지 않는 곳(「오후 네시의 정거장」). 「사막의 달」
에서 해연이 죽음 같은 잠에서 깨어나 바라보게 되는 것도,
"두고 갈 수 없는 내 몫의 삶일 것"이라고 받아들이게 되는
것도 이 '박명의 시간들'이다.

5. 사막의 길 혹은 달

그러므로 이제, 다시 사막이다. 늑대와 고양이와 뱀과 염
소와 꽃과 새들이 햇볕과 바람과 모래 속에 묻혀 있는 곳. 길
들은 지워지고 어딘가에서 석유 냄새가 유혹하는 곳. 신기루
처럼 멀리 바다가 보이는 곳. 전경린의 인물들은 이 신기루
를 좇아 사막 위를 걷는다. 따가운 아버지—해의 세계를 피
해 부드러운 어머니—물의 세계로 걸어가, 마침내 바닷가에
자신의 집을 짓고자 하는 꿈. 예컨대 이름에서부터 바다〔海〕
를 연상시키고 있는 해연은 아버지에게서 쫓겨난 후 마당 끝

에서 바다가 시작되던 집에서 살았고(「사막의 달」), 윤미소는
바닷가 국도변 가게의 웨이트리스가 되는 걸 꿈꾸며(「염소를
모는 여자」), 신아와 은환은 바닷가 모텔에서 사랑을 나누고
(「오후 네시의 정거장」), '나'는 "그대가 바닷가 마지막 집에
살았으면 좋겠어요"라는 바람의 전언에 귀기울이며 집으로
돌아오고(「바닷가 마지막 집」), 엄마 방에는 엄마의 잃어버린
꿈을 상기시키듯 바닷가 풍경이 그려진 액자가 걸려 있다
(「밤의 나선형 계단」). 바다는 이들의 생명이 비롯된 곳이다.
그곳에서 이들의 몸은 가볍게 떠오르고, 조용히 흔들리고,
부드럽게 흘러간다. 생명과 사랑과 자유를 꿈꿀 때, 그 바다
는 들판에도, 사랑하는 여인의 몸에도, 그리고 이들의 몸 안
에도 있다.

　　영혼이 젖꼭지 밖으로 굽이쳐 흘러가는 것 같다. 〔……〕 그
　가 머리카락을 걷고 따뜻한 흡반으로 맑은 물이 고인 나의 입
　술을 물고 달아난다. 입술이 물감처럼 그의 입 안에서 풀어진
　다. 두 귀는 따뜻한 바다에 빠져 둥둥 떠내려가는 것 같다. 푸
　른 물결이 나선형으로 펼쳐진 손수건들처럼 팔락팔락 흘러가
　고…… 따뜻한 물 밑에서 솟구치는 공처럼 몸이 떠오른다……
　내 속에 기포를 내쉬는 아가미가 있는 것 같다. 눈 속으로 입
　속으로 콧속으로 따뜻한 물이 흘러나가고 그리고 흘러들어온
　다.　　　　　　　　　　　　　　　　　　　　　—「사막의 달」

나는 책을 읽는다기보다는 그 모든 것 위에 그냥 떠 있었다. 흔들리는 요람 속의 아기처럼, 바람에 탬버린 소리를 내는 미루나무 잎사귀처럼, 거름 냄새 나는 보잘것없는 풀꽃들처럼.

—「바닷가 마지막 집」

나의 여동생은 이제 막 긴 머리를 감고, 밀이 익어가는 들판을 향해 사슴처럼 걸어나갑니다. 들판에는 구멍이 숭숭 뚫린 검고 따뜻한 바위들이 여기저기 놓여 있고 동생은 유적 같은 바위에 등을 기대고 노래하며 머리를 오래오래 빗습니다. 사슴같이 무구하고 여린 눈을 깜박이는 여동생의 허리께엔 흐르는 물결 같고 풀리는 실타래 같은 황금빛 노을이 걸려 있습니다.

—「환과 멸」

은은한 물결에 흔들리는 작은 배처럼 뱃속으로부터 자궁으로부터, 콧구멍과 입술과 눈꺼풀 사이로 흐릿하고 아득한 신음소리를 내는 신아의 내성적인 몸과 땀의 미끄러운 감촉과 정신을 혼미하게 하는 살 냄새와 짧고 부드러운 솜털에 덮인 친숙한 피부가 그리웠다. —「오후 네시의 정거장」

이들 대목에서 반복되어 나타나는 흘러가다, 풀어지다, 떠오르다, 흔들리다 등의 술어에 주목해보자. 여기에서 이들은 따뜻한 바닷속을 유영하는 한 마리의 물고기가, 혹은 엄마의 자궁 속에 떠 있는 아이가 되어 있다. 그러나 이 평화와 자유의 순간은 그야말로 환영처럼 떠오르는 잡을 수 없는 꿈이며, 때로는 오히려 악몽과도 같은 운명의 덫이 되어버린다. 꿈에서 깨어나면 이들 앞에는 썩어가는 호수, 바다를 가두어 놓은 저수지, 차가운 비, 추운 바다, 그리고 칼을 든 횟집 아주머니가 있을 뿐이다. 이들이 사막 위의 운명으로부터 벗어날 수 있는 길은 없다. 이들에게 진정 필요한 것은 아득한 삶의 벼랑 아래로 훌쩍 뛰어내리는 용기, 혹은 자신의 얼굴을 향해 날아오는 돌멩이를 정면으로 받아내는 독기. 이것은 윤미소와 미리 엄마와 진이가 가르쳐준, 그리하여 돌을 들고 따라오던 남자의 목에 칼을 찌름으로써 꿈속에서나마 '내'가 실행에 옮긴(「환과 멸」), 삶의 방법이다. 스스로 파멸에 몸을 맡김으로써 부재의 운명으로부터 벗어나겠다는 의지. 세상의 길들이 지워진 어두운 사막 위에 서 있게 될지언정 그 안의 구렁과 심연을 피해 더 이상 도망치지 않겠다는 다짐. 자기 안의 마성을 그대로 긍정하겠다는, 그리하여 차라리 암흑과 추위와 모래를 홀로 견디며 떠 있는 사막의 달이 되겠다는 오기.

나는 세계가 잠든 사이에, 나무들이 걸어다니는 비밀스러운 시간에, 콜타르 같은 어둠 속에서 그네를 타려는 사람이다. 나는…… 달에게로 간다.   ——「거울이 거울을 볼 때」

　전경린은 우리 문학사에 마녀들을 불러들임으로써 개성적
인 모반과 반란의 세계를 구축한 작가다. 그의 소설은 실로
불온한 정열과 광기와 일탈의 움직임이 꿈틀거리고 있는 하
나의 용광로와 같다. 그 속에서 우리는 여성의 운명이라는
낯익은 주제를 전혀 낯선 방식으로 만난다. 아버지에 의해
처형된 마녀, 여성들의 내면 속에 원죄 의식처럼 자리잡고
있는 이 마녀는 이성과 합리, 질서와 규율 위에 세워진 아버
지의 집을 무너뜨리며 새로운 생명의 근원으로 부활한다. 그
녀가 제시하는 이 어둠과 혼돈의 길은 저무는 이십세기의 끄
트머리에서 발견한, 영혼을 증명하러 떠나는 새로운 길임이
분명하다. 남은 것은 그 길이 우리의 일상의 삶에 보다 단단
히 이어지게 만드는 것. 신화적 마성의 세계가 현실적 차원
의 문제와 만날 때 때로 느껴지는 위태로움을 극복하는 것.
매혹적인 야성의 세계에의 강조가 어리석은 신비화나 오만
한 추상화로 빠져들지 않게 하는 것. 그리하여 현실의 조건
과의 보다 치열한 싸움 끝에 우리 안의 늑대가 일어서게 하
는 것. 전경린은 이제 이런 문제들 앞에 서 있는 듯하다.

'집'으로 가는 글쓰기
── 신경숙의 『외딴 방』

1. 거꾸로 가는 글쓰기

신경숙의 소설에는 사라져가는 것에 대한 안타까움과 그
리움이 가득하다. 존재했으나 사라져버리는 것, 그래서 그
존재 자체마저 잊혀져가는 것, 그녀의 소설에서 반복적으로
등장해온 이숙과 공룡은 이 삶과 존재의 슬픈 숙명을 환기시
키는 대상들이다. 그녀에게서 우리는 '나/너' 혹은 '그/그
녀'가 어떻게 사라져갔는지, 사랑이 어떻게 지워져버렸는지,
그 슬픈 이야기를 듣는다. '나/너'도, 이숙도, S도, P도, O
도, C도, '그'도, '그애'도, 그리고 벙어리 형제도, 우물이나
무덤, 바다 혹은 과거의 기억 속으로 사라져버렸다. 그녀의
말은 그 사라져가는 것들의 운명처럼 끊길 듯 말 듯 겨우 이
어지다 스르르 숨어들곤 한다. 그녀는 사람과 사물, 말을 지
워가며 글을 쓴다.

그러나 최근에 발표된 『외딴 방』에서는 이 같은 기왕의 작

업이 거꾸로 시도된다. 여기에서 그녀는 오히려 지워진 것들을 들추어내는 작업을 하고 있다. 지나가버린 것, 사라져버린 것 혹은 스스로 지워버린 것들을 조금씩 긁어내어 그것들의 모습을 드러내야 하는 이 작업은 자신의 침묵과 위장된 망각을 뚫고 벗겨내야 하는 과정을 전제로 하고 있다. 그리하여 그 고통스런 작업을 통해 그녀는 사라져버린 것들에게로 조금씩 다가선다. 그 끝에 놓여 있는 희재 언니의 죽음은 이러한 일련의 과정이 결국 자기 존재의 한 부분의 죽음을 맞닥뜨리는 것임을 의미한다. 그녀는 이러한 작업을 "지느러미를 찢기며 폭포를 거슬러 올라오는 연어"에 비유하고 있거니와, 이를 통해 종국에는 죽음이 마련되어 있을 그 아픈 시간 속으로 역류해 들어가는 것이다.

이 작품에는 두 개의 시간대가 존재한다. 하나는 경험 자아로서의 '내'가 움직이고 있는 과거의 시간이고, 다른 하나는 서술 자아로서의 '내'가 서 있는 현재의 시간이다. 구체적으로는 전자가 1978년에서 1981년에 이르기까지이고 후자는 1994년에서 1995년에 이르기까지이다. 16살이었던 1978년의 '나'는 서울에 있는 오빠에게 "나를 여기에서 데려가줘요"라고 편지를 쓴 뒤 시골집에서 상경하여 직업훈련원 부설 야간 고등학교 학생이 된다. 1994년 제주도에서 글을 쓰는 '나'로 시작하는 현재는 그 기억의 우물에서 과거의 상처를 꺼내고 사라져간 것들을 되살리는 시간이다. 지난 시절 그녀를 붙들었던 명제가 "삶이란 무엇인가"로 요약될 수 있다면, 지금 그녀가 매달리고 있는 명제는 "글쓰기란 무엇인가"로 요약된다. 그 둘은 그녀에게 동일한 명제이다. 그녀가 글을 쓰고 있는 현재가 과거의 기억과 글 밖의 현실이 끊임없이 개입하는 열린 시공간으로 설정되어 있는 것도 이 같은 글과 삶의 맞물림을 강조하는 한 장치라 할 수 있다. 외면하기 위해 제주도로 왔음에도 불구하고 내내 따라다니는 하계숙의 말, 쉽게 글을 써달라는 식당 아줌마의 주문, 연재된 소설을 읽고 난 오빠나 선배의 반응, 한경신 교사의 편지 등은 그녀의 글쓰기에 관여하면서 그녀로 하여금 글쓰기란 무엇인가의 질문을 계속 되묻게 한다. 그리고 그것은 "글쓰기란 나에게 집이었을까"라는 고백에서 드러나듯 종국에 '집'의 문제에 귀결된다.

집을 떠나 글을 써보기는 처음이다. 누구에게나 글쓰는 스타일이 있다면 내 스타일은 바깥에 있다가도 글을 쓰기 위해 집으로 들어가게 하는 스타일이다. 〔……〕글쓰기란 나에게 집이었을까. 내 속을 뚫고 올라오는 문장들은, 그 순간 내가 어디에 있더라도 나를 서둘러 집으로 돌아가게 했다.

글은 그녀로 하여금 집으로 돌아가게 하는 힘이다. 그리고 이런 점에서 글을 쓰기 위해 집으로 돌아간다는 진술은 집으로 돌아가기 위해 글을 쓴다는 진술로 읽힌다. 그러나 아이러니컬하게도 이 작품에서 이야기는 집을 떠나는 것으로부터 시작된다. 지금의 '나'에게 글쓰기가 귀향의 꿈에 연결된다고 한다면, 16살의 '나'에게 글쓰기는 탈향의 꿈과 연결되어 있다.

이제 열여섯의 나, 노란 장판이 깔린 방바닥에 엎드려 편지를 쓰고 있다. 오빠, 어서 나를 여기에서 데려가줘요.

자신의 발바닥에 찍힌 쇠스랑을 망설임 없이 깊은 우물 속에 빠뜨리고 그녀는 발에 쇠똥을 대고 마루에 엎드려 편지를 쓴다. 그리고 모두로 하여금 황량한 벌판에서 방으로 들어가게 하는 겨울, 어린 그녀는 도랑가에 서서 도랑 너머의 겨울 들판을 보고 있다. 자신을 묶고 있는 것으로부터 벗어나는 꿈, 거기에서 글쓰기는 비롯되고 있었던 것이다. 멀리 나아가는 꿈, 다른 사람들과 다른 삶을 사는 꿈, 그것은 지금 어느 정도 성공한 듯이 보인다. 하계숙이나 엄마로부터 듣는, "우리들하고 다른 삶을 사는 것 같더라"나 "나하고는 다른 사람이 되었구나"와 같은 대사는 글쓰기를 통해 얻어낸 그녀의 다른 삶을 환기시키기 때문이다. 그러나 동시에 그것은 그녀로 하여금 지난날의 자신을 되돌아보게 하는 계기가 된다. 그들의 대사는 외로움과 어둠의 상처로부터 도망가기 위한 꿈에서 비롯된 그녀의 글쓰기의 허위성을 꼬집고, 글쓰기란 상처로부터 도망치는 것이 아니라 상처에 직면하는 것이어야 한다고 질책하고 있기 때문이다.

살아가기 위해서는 꿈이 필요했었고 그것은 글쓰기의 욕망이 되어 어린 그녀를 시골집에서 서울로 올라오게 했지만 그리고 글을 쓰기 위해서는 집으로 들어가야 하는 스타일이었지만, 지금의 '나'는 글을 쓰기 위해 집을 나와 있다. 그리고는 "집을 버리고 와서 집을 생각한다." 글쓰기가 집이었다는 주인공의 진술을 상기할 때 이는 지금까지 자기가 지은 집 / 글에 대한 재인식의 시도로 해석된다. 그녀에게 1978년에서 1981년까지는 지워진 시간이었고, 그녀의 글쓰기는 그것으로부터 도망치는 것이었다. 그러나 지금 그녀는 지워진, 아니 그녀 스스로 기억에서 지워버린 환멸과 상처의 시간으로 거슬러가고자 한다. 이때 그녀가 만나게 되는 것이 바로 외딴 방이다. 외딴 방을 거치지 않고서는 그녀는 자기의 진정한 집으로 돌아갈 수 없다. 그녀의 글쓰기는 16살에 들어가서 19살에 나왔던, 그리고 그 후로 한번도 그 방문을 열어본 적이 없는 외딴 방을 향해 조금씩 다가가야 한다는 의식과 도망치고 싶다는 의식 사이에서 흔들리고 망설인다.

나, 그녀의 얼굴을 모른다. 기억할 수 없다. 지워졌다. 아니 처음부터 나는 모르는 사람이다. 봐라, 나는 도망친다. 도망치는 나를 내가 붙잡는다. 앉아봐. 더는 도망을 못 가. 그때나 지금이나, 그리고 언제까지나. 앉으라구.

사실 『외딴 방』은 글 안팎으로부터의 이런 갈등으로 진행되는, 그리고 그 과정을 보여주는 작품이다. 이제껏 자신이 해온 것이 도망치는 글쓰기에 불과했다는 자각, 자신이 잊고 있었던 것을 이제는 기억의 우물 속에서 꺼내야 한다는 인식, 그래서 온 길로 되돌아가는 작업인 것이다. 지워진 것을 되살리는 글쓰기, 그것은 고통스럽고 더디며 또 때로 혼란스럽다.

2. 죽음을 먹고 사는 노래

'내'가 시골집을 떠나 처음으로 부닥치게 되는 문제는 바로 집의 상실이다. 서울에서 살고 있던 큰오빠에겐 방이 없었다. 오빠는 동사무소 숙직실에 기거하고 있었다. 그리고 '나'는 직업훈련원 기숙사에서 살게 된다. 뿐만 아니라 '나'는 이름도 잃어버린다. "나는 스테레오 A라인의 1번이고 외사촌은 2번으로 불린다." 그리고 "1번으로 불리지 않아도 내 이름은 없다." 나이가 모자라 열여덟 살의 이연미라는 이름으로 입사했기 때문이었다. 존재의 근거지로서의 집과 이름의 상실, 그것은 서울에서의 삶이 완전한 존재 상실로부터 시작되고 있음을 보여주고 있다. '외딴 방'에서 보낸 시간은 '나'에게 있어 자신의 존재가 점점 지워져가는 것을 경험해야 했던, 자기 부정과 자기 소멸의 기간이었다. 작가가 되겠다는 꿈, 혹은 사진사가 되겠다는 꿈, 그리고 사랑하는 사람과 집을 이루어 살리라는 꿈은, 마치 관악산으로 놀러가서 찍은 희재 언니와 외사촌, '나'의 사진처럼 "빛을 먹고 사라져버린"다. 이 소멸의 징후는 구더기 밥이 되어 사라진 희재 언니의 죽음으로 정점에 이르게 된다.

그러나 '외딴 방'으로 가는 글쓰기의 과정에서 종국에, 그리고 끊임없이 마주치게 되는 것이 죽음이라는 사실은, 이 작품이 육체적 고통과 죽음을 통해 새로운 존재로 태어나는 전형적인 성장소설 형식을 따르고 있음을 반증하는 것이기도 하다. 부모의 집에서 나와 자기의 집을 갖기까지의 과정을 그리고 있는 이 작품에서 '외딴 방'은 새로운 존재로의 탄생을 위해 거치게 되는 일종의 무덤과도 같은 공간이다. '나'는 글쓰기를 통해 다시 한번 그 무덤 속으로 걸어들어가고 있는 것이다. 작품 곳곳에 배어 있는 죽음의 징후도 그러하거니와 특히 2장은 '나'에게 있어 지금의 글쓰기가 이 죽음에 직면하는 과정임을 보다 직접적으로 드러낸다. 죽겠다고 쓰고 있는 김미진의 편지받기로 시작된 2장은 온통 죽음의 흔적들로 가득하다. 부인의 위암 검사를 받으러 갔다가 자신이 위암에 걸린 걸 알고 위를 잘라낸 형수씨, 이를 닦다 험험하는 자신의 헛기침 소리에 문득 아버지의 부재를 생각했다는 '그,' 육영수의 서거, 배호의 목소리엔 죽음이 배어 있다고 말하던 늙은 아나운서, 투신 자살하기 2주 전 녹음된 쳇 베이커의 노래, 큰오빠와 함께 본 영화 「금지된 장난」에서 두 어린이가 하는 무덤 놀이, 비운의 레슬러 송성일의 죽음을 알리는 기사 등은 모두 소멸과 부재라는 글쓰기의 테마와 연관된 삽화들이다.

그녀의 글은 이 죽음을 통과해서 삶으로 나아간다. 유서를 보낸 김미진이 죽지 않고 다시 편지를 보내옴으로써 2장이 끝나고 있다는 것도 삶이란, 그리고 글쓰기란 죽음을 통과하는 과정임을 보여주기 위한 한 장치로 보여진다.

살아 있는 사람들은, 죽음을 먹고 살지. 안숙선도 그러리라. 김소희의 죽음을 먹어 죽은 이의 삶을 완성시키리라.

김소희의 장례식을 보며 떠올리는 이 같은 생각은 자신의 글쓰기에 그대로 적용된다. 죽음을 먹고 부르는 노래, 그것이 자신의 글이기 때문이다. 유난히 노래에 관한 언급이 많은 이 작품에서 김소희를 비롯 김정호, 차중락, 배호, 김현식, 쳇 베이커, 바흐, 로스트로포비치 등의 노래에 공통적으로 흐르는 것은 죽음이다. 이들의 노래에는 죽음이 배어 있다. 그리고 『외딴 방』에도 죽음이 배어 있다. 우리는 이 작품 곳곳에서 글쓰기란 죽음에 다다르기 위한, 그리고 그것을 먹고 삶을 완성시키기 위한 작업이 아닌가, 하는 작가의 고뇌 어린 절규를 듣게 된다.

이 작품에서 노래는 글쓰기의 한 비유이기도 하거니와 현재와 과거, 그리고 그 안에 담긴 의식의 풍경을 상징적으로 보여주고 있기도 하다. 각각 '나'의 과거와 현재의 시점인 1978년과 1994년은 「나 어떡해」와 「난 알아요」로 구별된다. 절망적인 몸부림과 비애가 1978년의 '나'를 사로잡고 있었던 것이라면 1994년의 젊은이들은 자신감과 패기로 부르짖는다. 머뭇거림과 망설임, 뒷걸음질은 더 이상 이들 젊은이들의 몫이 아니다. 「나 어떡해」의 막막함, 스모키의 「윗 캔 아이 두」의 절규, 그리고 「리빙 넥스트 도어 투 앨리스」의 안타까움은 이제 「난 알아요」의 자신감과 "다시는 나도 돌아가지 않아"의 단호함으로 대체되었다. 그러나 문학은, 여전히 망설이고 머뭇거리고 막막한 자의 몫이며, 끊임없이 떠나온 곳으로 돌아가야 하는 작업이다. 그곳에 죽음이 기다리고 있을지라도 말이다.

3. 상처의 몸, 몸의 기억

　이 작품에서 지난 시절의 회고는 철저하게 몸의 기억에 의
존한다. 시골 햇살과 채송화에 싫증이 나 멍해져 있던 '내'
발바닥에 찍힌 쇠스랑의 기억으로 시작된 16살, 그것은 삶의
상처에 대면하기 시작하는 성인식의 시작이다. 발바닥에 뚫
린 구멍은 쇠똥을 대고 비닐로 꽁꽁 묶어놓는다고 해서 말끔
하게 지워지지 않으며, 트럭에 치여 꿰맨 동생의 머리에는
아직도 흉터가 남아 있다. '나'의 탈향은 이 같은 상처에의
자각과 함께 시작되고, 탈향 이후의 삶은 거듭되는 상처들의
대면으로 이어진다. 때문에 직업훈련원과 산업체 특별 학급
에서 만난 여공들의 고단한 삶은 지금 그들의 상처난 몸으로
떠오른다. 오랫동안 캔디 싸는 일을 해서 손가락이 삐뚤어지
고 왼손으로 글씨를 쓰던 안향숙, 미싱 바늘에 손등을 찔린
희재 언니, 공중에 매달려 있는 에어드라이버를 끌어내려 나
사 박는 일을 하다 팔이 올라가지 않게 되었던 외사촌, 옥상
에서 알몸으로 시위하던 여공들, 왼쪽 팔 동맥을 끊고 추락
해서 자살한 여공, 연행되다 기동경찰대 버스에서 뛰어내려
다리를 절게 된 김삼옥, 늘 손톱이 까지고 짓물러 있던 그리
고 연탄 가스로 죽은 최양님, 지하 계단에서 발로 걸어차여
다리가 부러진 미스 리, 이들의 부서지고 삐뚤어진 몸은 열

악하고 비인간적인 노동 현장에서 일그러진 삶의 모습 그것이다.

이들의 몸은 지난 시절의 고통과 분노가 새겨진 확실한 기억의 공간이자 세상과 싸우는 힘없는 도구이다. 이들의 몸은 세상 앞에서 항시 움츠러들거나 작아진다. 회사에서 일이 늦게 끝나 교실 문을 열고 올 때마다 입술을 자근자근 깨물며 빨간 입술로 늘 미안해, 라고 말하던 통통한 뺨의 하계숙, 자면서도 추워추워, 외치는 듯, 늘 오그리지 않으면 엎드려 자던 H, 잠잘 때마다 싸움터에 나가는 사람처럼 주먹을 꼭 쥐고 잔다는 희재 언니, 노조 리본을 달았다고 총무과장에게서 뺨을 맞고 '나'에게 접근해서 희롱하려던 이계장을 스티로폼으로 내리치다 그에게 뺨을 맞은 외사촌, 네 식구가 함께 자면서 밤마다 움직이지 않으려고 애쓰며 자서 지금도 똑같은 자세로 깨는 '나,' 이들의 몸에는 어린 나이에 노동 현장에서야 했던 가난하고 고통스런 삶이 각인되어 있다. 그런가 하면 셋째오빠 등에 나 있던 멍 자국이나, 싸움으로 붕대를 감은 두 오빠의 손과 터진 입술, 그리고 '나'의 혼절 등은 혼돈의 역사와 가난이 우리의 삶에 남긴 상처를 몸의 감각을 통해 보여준다. 그러나 상처투성이가 된 몸을 통해 자전거 타기를 익히듯 이 모든 상처는 결국 '내'가 성인이 되기 위해 겪어야 하는 통과 의례적 과정이 된다. 허리가 끊어지는 것 같고 배가 아픈 끝에 '나'는 늦은 생리를 하게 되는데, 죽음의 이미지로 가득한 2장의 말미에서 만나게 되는 그녀의 생리는 성숙에 따르는 몸의 고통, 피 흘림을 새삼 확인시킨다.

과거의 몸의 상처들이 삶의 고단함에서 연유하는 것이라면, 지금 '내' 몸에서 일어나는 통증은 그 상처를 대면하는 작업으로서의 글쓰기 행위와 관련되어 있다. 하계숙의 전화를 받은 후 '나'는 원인 없이 몸이 아프기 시작해서 숯덩이가 가슴에서 목젖, 입을 통해 올라오려다 내려가고 가래가 토해져나오며, 날마다 엄청난 두통에 시달린다. 그것은 묻어둔 상처를 꺼냄으로써 그것을 추체험하는 데에 기인한 즉각적이고도 고통스런 반응이자 그것에 대한 몸의 무의식적 반란이다. 도망치고 싶다는 욕구와 대면해야 한다는 의식 사이에서 그녀의 몸과 의식은 분열하고, 그런 자신의 모습은 산을 걷다 본 발작하는 남자를 통해 객관화되어 나타나기도 한다. 그러나 언제나처럼 몸의 기억은 마음의 기억보다 앞선다. 그리고 정직하다. 따라서 몸은 도망치면서 동시에 과거의 상처로 돌아간다.

"자연 속에서 중간 다리도 없이 갑자기 공장 앞으로 걸어가야 했던" 시절, 삶의 뿌리가 이동하는 데서 온 혼란도 이 몸을 통해 먼저 감지된다. 시골집 살강에 엎어져 있을 밥그릇과 국그릇 대신 직업훈련원 기숙사에서는 국과 반찬을 한 곳에 담게 되어 있는 이상한 식기를 쓰고 있었고 거기에 야릇한 맛의 김치가 담겨 나와 밥을 먹지 못했으며, 공장에 첫 출근한 날 점심 식사 시간에는 카레가 나와 찌꺼기 버리는 통에 다 쏟아버리고 나온다. 이 이상스런 음식들은 그녀에게 있어 집을 떠나온 것을 가장 확실하게 확인시키는 매체들이다. 큰오빠가 여전히 국이 없으면 밥을 안 먹는 국쟁이이듯, '나'의 입맛은 도시의 삶에 길들여지지 않은 채 끝까지 시골집에 머무른다. 서울에서 만난 음식들은 그녀에게 이질감과 거부감, 소외감을 불러일으키는 가장 뚜렷한 실체이다. 뿐만 아니라 때로 그 음식들은 쓰다. 이계장에게 희롱을 당한 뒤부터 찬장 맨 밑 칸에 넣어두고 먹게 되는 소주는 화학주의 쓰라린 냄새로 모욕과 분노를 잠시 잊게 한다. 따뜻한 정을 나누는 것으로서의 음식은 이제 상처를 달래는 진통제로 전락하고 만다. 음식은 사랑을 삼키게 하는 것이 아니라 분노와 슬픔을 삼키게 하는 것이다.

그러나 본질적으로 음식은 그녀에게 고향으로 가는 행복한 통로이다. 같이 저녁밥을 먹지는 못하지만 외딴 방에는 언제나 밥상이 차려 있다. 그것은 오빠와 '나'를 잇는 사랑의 끈이며, 고단한 도시의 삶을 고향에 이어주는 훈훈한 끈이다. 제사가 많았던 시골집은 어느 집보다 음식이 풍부했고, 시골의 풍경은 음식과 함께 떠오른다. 엄마는 아버지의 밥그릇이 담긴 밥가구를 들고 철길 건너 계시던 아버지에게 가곤 했고, 아버지는 자주는 아니었지만 음식을 잘 만드셨다. 고향에 내려갔을 때 아버지가 해주시던 돼지고기와 자장면, 여름이면 어머니가 만들어주시던 고구마순 김치와 우렁된장, 큰오빠 생일 때 생닭을 들고 와서 차려주신 생일상, 여기에선 "집 냄새가 난다." 이런 점에서 퇴근하면 시장에 들러 장을 봐가지고 외딴 방으로 돌아오는 '나'와 외사촌의 귀로는 이들에게 있어 일시적이나마 고향으로 돌아가는 귀향길의 의미를 지닌다. 외딴 방으로 건너오는 길목에 있는 시장, 그곳에서 이들은 도시의 춥고 쓸쓸한 시간들을 잠시 잊는다.

서울에서 아버지, 어머니를 대신하여 집 냄새를 만들어내는 사람은 큰오빠이다. 큰오빠는 '나'와 외사촌에게 끊임없이 무언가를 사 먹인다. 그는 밤 기차를 타고 온 여동생과 사촌, 모친에게 따뜻한 콩나물국밥을 사 먹이고, '나'와 사촌을 직업훈련원에 들여보내면서는 자장면을 사 먹인 뒤 우유와 빵을 들려 보내며, 돼지갈비를 사 먹이기도 하고, 시골에 내려갈 때는 기차에서 먹으라고 빵과 마실 것을 사준다. 그런가 하면 대학 시험 전날 엿을 사오기도 하고, 몸살이 난 '나'에게 콩나물국을 끓여주기도 한다. 큰오빠가 사주던 음식은 쓸쓸하고 춥던 외딴 방 시절, 어린 '나'의 빈속을 따뜻하게 하던 가장 큰 힘이다. '나'는 이 음식을 통해 사랑이라는 이름의 행복한 풍경들과 만난다.

내가 십육 년 후에 만난 그는 모를 것이다. 그가 내 부엌에서 김치볶음밥을 만들고 있을 때, 내가 그때의 아버지를 떠올렸다

216

는 것을. 그는 내 냉장고의 신김치를 꺼내 도마 위에서 잘게잘게 썬 다음, 달궈진 프라이팬을 버터로 적셨다. 그는 쇠고기 썰어놓은 게 이만큼만 있으면 좋겠는데, 하면서 손가락 두 개를 모았다. 내가 냉동실에서 고기를 꺼내주며 그의 등뒤에서 피식피식 웃자, 그는 고기를 프라이팬에 볶다 말고 왜 웃냐고 물었다. 나는 그냥, 이라고 대답했다. 그냥요, 행복해서요.

음식을 만들 때만 아버지는 남들이 아버지를 어떻게 생각할까, 를 생각하지 않았다.

이 순간, 나는 글을 쓰는 게 행복하다.

아버지나 어머니, 큰오빠가 음식을 만들어줄 때, '그'가 김치볶음밥을 만들어줄 때, '내'가 팔이 올라가지 않는다는 외사촌에게 밥을 먹여줄 때, 계란을 좋아한 '나'를 위해 외사촌이 자기 비빔국수에 얹혀 나오는 계란을 젓가락으로 옮겨줄 때, 거기에는 사랑과 행복의 풍경이 있다. 사랑은 누군가를 위해 먹을 것을 만들어주는 행위이며, 누군가와 함께 음식을 나누는 것이다. 그리고 그것은 살아갈 힘과 위안을 준다는 점에서 행복한 글쓰기에 연결된다. 섬에서 만난 식당 아줌마가 '나'의 책 선물을 받고 저녁 먹으러 오라고 한 일화도 있거니와, 글쓰기와 밥해주기는 결국 사랑을 나누어주는 것과 같은 행위들이다. 큰오빠의 결혼으로 부엌일을 올케한테 빼앗기게 되자 '나'는 자신이 부엌일을 얼마나 좋아했었는지 깨달았다고 고백하는데, 그것은 바로 부엌일이 사랑을 요리하는 행위로 여겨졌기 때문일 것이다. 이때 더욱 흥미로운 것은 부엌일을 두고 벌인 큰올케와의 불화가, 큰오빠가 '한국 현대 문학 전집'을 사줌으로써 짧게 끝난다는 사실이다. 이제 사랑의 확인은 음식을 통해서가 아니라 책을 통해 이루어진다. 『난장이가 쏘아올린 작은 공』을 옮겨 적은 노트를 시골에 있는 창에게 부친 후에야 찬장 밑에 두고 마시던 소주를 버릴 수 있었던 것처럼, 그녀에게 있어 글쓰기는 분노와 슬픔을 다스리고 이를 사랑으로 승화시키는 작업이다. 그리고 '나'를 키워온 자양분으로서의 음식이 책으로 완전히 대체되었을 때, 비로소 '나'는 부모와 큰오빠로부터 벗어나 자기 자신의 집을 짓기 시작하게 된다.

4. 상처의 우물에서 별의 우물로

사실 집짓기는 작품에 등장하는 모든 인물의 꿈과도 같다. 공장의 컨베이어 앞에 앉아 있으면서도 '나'와 외사촌은 어둠이 잠긴 숲속 나뭇가지 위에 앉아 하얗게 빛나고 있는 백로의 꿈을 꾸고 있었고, 희재 언니는 외딴 방이 있던 옥상 위에 '그'와 집을 만들기도 한다. 그들은 그곳에 화분을 갖다놓고 그 속에 꽃나무를 심고 나무 궤짝에 흙을 담아 상추씨를 뿌리고 그 작은 텃밭 옆에 돗자리를 깔고서 잠을 자기도 한다. 그리고 윤순임 언니, 그녀에게선 항시 "집의 냄새가 났"다. 복잡한 스테레오 속에 엉켜 있는 회선들을 만지고 있을 때에도 그녀에게선 미나리를 다듬거나 마늘을 까고 있는 모습이 보였다. 누구나 이 세상 어딘가에 자기만의 집을 일구고 살고 싶어한다. 그러나 누구나 자신의 집을 가지지는 못한다. 그것은 누군가를 그냥 스쳐 지나가는 피동적이고 무심한 마음 안에는 자리잡지 못한다. 윤순임은 '나'에게 그런 교훈을 주었던 인물이다.

이 글이 남진우의 지적대로 "집에 이르기 위한 머나먼 도정"으로 읽혀질 수 있는 이유는 작품 끝에서 더욱 명백해진다. 집을 새로 짓고 싶어하는 아버지와 그것에 반대하는 어머니 사이의 실랑이 속에서 '나'는 지난날들의 상처의 기억이 새집 위에 별처럼 떠오르는 것을 보게 된다.

"비워놓으면 어떠야? 열쇠나 하나씩 맨들어서 주믄 되지. 큰놈, 둘째, 셋째, 넷째, 다섯째, 여섯째……"
아버지는 별을 세듯 우리 형제들을 하나하나 불렀다.
"여섯이나 되니까는 한번씩만 돌아감서 와서 일 년이면 여섯 번인디. 그리고 여기에 집이 있으면 저그들도 자꾸만 오고 싶을 것이네. 서울서는 못 만나도 여그서는 만날 것이네."

새집을 지어 자식들에게 열쇠 하나씩을 쥐어주겠다는 아버지의 꿈은 곧 자식들에게 영원한 고향으로서의 집을 마련해주려는 소망이다. 그리고 이때 아버지의 대사에서 튀어나오는 열쇠 이야기는 범상하지 않다. '나'에게 그것은 희재 언니를 가두었던 상처로만 떠오른다. 열쇠는 희재 언니와 함께 사라졌고 '나'에겐 열쇠통만이 남아 있다. 그것은 여는 것이 아니라 닫는 것에만 연결된다. 그러나 여기에서 '나'는 그때 이후로 잃어버린 열쇠를 되찾게 된다. 희재 언니가 그녀와 '나'를 외딴 방에 가둔 자물쇠를 남겼다면, 이제 아버지는 그 자물쇠를 풀고 새집을 여는 열쇠를 남긴다. 그것은 '나'로 하여금 외딴 방의 닫힌 기억의 문을 열게 함으로써 그 방을 나올 수 있게 하는 열쇠이며, 동시에 여섯 형제를 불러모으고 이어줄 사랑의 끈이다.

이제 『외딴 방』 서두에 드러나던 상처의 우물은 별을 담고 있는 우물로 변모한다. 상처의 우물에서 별을 길어올리는 것, 그리하여 우물 안에 잠긴 쇠스랑을 별빛으로 바꾸는 것이 우리의 삶 / 글임을 우리는 작품 결말을 통해 충분히 확인받는다. 아버지는 새집을 짓기로 하였을 뿐 아니라, '나'는 글을 쓰기 시작했던 제주도에 다시 와서 양수 닮은 해수에 몸을 담그고 있다. 그리고 그녀 곁에는 이제 여동생 내외가 함께 내려와 있으며 엄마와 함께 집으로 돌아가는 어린아이를 보기도 한다. '나'와 어린아이들, 아니 우리 모두는 고동속을 다 파먹고 그것을 제 집 삼아 살고 있는 집게처럼, 누군가의 죽음을 먹고 삶을 얻는다. 오욕과 분노의 지난날들, 그리고 그 안에서 상처받은 영혼들에 대한 회고를 통해 글쓰기의 본질에 접근하고자 하는 고통스럽고 진지한 사색의 여정의 끝에서 작가는 이와 같은 삶과 죽음의 맞물림에 대한 인식에 도달한다.

한 소녀가 자라면서 마주치게 되는 삶의 어둠을 그리고 있다는 점에서 이 작품은 오정희의 「옛우물」을 닮아 있다. 오정희의 '옛우물'의 전설에는 도도새가 된 금빛 잉어가 살고 있고, 신경숙의 전설에는 별을 향해 잠든 백로들의 숲이 있다. 그러나 오정희가 아름다운 전설을 거쳐 죽은 친구의 영혼이 있는 현실로 나아간다면, 신경숙은 쇠스랑 빠진 어두운 현실을 거쳐 아름다운 전설로 나아간다. 전설의 세계는 아름답지만 현실성이 없다. 노동 현장을 비롯, 지난 시대의 풍속을 담아내는 작품으로서 신경숙이 종국에 기대는 전설은 이런 점에서 다소 위태롭다. 뿐만 아니라 지난 시대의 정치적·역사적 사건들은 때로 주인공의 의식과 긴밀한 관련성을 맺지 못한 채 단지 한 시대의 삽화로 제시되고 있기도 하며, 궁극적으로 가난이라는 경제적 궁핍에서 비롯되고 있는 '외딴 방'의 상처를 희재 언니의 죽음과 연관시켜 삶의 근원적인 비의로 추상화시키는 과정도 다소 자연스럽지 못한 감이 있다. 특히 희재 언니와 창 등은 인물의 중요성에도 불구하고 현실감을 결여하고 있고, 희재 언니의 죽음은 그 비극적이고 섬뜩한 여운에도 불구하고 그 같은 선택의 필연성에 있어서 설득력이 약하다. 그리고 한경신 선생의 지적대로 작중의 '나'는 비록 가난했지만 사랑을 많이 가졌던 '축복받은' 존재였음에 틀림없다. 때문에 그녀의 글쓰기는 때로 어리광으로 보이기도 한다. 삶과 글, 과거와 현재, 그리고 구상화와 추상화 사이에서 머뭇거리고 흔들리고 끊어지는 말과 그림들, 『외딴 방』은 그 조각조각들로 힘겹게, 그리고 더디게 기워진다. 글을 읽으며 때로 답답하고 혼란스럽고 안타까웠던 것은 그 기워진 사이사이에 드러난 매끄럽지 못한 실밥 때문이었을까?

몸으로 부르는 '랩소디 인 블루'
──배수아 소설에 나타난 일상과 일탈의 육체성

배수아의 소설은 푸르다. 그녀의 인물들은 긴 머리에 블루진이나 푸른 스웨터, 혹은 푸른색 레인 코트를 입고 있으며, 초록빛 자전거를 타고 코발트 블루의 잉크 같은 바다로 달려간다. 뿐만 아니라 이들이 머무르는 호텔 커피숍도 푸르고 하늘도 푸르며, 슬리퍼·타월·팔찌, 라이터 불꽃이나 담배 연기, 그리고 어둠까지도 푸르다. 배수아에게 푸른색은 권태롭고 단조로운 그리고 우울한 일상으로부터의 일탈을 의미하는 꿈의 빛이다. 그러나 멀리서 본 이 환하고 밝은 푸른색은 실상 먼지가 덮여 더러워져 있거나 칠이 벗겨져 있거나 생선 냄새가 배어 있곤 한다. 뿐만 아니라 배수아 인물들의 푸른 꿈에는 검고 붉고 흰, 죽음의 색들이 스며들어 있다. 그래서 그녀의 '블루'는 우울한 '블루'이며, 그녀가 부르는 노래는 모두가 '랩소디 인 블루'로 들린다. 배수아는 일상과 일탈의 우울한 그림을 이 감각적이고 회화적인 풍경을 통해 그려낸다.

그녀의 인물들은 신세대적인 감각과 자유롭고 파격적인 성의식 등에도 불구하고 여전히 답답하고 권태로운 일상의 세계에 서 있다. 그녀의 소설에서 일상은 대개 불화와 가난의 얼굴을 한 가정으로 나타나고 있고, 따라서 일상으로부터의 일탈은 흔히 가출의 형태를 띤다. 「엘리제를 위하여」의 인물들에겐 집을 나간 아버지 혹은 엄마와 이혼한 아버지, 가끔씩 자신을 때리는 아버지가 있고, 「푸른 사과가 있는 국도」에서 '나'의 집에는 항시 다투는 엄마와 아버지, 그리고 항상 명령하고 성내는 오빠가 있으며, 「여섯번째 여자 아이의 슬픔」에서 '나'는 이모 집에서 기거하며 가장인 오빠가 보내주는 돈을 받아 살아가고 있다. 그런가 하면 장편 『랩소디 인 블루』에서 미호의 부모는 이혼을 한 뒤 각기 재혼을 했으며, 신이 엄마는 결혼한 지 한 달 만에 남편이 사라져버려 다시 재혼을 했지만 그 역시 젊은 날 마을을 떠난 뒤 십년 만에 다리 하나가 없는 불구의 몸이 되어 돌아온다.

배수아 인물들에게 있어 아버지의 부재, 그리고 그 자리를 대신하는 오빠의 권위는 이들의 집을 우울과 권태, 상처의 집으로 만든 근원적인 요인이다. 이들의 꿈은 이 같은 불화와 억압의 집을 떠나는 것이다. 그리고 그것은 진정한 자유와 사랑을 찾아가는 꿈이기도 하다. 사랑하는 사람이 생겼다는 메모를 남기고 집을 나가는 것은(「푸른 사과가 있는 국도」) 이를 뒷받침한다. 그러나 사랑을 찾아가는 이들의 가출은 성공하지 않는다. 이들은 누군가가 자신을 좋아한다고 해서 자신의 아버지와 어머니, 동생이 바뀌는 것은 아님을, "언제나 시간이 되면 돌아와야 하는 집과 마찬가지로 현실은 거기에 그냥 있을 뿐"(「엘리제를 위하여」)임을 잘 알고 있다. 이들은 사랑의 기적을 믿을 만큼 어리석지도 않으며, 사랑이 일상을 바꾸어놓을 수 없음을 알 만큼 지혜롭다. 이들에게 사랑 혹은 성은 일상으로부터 벗어나 자유와 해방의 세계로 나가는 일종의 출입구와도 같다. 그러나 그 문은 대개 굳게 닫혀 있다. 때문에 배수아 소설에 나타나는 성적인 자유로움과 파격성은 사랑을 찾으려는 몸짓이자 동시에 그것의 불가능을 확인하는 절망의 몸짓이 되기도 한다.

  섹스하고 싶어서 미칠 것 같은 고등학교 이학년의 남자 아이와 애정 결핍으로 영원한 불치병에 걸린 여섯 살 여자 아이가 손을 잡고 호텔방을 나선다.   ──「푸른 사과가 있는 국도」

  섹스하고 싶어서 미칠 것 같은 아이와 애정 결핍으로 불치병에 걸린 아이는 모두 사랑 없는 어른들의 집에서 자란, 그래서 "애정 속에서 질식하고 싶어서 미칠 것 같"은 아이들이다. 이들에게 사랑은 권태와 외로움뿐인 일상의 반대어이며, "오랜 시간이 지나도 변하지 않아 / 바람처럼 오랜 시간이 지난 뒤에도"의 가사에서 드러나듯 일시적이고 유한한 것에 대조되는 영원함의 표상이다. 그러나 배수아의 소설은 사실 그 사랑마저 자신들을 구제할 수 없다는 것을 깨달은 아이들의 이야기이다. 사랑의 영원함을 담은 노래를 따라부르던 남자는 얼마 후 애인이 생겼다고 전화하고, 미친 사람처럼 사랑의 열병을 앓고 결혼한 섭 오빠는 일 년 후 이혼을 한다. 탈일상의 꿈이자 영원함의 표상인 사랑/성은 사랑은 없어지고 성(섹스)만 남아 이처럼 변질되고 퇴색한다. 결국 배수아 인물들에게 남은 섹스는 일상으로서의 그것뿐이다.

　"데이트하고 섹스하고 전화하고, 이렇게. 가끔은 쉐라톤워커힐 호텔의 라운지에도 가면서. 이렇게 하는 것 네가 싫어하게 될까봐. 네가 좋아하는 걸 하고 싶어."

　나는 아무것도 모른다. 섹스의 기쁨도 모르고 사랑의 감동도 없다. 멀리로 나 있는 길을 바라보면서 나는 스산한 먼지 바람 속에 서 있다.　　　　　　　──「푸른 사과가 있는 국도」

떠나간 '그'처럼 선물을 잘하는 디스플레이어와의 섹스는 일상을 확인시키는 행위에 불과하다. 더 이상 섹스는 "언제나처럼 변함없는, 영원히 변할 것 같지도 않은 일상"으로부터 자신을 구원하는 출구가 되지 못한다. 오히려 그것은 일상을 확인하게 하는 것이 되고 만다.

난 심심해서 사랑을 하지. 커피를 마시러 갔다가 그 애를 만났어. 구십 일 동안만 그 애를 사랑해야지. 비가 와도 우산은 필요없어. 바람이 불어도 지붕은 없어도 돼. 구십 일 동안은 초록빛 텐트에서 바다를 바라볼 거야. 〔……〕 오랜 시간이 흘러서 다시 너를 만나도 너는 나를 모르고 나는 너를 모르지.

　「아멜리의 파스텔 그림」에서 선화와 선영이 무심코 따라 부르는 이 같은 노래 가사는 일탈의 꿈으로서의 사랑과 이미 일상의 하나가 되어버린 사랑을 함께 확인하게 한다. 선영은 치과의사의 아내이자 두 딸의 엄마가 되었고, 선화는 애인과 도망치려 했지만 결국 그냥 남아 화랑을 경영하는 사람과 선을 보며, 그녀의 애인은 징집을 거부하려 했지만 결국은 남아서 징집이 되었으며, 선화가 소개받은 다리 저는 남자는 그림을 그리고자 했지만 그림을 그리지 않고 대신 화랑을 경영하고 있다. 이들의 꿈과 사랑과 그로 인한 마음의 부대낌들에도 불구하고 결국 이들의 삶은 일상의 흐름 속에 묻혀버렸으며, 이들에게는 아무 일도 일어나지 않았다. 이들은 단지 한때 일탈을 꿈꾸었던 그러나 지금은 일상에 뿌리박은, "사막에서 죽어가는 초록빛 도마뱀"과도 같은 존재들이다. 이들에게 이미 사랑은 없다.

이번 주말이 끝나면 남자 아이와는 헤어질 것이고 그것에 대해서 생각하고 있었다. 아주 사소한 일에 대해서 아무도 참지 못하고 싸우게 되고 싫어하는 마음이 생기기 전에 장미를 사 가지고 오거나 상냥하게 아무렇지도 않은 듯이 전화를 걸어 다시 만나게 된다. 미칠 듯한 갈증이나 그리워하는 것도 없다.

　　　　　　　　　　　　　　　　　　　　—「검은 늑대의 무리」

저녁은 언제나 밥을 먹고 아침은 토스트와 커피. 신문은 언제나 여섯시에 보고 석간은 밖에서 사온다. 부인이나 애인이 있는 남자와는 저녁 식사는 같이하더라도 절대로 섹스는 하지 않는다. 주중에는 수요일에만 데이트한다. 철희 이후로 나는 그렇게 하기로 했었다.　　—「천구백팔십팔년의 어두운 방」

주인공들은 술을 마시고 섹스를 하고 그리고 모닝 커피를 마시고도 섹스를 하였다. 그리고 반드시 여자 주인공이 찢어지는 목소리로 노래를 부르는 것이 연결되었다. 여자의 커다란 입이 마치 나는 지겨워, 지겨워 하면서 소리질러대는 것처럼 보이는 것이다.　　　　　　　　　　　　　　—『랩소디 인 블루』

이처럼 배수아 인물들에게 섹스는 무미건조한 일상의 한 부분이다. 그것은 습관적으로 그리고 기계적으로 이루어진다. "조용하고 무미건조한" 일상은 "언제나 아무런 일도 일어나지 않"으며 "소름끼치도록 잔잔하"(「천구백팔십팔년의 어두운 방」)기만 하다. 그것은 사랑도, 섹스도, 그리고 죽음까지도 감쪽같이 먹어치운다. 철희가 죽은 후에도 "그가 어딘가에 있거니" 생각되고, 철희의 애인이었던 미진도 독일로 건너가 독일인과 결혼하게 된다. 영원한 그 무언가가 있을 거라는 믿음, "사랑이 영원하기를, 청춘이 계속 아름답기를 그리고 사람들이 서로 잊지 말기를"(「인디언 레드의 지붕」)바라는 갈구, 그것은 이제 이들에게 너무나 낯선 말들이 되어버렸다.

배수아 소설에서 영원한 사랑과 믿음에의 꿈은 흔히 "아름다운 녹색의 머리칼"(「천구백팔십팔년의 어두운 방」)로 육체화된다. 「푸른 사과가 있는 국도」의 김가을은 결 고운 단발머리를 하고 있고 나와 자취한 소영과 김신오의 애인은 긴 머리칼을 갖고 있다. 그런가 하면 「아멜리의 파스텔 그림」에서 화랑을 경영하는 남자나 선영, 「인디언 레드의 지붕」에서의 여자 아이, 『랩소디 인 블루』에서의 정이나 신이도 긴 머리칼을 갖고 있다. 배수아 인물들에게 머리칼은 일탈과 자유의 육체화된 꿈이다. 초등학교 때 선생님이 '내' 머리칼을 만지며 "참 착하구나"라고 말할 때나 김가을이 애인인 산경의 머리카락을 만질 때(「푸른 사과가 있는 국도」), 기윤이 '내' 머리를 만지며 같이 살자고 할 때(「여섯번째 여자 아이의 슬픔」), 그리고 심지어 미진이 자신이 기르는 개 해피의 털 사이로 손가락을 넣어 쓰다듬을 때, 거기에는 슬픔과 권태를 달래는 사랑의 풍경이 배어나온다. 그런가 하면 『랩소디 인 블루』의 어린 '내'가 학교에 갓 입학하여 옆 여자 아이의 머리칼을 가위로 자르고 빈 교실에 격리되어 수업을 받았던 것처럼, 세상과의 불화 역시 이 머리칼로부터 비롯된다. 배수아 인물들의 꿈은 엄밀히 말해 그들의 머리칼에서 비롯되며, 따라서 그 꿈이 끝날 때는 "머리칼이 슬퍼 보인다." 이런 점에서 배수아 소설에서 긴 머리는 자유를 꿈꾸는 실체이며, 또한 구속과 불화의 근원으로서의 남성적인 것과 대조되는 다분히 여성적인 표상이다.

배수아 소설에서 몸은 이 일탈의 꿈과 일상 사이에서 만들어지는 비극을 담아내는 그릇이다. 두통이나 미열, 관절염, 암, 심장병, 고혈압, 간질 등 배수아 인물들에게서 나타나는 병든 몸이나 상처난 몸은 그 같은 일상과의 절망적인 불화를 드러내는 한 장치이다. 「여섯번째 여자 아이의 슬픔」에서 여자 아이는 이마가 뜨겁고 열이 있으며, 「천구백팔십팔년의 어두운 방」의 미진도 열이 있으며 뺨은 붉고 이마는 뜨거웠다. 그리고 「인디언 레드의 지붕」에서 집을 나갔다 돌아온 연이는 열이 많이 나고 목이 부어서 말을 잘하지 못할 정도로 몹시 아팠다. 그런가 하면 『랩소디 인 블루』의 '나'는 머리를 심하게 다친 뒤 평생 두통에 시달려야 하고, 작은 고모도 삼촌 생일날 아프고 열이 나고 목이 부어서 혼자 집에 있어야 했다. 요컨대 배수아의 인물들은 거의가 "항상 어딘가 아픈 것처럼"(「아멜리의 파스텔 그림」) 보인다. 이들의 병든 몸은 일탈의 꿈과 그것의 좌절 사이에서 만들어지는 내부의 혼란이다.

"아, 다 이해하고 있어. 하지만 오늘은 모든 것이 별로야. 난 중국차를 끓여야 하고 내일 입을 블라우스를 다려야 해. 그리고 두통이 있어. 내일 얘기해. 내일은 다 잘되겠지."
———「여섯번째 여자 아이의 슬픔」

"방수 처리된 거래. 잘 지워지지도 않고, 색은 네가 잘 바르는 걸로 골랐어."
"고마워." 나는 어쩐지 속이 좋지 않아져서 베란다로 나갔다. 아주 멀리 아래쪽에 호텔 주차장의 불빛이 보인다.
"너 설마 거기서 토하려는 건 아니겠지. 술을 많이 먹는 것 같더라."
"토하면 뭐 어떠니. 하지만 이제 아무렇지도 않아. 잠깐 밖에 있을래."
위스키 스트레이트를 좀 많이 마신 것 같았다. 머리 한쪽이 두드리는 것처럼 아팠다.   ———「푸른 사과가 있는 국도」

일상적인 일과와 일상화된 사랑 앞에서, 그리고 그 안에

갇힌 자신의 모습 앞에서 이들은 두통을 앓으며 구토를 일으
킨다. 구토는 자신이 어른들과 닮아 있다는 것에 대한, 그리
고 자신의 사랑이라는 것도 일상의 하나에 불과하다는 것에
대한 자기 혐오의 한 몸짓이다. 어른과 일상에 대한 거부, 그
리고 푸른 세계에 대한 꿈에도 불구하고 이들의 몸은 자기
안에 자리잡은 일상을 확인하는 절망적인 몸이 되며, "종종
왼손의 가운뎃손가락이 움직이지 않고 감각도 없는 때가 있
으며, 가운뎃손가락 손톱은 유난히 핏기 없이 새파래져"(「엘
리제를 위하여」)가는 증상에서 드러나듯 마비되고 죽어가는
몸이 된다. 따라서 먼지투성이인 국도에서 형편없는 푸른 사
과를 팔고 있는 늙은이, 이것은 배수아의 인물들에게 있어
어쩔 수 없는 자신들의 미래의 모습일 수밖에 없다.

배수아에 의하면 일상의 세계는 절대적으로 부정적인, 그
래서 벗어나야 할 세계이며 동시에 그것으로부터의 일탈은
근원적으로 불가능하다. 영원히 화해할 수 없는 이 모순적
상황으로 인해 배수아의 소설은 근본적으로 비극적이다. 그
리고 그 비극의 모습은 광기와 죽음의 두 형태로 나타난다.
「엘리제를 위하여」에서 엄마는 남편 집안이 미치광이투성이
였다고 불평하고, 「천구백팔십팔년의 어두운 방」에서 시인
은 정신병원 신세를 진 적이 있으며, 「인디언 레드의 지붕」
에서 연이의 남동생은 사춘기 시절 몽유병을 앓았고, 「아멜
리의 파스텔 그림」에서 선영의 한 친구는 "미친 여자가 되어

머리를 풀어 히히 웃고 다니고 싶어. 너 아니? 이런 기분"
하고 묻는다. 이들에게 광기는 꿈과 현실, 일탈과 일상 사이
에서의 어긋남을 드러내는 병든 몸의 하나인 동시에, 일상의
구속에서 풀려난 자유로운 몸이기도 하다. 거기에는 일상과
화해할 수 없는 배수아 인물들의 몸의 절규와 저항이 담겨
있다.

　그러나 우울하고 권태로운 일상으로부터 완전히 벗어나는
것은 오로지 죽음을 통해서만이 가능하다. 그의 소설에 빈번
하게 등장하는 죽음은 일상의 힘에 파괴된 인물들의 삶을 드
러내는 것이지만, 동시에 일상의 욕망에 지배되는 거짓된 몸
의 죽음이라는 점에서 보다 적극적인 탈일상의 의미를 띠기
도 한다. 「푸른 사과가 있는 국도」에서 형준과 헤어진 뒤 보
통 남자와 결혼한다던 소영이 주방용 가위로 손목을 그어 자
살하는 것이나, 「검은 늑대의 무리」에서 비 오는 동물원이
보고 싶어 찾아온 사람이 일본 원숭이에게 상처를 입어 피
흐르는 손으로 다리를 절면서 달려오고, 같은 날 동물원에
고용된 블럭공 한 사람이 늑대 우리로 올라가는 층계를 수리
하러 갔다가 죽는 것, 혹은 『랩소디 인 블루』에서 쿠션에 박
혀 있던 맥주병에 베인 유리의 손과 차 사고로 죽은 남자의
머리에서 흘러나오던 피, 자동차 트렁크에서 꺼낸 톱이 여자
의 손목에 상처를 내기 시작하면서 붉은 피가 솟구치는 비디
오테이프의 장면, 바늘로 낙태하려다 실패하고는 염화칼슘

용액으로 아이를 익사시킨 어느 여자 아이의 이야기 등 배수아의 소설은 종종 섬뜩한 죽음의 이야기로 치닫는다. 거기에는 "붉은 꽃잎이 해체되는" 절망적인 현실 인식과 함께 권태와 절망의 일상에 속한 자기의 몸을 죽이는 꿈, 다시 말해 일상에 길들여지지 않는 사납고 야성적인 생명의 힘에 직면하고자 하는 욕구가 담겨 있다. 배수아 소설에서 종종 등장하는 늑대와 원숭이, 악어, 그리고 동물원의 배경은 바로 그러한 꿈과 연결되어 있다.

뿐만 아니라 때로 이 죽음은 성행위와 이어져서 일탈과 성, 죽음의 연결을 확인하게 한다.

1) 소금기 잔뜩 머금은 바람이 미진의 긴 머리와 나의 하얀 면 스커트를 풍선처럼 날리고 흩트려뜨렸다. 미진은 예쁘고 다정하였다. 그녀는 청바지에 초록빛 모직 재킷을 걸치고 속에 하얀빛의 티셔츠를 입었다. 그녀는 따스한 팔로 나를 안았다. 사람들은 바위가 점점이 흩어진 해변에서 엉거주춤 서 있다가 우리를 향하여 휘파람을 불었다. 철희가 웃으면서 달려와 우리 둘을 한꺼번에 안았다. 좋은 기분이었다. 철희의 굵은 실로 짠 짙은 블루의 스웨터에서는 남성용 코롱 냄새가 은은하였다. 그는 검은 진을 입고 있는데 그것은 열아홉 살 난 사내아이처럼 그에게 잘 어울렸다. 미진의 길고 검은 머리가 철희의 입술과 나의 창백한 뺨 위로 쏟아졌다. 우리는 그렇게 오래 있었다. 어

둠 속에서 서서히 검은 모래 언덕과, 검은 바위와 검은 머리칼처럼 해변을 가득 메우고 있는 해초들이 보이기 시작하였다.

2) 미진아, 일어나야만 해. 나는 침대의 시트를 가만히 벗겨냈다. 미진의 벗은 어깨가 둥글게 드러나고 그 아래에 이경주의 얼굴이 있었다. 그들의 긴 머리칼은 깊고 깊은 바다의 해초처럼 엉켜 있었다. 미진의 눈꺼풀이 가늘게 떨리고 이윽고 눈이 떠졌다. 그녀의 눈동자는 물 속에 잠긴 것처럼 희미하였다.
　　　　　　　　　　　　　　　——「천구백팔십팔년의 어두운 방」

이 대목은 인물들이 경험한 완전한 자유의 순간이라 할 수 있는데, 이 자유가 인물들의 성, 그것도 일탈된 성을 통해 이루어지고 있어 흥미롭다. 1)에서는 '나'와 미진 사이에서 묘한 동성애적 분위기가 풍기고 있고 게다가 철희가 다가와 자신의 애인인 미진과 '나'를 함께 안으며, 2)에서는 시인이 준 최음제를 수면제로 알고 먹은 후 미진이 이경주와 관계를 가지는, 일면 탈선적이고 비도덕적인 성관계가 묘사된다. 여기에서 미진이 관계를 가진 이경주는 함께 여행온 일행이 바다와 소나무 숲으로 목적지가 나뉘었을 때 다른 남자들처럼 소나무 숲으로 가지 않고 '나,' 미진, 시인과 함께 바다로 간 유일한 남자이다. 그는 다른 남자들과는 '다른' 세계에 속한 인물이다. 더구나 "긴 머리를 뒤로 묶은" "하드 록 가수" 같다는 그의 외양 묘사를 생각할 때, 그는 단순히 다른 남자들과 다를 뿐 아니라 다분히 여성적이다. 때문에 2)의 대목은 1)의 경우처럼 동성애적인 분위기가 느껴지며, 그것은 성적인 것이라기보다 두 존재의 동질성을 확인시키는 것으로 여겨진다. 『랩소디 인 블루』에서도 오빠와의 근친상간이 암시되는 대목에서 '나'는 계속 오빠가 따라주는 물을 마시며 "붉은 머리칼을 풀어 늘어뜨린 하녀가 문을 나가는, 다리가 하나밖에 없는 목장의 남자에게" 하는 연극 속의 한 대사를 오빠에게 던지거니와, 이들의 풍경에는 공통적으로 긴 머리, 일탈된 성, 그리고 물(바다)이 자리잡고 있다. 그리고 일탈과 자유의 상징인 이 그림의 끝에는 죽음이 놓여 있다.

　　비를 맞으면서 노래를 불렀다. 바위는 미끄러웠다. 몸을 돌리던 철희는 아주 천천히 바다로 떨어졌다. 얕은 바다였다. 깊고 검은 해초의 카펫이 깔려 있고 키 정도의 높이였기 때문에 그는 금방 물 위로 고개를 내밀고 웃었다고 한다.
　　　　　　　　　　　　　　　　──「천구백팔십팔년의 어두운 방」

　여기에서 검은 해초는 철희의 얼굴을 휘감던 미진의 긴 머리에 다름아니다. 그리고 미진이 이경주와 관계를 갖고 있던 같은 시간에 철희가 빠져 죽은 바다는, 그들이 성행위를 통해 잠겨 있던, 깊고 검은 해초가 가득한 물 속과 닮아 있다.

이들의 성행위와 바닷속 놀이는 모두 죽음에 다가가는 과정이었던 셈이며, 해초나 긴 머리, 물과 같은 여성적 물질 속으로 엉켜들어가는 것이 된다. 뿐만 아니라 이때 죽음은 절망이나 슬픔으로서가 아니라 완벽한 희열과 유희 속에 다가온다. 죽음이란 일체의 권력으로부터 벗어나는 지점이라는 푸코의 지적처럼 이들에게 죽음은 일상으로부터의 완벽한 탈출인 것이다. 그러나 동시에 우리에게 그것은 안타까움이자 또 다른 절망이기도 하다. 자유는 죽음으로써만이 가능한가, 아니, 우리의 삶에서 자유는 그렇듯 불가능한가, 하는 절규로도 읽히기 때문이다.

배수아의 소설은 바다를 건너는 사람들을 향해 노래부르며 그들을 바닷속으로 잡아끄는 사이렌의 이야기를 닮아 있다. 그녀의 인물들은 안전하게 바다를 건너가기 위해 귀를 막고 돛대에 몸을 묶는 것이 아니라 오히려 그 결박을 풀고 바다로 뛰어든다. 매혹적이고 위험한 여신의 노랫소리에 이끌려 그녀의 인물들이 도달한 바닷속은 과연 푸른 꿈의 세계일까, 검은 죽음의 세계일까?

우리 시대의 바리들
—— 한강의 「여수의 사랑」과 송경아의 「바리─길 위에서」

世界의 구석구석
찬비는 내리고,
그러나 비는
마당가에서 끝나지 않는다.
內衣도 벗고
마지막 살마저, 뼈마저 벗고
안방 깊숙이 구들장 속으로
귀신같이 旅行한다.
누가 날 살리리
날 살릴 이 누가 있더냐
　　　—— 강은교, 「바리데기의 旅行 노래: 五曲. 캄캄한 밤」

1. 끝나지 않은 바리의 노래

바리가 걷고 있다. 아버지에 의해 세상 밖으로 버려졌던 막내딸 바리가 그 아버지의 병을 치유할 약수를 구하기 위해, 사십팔 고개를 넘고 강을 건너 홀로 외롭게 걷고 있다. 생명의 약수와 꽃은 어디에 있는가. 서천서역에 도달하려면 어느 길로 가야 하는가. 신발은 닳고 몸은 무거우며 세상은 어둡고 마음은 더 암담하다. 그래도 그녀는 계속 걷는다. 보이지 않는 길 위를 떠돌며 그리고 그보다 더 캄캄한 마음속 길을 헤매며, 아버지를 살리기 위해 그리고 자기 자신을 살리기 위해. 바리는 그 고단한 여행 끝에서 마침내 생명의 물을 찾아내 아버지를 살려낸다. 그리고는 아버지와 함께 세상속으로 들어가는 것이 아니라 무당이 되어 여전히 세상 밖에 남는다. 우리의 삶에 병듦과 죽음이 있는 한 그녀는 아마도 끊임없이 생명의 물을 찾아 떠돌게 되리라.

서사무가의 하나로 구전되어오는 이 바리의 이야기는 여성 인물의 고난과 시련을 그 내용으로 하고 있다는 점에서뿐 아니라 세상의 상징인 아버지에 의해 버려지고 동수자를 만나 어쩔 수 없이 그를 남편으로 삼는다는 것이 주된 시련으로 나타나고 있다는 점 등에서, 여성인 나에게는 단순히 '그녀'의 이야기가 아니라 우리 '여성들'의 이야기로 읽혀진다.

그 안에는 자신을 버린 아버지에 대한 분노와 그 분노를 다스리며 생명의 물을 찾아 떠도는 외로움이 그리고 자신을 골탕먹인 남편에 대한 애증이 뒤범벅이 되어 있을지도 모르고, 헌신과 희생에의 맹목적이고 어리석은 믿음이 담겨 있을지도 모를 일이다. 그러나 조금 더 생각해보자. 자신을 버리고 상처입힌 바로 그 세상을 구원하기 위해 떠도는 바리의 이야기는 혹 분노와 미움을 사랑으로 바꾸기 위해 거쳐야 할 험난한, 그러나 마땅히 따라 떠나야 할 '우리' 모두의 길에 대한 이야기인 것은 아닐까?

바리는 나의 이런저런 생각 속에서 슬픈 바리로, 위대한 바리로, 혹은 어리석은 바리로, 그리고 다시 외로운 바리로 바뀌어진다. 그러나 분명한 것은 이 바리의 이야기가 아직도 끝나지 않았다는 것, 그녀가 끝없이 떠돌 듯 그녀의 노래는 색깔과 음조를 달리해서 계속해서 불려지리라는 것이다. 이 글에서 다루고자 하는 한강의 「여수의 사랑」과 송경아의 「바리—길 위에서」는 바로 그러한 바리 변주곡들 중의 하나이다. 두 작품의 여성—주인공들은 모두 병든 세상에의 인식과 그 세상의 구원이라는 문제를 자신들의 내적인 힘을 통해 풀어보고자 한다는 점에서 바리의 후예라 할 만하다. 나는 이들의 이야기를 통해 두 젊은 작가에게 있어 바리는 각각 어떤 존재로 살아 있는지 그리고 또 어떻게 새로운 이야기 속에서 불려지고 있는지 들여다보고자 한다. 그것이 내 안에

살아 있는 바리를 확인하고 보듬는 과정이기를 바라는 마음
으로.

2. 부서진 몸을 치유하는 물
― 한강의 「여수의 사랑」

「여수의 사랑」은 주인공 정선이 일곱 살 이후 한번도 찾지
않았던 고향 여수를 찾아가는 기차 속에서 지난일을 회상하
는 내용으로 되어 있다. 그녀에게 여수는 어머니의 이른 죽
음과 술 취한 아버지에 의해 자신과 여동생이 바닷속으로 내
던져졌던 상처의 기억, 그리고 자신을 붙드는 동생의 손을
뿌리치고 달아나던 끝에 자신 혼자만이 살아남은 자책의 근
원적 공간이다. 아버지는 동생을 죽음의 바닷속으로 끌고 간
인물이며 또한 정선의 삶 역시 폐허와 상처의 그것으로 만들
어놓은 장본인이다. 자신의 잘못이나 의지와는 상관없이 아
버지에 의해 세상으로부터 버려졌으며 또 고향 여수로의 여
행이 그 버려진 삶으로부터의 구원을 모색하는 한 시도라는
점에서, 주인공 정선은 그 옛날의 바리를 닮아 있다. 그녀가
타고 있는 여수행 기차는 바리가 고개를 넘고 강을 건너 걸
어가야 했던 그 멀고 험난한 길에 다름아니다. 자신의 삶을
죽음의 그것으로 바꾸어놓은 그리하여 원죄 의식과도 같은

죄의식과 분노와 수치감을 심어놓은 그곳으로 돌아가는 길이란 마음속에 이는 그러한 분노와 상처를 달래고 다스려야 하는 멀고도 쓸쓸한 길이다. 여수(麗水)로의 여행이 여수(旅愁)로 떠오르게 되는 것도 이 때문이다. 그러나 그것은 또한 그 길 끝에서 자신의 상처난 삶을 치유할 생명의 물을 만나려는 기대 어린 여정이기도 하다. 여수, 그곳에는 자신을 품어줄 어머니 같은 넓은 바다가 기다리고 있기 때문이다.

사실 이 작품에서 정선이라는 인물의 상처난 삶과 그 치유의 이야기는 그녀에게 국한된 개인의 이야기에 그치지는 않는다. 거기에는 우리의 삶이 근원적으로 상처투성이이며 우리의 세상이 병들어 있다는 인식이 깔려 있다. 세상은, 정선이 죽은 금붕어를 비닐 봉지에 싸서 버린 대문 밖 쓰레기통과도 같다. 때문에 작품 속에 묘사된 세상은 온통 더럽고 일그러진 풍경뿐이다. 지하철역 입구 결혼 예복 대리점에는 "반라의 마네킹이 한쪽 팔이 떨어져나간 채 진열되어 있"고 "그 옆의 지하 레스토랑 간판은 먼지투성이의 불 꺼진 색전구들을 주렁주렁 매달고 있"으며, 서울의 대기는 "오래된 면실유처럼 역한 열기를 내어뿜으며 끓어오"르고 "모든 도시의 뒷골목에서 살인과 패싸움이 벌어지고 있을 것만 같은 울컥울컥한 무더위가" 계속되는가 하면 "온갖 눈병과 귓병이 지하철과 버스 손잡이를 통해 옮겨다녔"고 "동남아시아의 여러 나라에서 콜레라가 창궐했다." 이 세상은 먼지와 열기와 병균들로 가득 차 있으며 우리는 그 안에 부서지고 깨어진 몸으로 서 있는 것은 아닌가, 작가는 정선의 눈과 입을 빌려 이렇게 말하고 있는 것이다.

급기야 나는 모든 사물에서 썩어가는 냄새를 맡기에 이르렀다. 나의 손에 코를 들이대면 내 살이 썩어가고 있었고 책을 펼치면 종잇장들이 손가락 끝에 엉기며 부패한 냄새를 풍겼다. 구정물 냄새가 세면장의 수챗구멍을 통해 범람하고 있었다. 수돗물과 나무 주걱과 도마, 심지어 플라스틱으로 만든 밥그릇들에서마저 악취가 났다.

정선의 눈과 코와 귀는 이처럼 병들고 악취 나는 세상의 더러움을 향해 유난히 크게 열려 있다. 모든 대상에서 병균과 먼지와 썩어가는 냄새를 찾아내고 그것을 닦고 지우는 그녀의 유난스런 결벽증은 더럽고 병든 세상에 대한 혐오와 공포의 몸짓이자 또한 정화에의 안달이기도 하다. 그리고 종국에 그녀가 씻어내고자 하는 것은 딸들을 바닷물에 빠져 죽이려 한 아버지와 동생의 손을 뿌리친 채 혼자 달아나려 했던 자신의 추악한 모습이다. 더럽고 썩는 냄새는 밖이 아니라 정작 자기 안에서 나고 있었던 것이다. 이 점에서 끊임없이 닦고 비누질하는 그녀의 행위는 자기 안팎의 더러움을 닦아냄으로써 병들고 부패한 이 세상과 자기 자신을 치유하고자 하는 희구를 담은 절망적인 몸짓이라 할 수 있다.

세상과 자신의 구원의 문제에 매달리고 열망하고 있는 그
녀의 몸부림은 그녀가 갖고 있는 많은 책들을 통해서도 확인
된다. 그녀의 방은 자신의 책과 석사과정중이던 후배의 책으
로 가득 차 "웬 간이 도서관을 차렸느냐"는 말을 들을 정도
였다. 이들의 책은 병들고 혼란스런 이 세상 속에 "갈 곳을
잃은 사람처럼 망연히 서 있"는 정선에게 한때 구원의 길을
모색하는 한 방안이었을 것이다. 그러나 그 책에서도 낡은
종이 냄새와 곰팡이 냄새가 풍겨났고, 그녀는 책들과 책꽂
이·창틀까지 먼지를 털고 닦아내었으며, 그래도 견딜 수 없
게 되자 후배에게 낡은 책들을 세면장에 내놓는 것이 어떠냐
고 묻게 되기에 이른다. 책은 그녀를, 그리고 세상을 구원할
수 없었다. 그러나 후배는, 언니에겐 치료가 필요한 것 같다
며 그 많은 책들을 다시 싸서 트럭에 싣고 이사를 간다.

그녀 대신 자취방 룸메이트로 들어온 사람이 바로 자흔이
라는 인물이다. 그녀는 후배의 많은 짐들과는 달리 여행 가
방 두 개와 보통이 하나만을 들고 들어온다. 그녀는 별특성
이 없는 생김새를 하고 있지만 놀랄 만큼 아름다운 목소리를
가지고 있으며, 무관심하고 지쳐 보이는 그러나 백치같이 무
구한 미소를 지닌 인물이다. 그리고 세상이 더러워 견딜 수
없다며 끝없이 욕지기하고 씻어대는 정선과는 달리, 그녀의
머리카락은 헝클어져 있고 외투의 단추는 어긋나게 채워져

있으며 구두 밑창은 반쯤 떨어져 있다. 정선이 병들고 타락한 세상에 대한 거부감과 역겨움으로 가득 찬 거부의 몸짓을 하고 있다면, 자흔은 세상의 더러움과 혼탁함 속에 아무런 거부나 경계의 몸짓도 없이 태평하고도 무심하게 섞이어 있다. 토악질과 위경련·안두통으로 병원 치료를 받는 정선이 약을 통해 고통을 다스리고 상처로부터 도피하고 있다면, 자흔은 미소를 통해 세상의 고통에 대응한다. TV를 보며 정선이 "개자식들!" "미친놈들!"이라며 분노에 찬 욕지거리를 내뱉을 때 자흔은 그 욕지거리로 자장가 같은 노래를 만들어 부르고, 정선이 고통스런 밤을 견디기 위해 신경 안정제를 먹어야 하는 것과는 달리 자흔은 어디에서든 머리만 바닥에 닿으면 잠이 들며, 이때 그녀의 잠든 모습은 마치 세상의 모든 고통과 회한들도 함께 잠든 듯 평화롭다. 요컨대 그녀에게는 세상의 혼탁함과 고통을 잠재우고 달래는 힘이 있는 것이다.

그녀는 정선으로 하여금 오랫동안 발길을 끊었던 고향 여수를 찾아가게 한 인물이며, 자신의 삶 역시 상처투성이이면서도 미소를 잃지 않는, 그럼으로 해서 세상에 생명의 물을 찾아주는 진정한 의미의 바리이다. 그녀가 정선의 방으로 들어와 처음으로 한 말이 어항이 없다는 것과 목이 마르다며 물을 달라는 말이었다는 것은 이 점에서도 시사하는 바가 크다. 조그만 어항에 물고기를 키우며 먹이를 주고 물을 갈아주는 자흔의 모습은 병들고 메마른 세상에서 생명을 키워내는 상징적 의미를 갖는다. 물고기들이 맴돌던 어항이나 정선의 자취방은 하나의 작은 세상이자 소우주이다. 그리고 자흔은 그곳에 생명을 불어넣던 존재였던 것이다. 그녀가 떠난다고 했을 때 "모든 벌레가 울음을 멈추고 모든 꽃과 나무들이 생장을 멈춘 것" 같았으며, 그녀의 웃음 소리에 삭막한 공기가 한 색조 환하게 덧칠된 것처럼 보였던 자취방 공기는 다시 무겁고 혼탁해졌고, 그녀가 키우던 물고기들은 죽어갔다. 이것은 모두 생명의 원천으로서의 그녀의 존재적 의미를 확인시켜주는 일화들이다.

그렇다면 이같이 신비로운 그녀의 힘은 어디에서 비롯되는 것인가? 그것은 바로 그녀의 무구한 미소와 너그럽고 따뜻한 가슴에 있다. 그녀는 모든 대상을 그 미소와 가슴으로 감싸안는다.

자흔은 내 등을 두드리며 속삭였다. 그녀의 서늘한 손가락이 내 뜨겁게 젖은 이마와 뺨을 어루만지려 했다.

내가 위경련을 일으키는 것을 처음 본 자흔은 언니처럼, 마치 어머니처럼 나를 반듯이 눕혀놓고 배를 쓰다듬어주었다.

그 빛에 드러난 자흔의 음울한 시선은 방안 곳곳에 깃들인 혼탁한 어둠을 차례차례 끌어다가 어루만지고 있는 것처럼 보였다.

가지 않을게요, 라고 자흔은 내 머리카락을 어루만지며 말했었다.

자흔에 대한 이 같은 서술 속에 공통적으로 들어가 있는 쓰다듬다, 어루만지다 등의 술어에 유의해보자. 이는 그녀가 대상을 어루만지고 달램으로써 상처를 치유하는 인물임을 상징적으로 드러내는 어휘들이다. 더욱이 배를 문질러준 뒤 얼마 안 있어 정선에게서 괜찮아졌다는 말을 듣고 그녀가 "내 약손이 효력이 있네!"라고 말할 때, 우리는 마치 바리의 무신적 치유의 힘을 확인하는 듯한 느낌을 갖게 되기까지 한다.

그러나 이 같은 그녀의 따스함과 평화로움에도 불구하고 그녀의 내면에는 깊은 상처가 숨겨져 있다. 강보에 싸인 채 생모에 의해 버려진 후 의붓어머니 밑에서 자라나다 다시 그 어머니가 개가한 후 여기저기를 떠돌며 살아온 그녀의 삶은 말 그대로 버려짐의 연속이었다. 더욱이 서점에서 일할 때 짝사랑했던 남자에게서 확인해야 했던 것이 다른 여자에 대한 그의 열정이었다는 그녀의 고백은 그녀가 어머니를 비롯, 누구에게서도 사랑과 관심을 받아보지 못한 채 철저하게 이 세상으로부터 버려진 존재였음을 보여준다. 그녀가 이 세상으로부터 얻은 것은 상처뿐이었다. 얻어맞은 사람처럼 항시 몸 여기저기에 푸릇푸릇한 멍이 들어 있었다든지 공장에서 일을 하다가도 곧잘 손이 찔려 손에서 소형 밴드가 떠나는 일이 없었다든지 또는 시장을 다닐 때 사람들과 어깨를 잘 부딪치고 유리문에 이마나 무릎을 찧는 일이 잦았다든지 하는 데서 드러나는 자흔의 상처난 몸은 그녀의 상처난 삶을 드러내는 한 비유이다. 뿐만 아니라 다섯 살이 되도록 말을 하지 못했던 그녀가 미끄럼틀에서 어떤 아이에게 밀려 굴러떨어진 후 처음으로 말을 했고 또 그것이 "너무 아파요"라는 말이었다는 것은 그녀의 삶이 세상으로부터 상처받기 시작되었음을 단적으로 보여준다. 그녀에게서 나오는 따뜻함과 생명의 힘은 이 상처 속에서 배태된 것이기에 더욱 성스럽다. 그녀의 이름이 '기쁨'과 '난자된 흔적'이라는 상반된 의미로 이루어져 있다는 사실은 우리로 하여금 고통과 기쁨을 한 몸에 지닌, 아니 고통을 기쁨으로 바꾸는 존재로서의 그녀의 슬픈 운명을 새삼 확인하게 만든다.

그러나 상처를 생명의 힘으로 바꾸기 위해서는 얼마나 큰 분노의 산과 외로움의 강을 넘어가야 하는 것인가. 자흔은 평화로운 얼굴로 쉽게 잠이 드는 것과는 달리 아침엔 쉽게 일어나지 못하고 광대 인형처럼 핏기 없는 얼굴이 되어 얼마를 앉아 있는다. 그리고는 명랑한 춤곡풍의 아리아를 듣는다. 그것은 상처뿐인 세상 속으로 들어가기 위해, 그리고 그 속에서 미소와 따뜻함을 잃지 않기 위해 풀려 있던 태엽을 되감는 충전의 의식과도 같다. 그러나 "여수로 가면, 나한테도 음악 같은 건 필요없어요"라는 그녀의 말에서도 드러나듯 완전한 의미의 생명의 원천은 여수에 있다. 자흔의 삶은 시들고 메마른 삶에 생명의 물을 적시려는 꿈으로 지탱되어왔으며 따라서 그녀의 떠돎은 궁극적으로 그 생명의 물이 있는 여수에 도달하려는 외롭고 먼 여정이라 할 수 있다. 어디로 가든 그곳으로 가는 거라는 그녀의 말은 영원한 지향점으로서의 이 같은 여수의 의미를 확인시켜주는 대사이다. 정선이 자신의 고향을 수원이라 속이며 20여 년 간 고향인 여수를 외면하고 살아온 것과는 달리, 자흔에게 여수는 자신을 버린 땅임에도 불구하고 언제나 따뜻하고 아름다운 고향, 그리고 돌아가고픈 어머니의 땅으로 남아 있다. 그곳에는 자신의 상처난 삶을 치유할 생명의 물이 있는 것이다. 소매치기를 당하고 자전거에 받혀서 온몸에 피멍이 드는 상처를 입은 뒤 더 이상 삶의 기력을 되찾을 수 없게 되고 음악을 듣는 것도 무의미해졌을 때, 자흔이 그 생명의 물이 있는 여수로 떠나게 되는 것도 이 때문이다.

정선의 여수행은 자흔이 떠난 뒤 이 같은 그녀의 흔적들을 더듬으며 이루어진다. 고향의 갯바닥을 뒹굴면서 몸에 상처를 내고 그 상처 속으로 자신을 낳은 땅의 흙이 스며들어오게 하고 싶었다는 자흔은 정선에게 상처뿐인 삶과 자신을 버린 세상을 사랑하는 법을, 아니 그것을 포용하고 분노를 달래는 법을 가르쳐주고 떠난 셈이다. 정선에게 있어 여수는 자신을 버린 아버지의 기억이 시작되는 곳, 그리고 무엇보다도 아버지로부터 벗어나기 위해 동생의 손을 뿌리쳤던 더러운 자기 자신의 모습을 대면해야 하는 분노와 치욕의 공간이자 상처난 그녀 삶의 원천이다. 정선에게 여수가 녹슨 철선들이 울부짖는 상처입은 목소리와 멍든 속살 같은 섬들, 그리고 우산을 까뒤집고 여자들의 치마나 머리카락을 허공으로 솟구치게 하는 찝질한 바닷바람으로 기억되는 것도 상처와 공격의 진원지로서의 여수를 확인하게 하는 대목이다. 그러나 동시에 그곳은 자신을 낳아준 어머니의 땅이며 따라서 영원한 그리움의 땅이기도 하다. 뿐만 아니라 세상의 모든 물이 바다로 흘러가고 그 바다는 여수 앞바다하고 섞여 있다는 자흔의 말에서 환기되듯 그곳은 모든 생명의 근원지이며, 상처를 어루만져주고 포용해주는, 그래서 다시 삶을 긍정하게 하는 '어머니의 품속' 같은 곳이기도 하다. 그리고 자흔이 줄곧 언니나 어머니로 혹은 여수 앞바다로 비유되었던 것에서도 짐작할 수 있듯이 정선에게 자흔은 바로 이 여수와도 같았다. 그녀는 위안과 따뜻함을 주는 존재였던 동시에 끊임없이 상처와 수치를 환기시키는 존재였다. 정선이 자흔에게서 나기 시작했던 여수의 냄새를 못 견뎌했다는 것은 그 안에서 자신의 그 같은 치욕스런 흔적을 대면하게 되기 때문이었다. 요컨대 자혼은 여수였고 어머니였으며, 여수는 자혼이자 어머니였던 것이다. 따라서 그토록 오랫동안 외면해왔던 여수로 찾아가는 여행은 자혼에게로 그리고 어머니에게로 돌아가는 먼 여정이 되는 셈이며, 생명의 물과 꽃을 찾아가는 바리의 여행길이 되는 것이다.

그러나 바리의 여행이 그러했듯 여수로의 여행은 그리 순조롭지 못하다. 서울에서 여수까지 가는 기차 속에서 떠오르는 기억들로 진행되는 이 작품에서 시간적 경과를 알려주며 삽입되고 있는 서술들, 예컨대 "열차가 종착역인 여수에 닿으려면 앞으로도 두 시간 가까이 철로를 달려야 했다" "여수까지 열차는 아직도 많은 역들을 남겨두고 있었다" 등의 문장은 그곳으로 가는 길이 그녀에게 얼마나 먼 길——공간적으로뿐 아니라 심리적으로——이었는지를 말해주고 있다. 더구나 작품 처음부터 내리기 시작한 비는 남쪽으로 내려갈수록 거세어지고, 여천역을 지날 때에는 비바람이 절정에 이르러 모든 나무들을 뿌리뽑을 듯 몰아치며, 여수에 도착했을 때는 승객들의 머리카락과 옷자락을 금방이라도 뒤집히게 할 듯 흩날리던 바람이 오래 기다렸다는 듯이 정선의 어깨를 혹독하게 후려치며, 무겁게 가라앉은 잿빛 하늘에서는 얼음 조각 같은 빗발들이 내리꽂힌다. 고향 여수는 끝까지 혹독한 모습으로 정선에게 나타나고 있는 것이다. 그렇다면 이 음울한 고향과의 해후는 벗어날 길 없는 세상살이의 고단함을 확인하게 하는 절망적인 귀로를 보여주고 있는 것일까? 기차를 타고 내려가는 동안 정선은 줄곧 창밖을 내다보며 "자흔은 저 풍경들 속에서 무엇을 보았을까" 하고 스스로에게 되묻거니와, 과연 정선 자신은 그 풍경들 속에서 무엇을 보았을까?

조금 큰 활엽수들은 의연하게, 줄기가 여린 묘목들과 갈대숲은 송두리째 제 몸을 고통에 바치며 흔들리고 있었다. 그들도, 그들의 뿌리를 움켜안은 대지도 놀라운 힘으로 인내하고 있었다.

기차 창밖으로 바라본 음산한 하늘과 그 아래 나무들의 이같은 풍경은 상처투성이인 채로 세상 속에 서 있는 자흔의 모습 그대로이다. 남쪽으로 내려갈수록 빗발은 거세어지고 있지만 산세는 완만해지고 있듯이, 정선은 여수로 가는 기차 속에서 거대한 세상의 힘과 온순한 대지의 힘을 함께 확인한다. 대지는 그 안온한 인내의 힘으로 폭우를 감내하며 자신 안에 뿌리내린 나무들을 붙잡고 있는 것이다. 이렇게 볼 때 비록 평화롭고 다정한 여수와의 만남은 아니지만 작품 끝에서 우리는 더 이상 세상의 뒤편에서 분노하고 토악질하는 것이 아니라 그 혹독하고 거친 세상 속으로 들어가 적극적으로 대면하게 될 정선을 기대하게 된다. 더구나 이때 그녀는 검푸른 기와 지붕 위로 자흔의 웃음 소리를 듣고 있지 않은가. 김병익의 지적처럼 그녀의 귀향이 곧 고향과의 화해의 실현을 의미하지는 않더라도, 아니 오히려 더 큰 시련과 상처를 예견하는 것이라 하더라도, 그것은 세상과의 불화에의 절망적인 확인이 아니라 그 아픔 속에서도 지켜나가야 할 생명과 사랑의 소중함에 대한 확인일 것이다. 병들고 상처뿐인 세상 속에서도 자흔의 미소가 "폭우와 함께 넘쳐 흐르고 있"기 때문이다.

이 작품에서 정선과 자흔은 물과 기름 같은 생활 방식에도 불구하고 서로 닮은, 분신과도 같은 존재들이다. 이들은 모두 여수에서 태어나 아버지와 어머니에 의해 버려진, 그리고 그 후로 끝없이 세상을 떠도는 고아들이다. 이들은 갈 곳을 잃은 사람들이고, 그 길 위에서 삶의 피로에 허덕이는 존재들이며, 또 끝없이 세상으로부터 상처받는 존재들이다. 동시에 이들은, 여수로 가는 기차 속에서 잠들 곳을 찾아 계속해서 빈자리를 찾아 헤매던 오십대 후반의 아낙을 비롯해서 열차를 기다리며 승강장에 서 있는 사람들, 늦은 밤 버스 손잡이에 매달려 가는 사람들, 출근길 지하철 속에서 부대끼는 사람들로 확대될 수 있는 우리 모두의 얼굴이기도 하다. 우리의 고단하고 외로운 삶에 필요한 것은 정선에게 그러했듯 우리의 상처를 어루만지고 쓰다듬어줄 자흔의 따뜻한 손길이다. 어쩌면 바로 그것이 우리를 죽음에서 구해낼 생명의 물은 아니겠는가. 또한 우리는 정선이 그러했듯이 자흔을 따라 생명의 물을 찾아나설 수 있지 않겠는가. 그리고 우리들 각자의 물이 메마르고 죽어가는 것들에 뿌려질 때 이 병든 세상은 되살아나게 되지 않겠는가. 한강의 애절한 이야기 끝에서 나는 이런 소망스런 믿음을 가져본다.

3. '길 위에 선' 바리
—— 송경아의 「바리—길 위에서」

송경아의 「바리—길 위에서」도 「여수의 사랑」에서와 마찬가지로 두 여성 주인공이 여행을 떠나는 것으로 시작된다. 본격적으로 바리데기 이야기를 패러디화하고 있는 이 작품은 일곱번째딸로 태어나 버려졌던 바리가 어머니 길대 부인에 의해 불려져 다시 불라국으로 돌아오게 되고 아버지인 불라대왕의 병을 구하기 위해 생명의 물을 찾아 떠나는 바리데기 이야기의 기본 구조를 그대로 따르고 있다. 그러나 이 작품에서 불라국은 모든 것이 정보 단위로서 기능하고 그것으로서만 가치를 지니는 미래 사회의 한 모습으로 제시되고 있으며, 인물들과 그들의 움직임은 데이터 흐름, 고립자, 서브루틴, 포인터, 변수, 에러, 시스템, 데이터, 처리 과정 등과 같은 용어로써 설명된다. 우리가 살아가고 있는 세계가 하나의 거대한 컴퓨터 프로그램으로 치환되어 있는 것이다. 이때 우리들은 그 프로그램 속에 미리 정해진 쓰임에 의해 움직여지는 하나의 정보 단위로 전락하게 되며, 정보체로서의 사회적 효용 가치에 의해서만 존재 의의를 인정받게 되는 하나의 부품이 된다. 따라서 그 안에서의 인간 관계란 처음부터 영혼과 감정의 교류 같은 것은 배제될 수밖에 없고, 부모 자식의 관계라는 것도 부모 프로그램과 자식 프로그램 사이의 정보적 연결 *link*에 불과해지는 것이다.

이야기는 이 불라국의 대왕이자 바리의 아버지인 오구대왕이 병이 들었다는 사실에서 시작되는데, 이는 병든 세상을 나타내는 하나의 은유적 장치이다. 불라국의 왕인 오구대왕이 병들었다는 것은 곧 불라국 전체 시스템에 문제가 생겼다는 것이며, 그의 병이 치유되지 않는다면 정보망에 의해 그와 연결되어 있는 자식들이나 그 세계 속의 다른 모든 존재들 역시 병들 수밖에 없기 때문이다. 뿐만 아니라 천상금·지상금·별금·석금 등의 딸 이름에서 환기되듯 불라국은 우리가 속해 있는 우주의 은유로서 제시된다. 이는 결국 우리의 세계와 우리의 삶 역시 병들어 있다는 작가의 전언을 담은 장치들이다. 따라서 이 작품은 단순히 병든 아버지를 살려내려는 딸의 효성 어린 고행에 관한 먼 옛날의 이야기나 공상 과학 세계에서 벌어지는 먼 훗날의 신기한 이야기가 아니라 병든 세상에의 인식과 그 구원에의 가능성을 탐색하는, 지금 우리 시대의 이야기로 읽혀지게 된다. 우리는 이 작품에서 급격한 정보화·기계화가 불러올지도 모를 미래 사회의 섬뜩한 한 단면을, 아니 이미 우리 안에 자리잡고 있을지도 모를 병든 풍경을 만나게 되는 것이다.

이 병든 불라국을 치유하기 위해 길을 떠나는 주인공이 바로 바리와 석금이다. 바리는 아버지 오구대왕에 의해 버려져서 산이나 동굴에서 지워지기만을 기다리던 무용지물의 포인터로서 불라국에 들어온 후로도 아직 다른 정보체를 접해 본 적이 없는 고립자이다. 그런가 하면 석금은 바리의 바로 윗언니로서 대학에 다니고 있어 아직 사회적 그물망에 들어가지 않은 인물이며 양성의 삶을 택했기 때문에 아들도 아니고 딸도 아니며 막내였으나 지금은 막내가 아닌 잉여 존재이다. 이들은 불라국이라는 세계 속에 완전하게 속하지 못한 국외자이자 이탈자라는 점에서 닮아 있으며, 이러한 주변성과 소외됨이 오히려 세계 구원의 가능성으로 연결되고 있다. 다른 인물들이 불라국 국경 밖을 지옥으로 생각하며 집 안에 안주한 일상인이라면, 이들은 집을 떠나 길 위에 서 있는 여행자들이고, 지옥으로 여겨지는 미지의 세계를 향해 떠나는 모험가이며, 불라국의 회생을 가져올 불로초와 불사약을 구하러 가는 구원자이다. 작품 서두에 나타난 이들의 모습을 보자.

두 여행자는 창밖을 바라보고 있었다. 한 여행자는 긴 머리를 뒤로 묶고 체구가 크다. 체구만큼이나 큰 가슴과 흰 얼굴에 달린 짧지만 잘 다듬어진 턱수염이 눈에 띈다. 양성 인간이다. 다른 하나는 햇빛에 그은 듯한 갸름하고 가무잡잡한 얼굴과 마른 몸집을 하고 있다. 검은 머리는 짧게 커트되어 있다. 둘 다 긴 여행에 걸맞은 옷차림을 하고 배낭 하나씩을 들고 있다. 초고속으로 운행하는 차의 승객은 그들 둘뿐이었다.

바리와 석금은 같은 길을 떠난 동행자이지만 외양에 있어서는 서로 대조적인 면모를 보인다. 갸름한 얼굴과 마른 몸집의 바리가 아직은 성숙하지 못한 유아적 모습을 하고 있다면 큰 체구에 턱수염을 한 석금은 신체적으로 훨씬 성숙하고 강한 면모를 보이고 있는 것이다. 실제로 이 여행에서 석금은 아직은 어리고 약한 바리의 보호자이자 안내자로서의 기능을 담당하고 있다. 바리에게 불라국은 모든 것이 정보화되고 신속 · 정확하게 처리되며 하나의 결과를 위해 모든 것이 일사불란하게 움직여지고 있는, 그래서 잉여도 부족도 없는 아름다운 세계로 인식된다. 불라국에 대한 그녀의 인식을 서술하고 있는 대목에서 반복적으로 나타나고 있는 감탄 부호들은 불라국이 그녀에게 얼마나 완벽한 세계로 다가왔었는지를 단적으로 보여준다. 그러나 실상 그 불라국은 병들어 있었고 때문에 바리의 순진한 생각은 언니들로부터 웃음을 사게 된다. 바리는 순진성과 지적 호기심, 삶에 대한 열정을 지닌 존재이나 또한 아직은 미숙한 존재인 것이다. 석금은 이러한 바리의 순수함이 가질 수 있는 어리석음이나 한계를 지적하고 그녀로 하여금 지혜롭게 길을 찾아가도록 도와주는 존재이다. 그녀는 불라국에서 태어나 자라왔고 그 세계의 시스템에 익숙하며 불라국이 병들어 있다는 것을 알고 있다는 점에서 다른 윗언니들을 닮아 있다. 그녀는 윗언니들처럼 자연으로부터 차단된 세계 속에서 살면서 생명력이 제거된 듯한 흰 얼굴을 하고 있는데, 이는 바리가 산과 동굴 속에서 자라면서 햇빛에 그을고 흙 속에서 뒹굴어 가무잡잡한 얼굴색을 하고 있는 것과는 대조가 된다. 그러나 그녀는 별다른 위기 의식 없이 그 속에 안주하고 있지는 않다는 점에서 윗언니들이나 다른 불라국 사람들과 다르다. 그녀는 위기 의식과 통찰력을 함께 지닌 인물인 것이다. 그녀가 바리와 함께 이 여행길의 동행자가 될 수 있었던 것도 다른 인물들과 구별되는 이러한 특성 때문이다.

그러나 석금이 불라국이나 부모 등에 대해 별관심이 없고 세상에 대해 냉소적이며 외부에 이르는 채널을 서서히 닫아가고 있는 인물인 데 반해, 바리는 아직도 세상에 대한 호기심과 지적 욕구, 그리고 애정으로 가득 찬 인물이며 외부에 이르기 위한 강한 열망을 지닌 인물이다. 바리에게 있어 이 여행이 병든 불라국을 치유할 약초와 약물을 구하려는 목적에서 비롯된 것인 데 반해, 석금에겐 사랑스런 바리를 따라가서 그녀를 지켜주기 위한 지극히 개인적인 목적에서 비롯된다. 바리가 확고한 목적과 의지에 찬 인물이라면 석금은 모든 것에 대해 불신과 회의에 가득 차 있는 인물이며 확고부동한 진리나 그에 대한 집착의 어리석음과 위험을 환기시키는 인물이다. 바리에겐 세상에 대한 애정과 열정이, 그리고 석금에겐 냉철한 판단력과 지혜가 있다. 그것은 미로와도 같은 길을 헤쳐나가기 위해 반드시 있어야 할 두 개의 지팡이와도 같다. 어느 한쪽만으로는 중심을 잃는 것이다. 바리가 없는 석금이 별의미를 갖지 못하듯 석금 없는 바리 역시 진정한 의미의 바리가 될 수 없다. 석금의 존재는 여성적 고행과 치유라는 원텍스트에서의 바리의 의미를 넘어서기 위해 부여된 사유와 비판의 지적 영역을 대변한다. 바리와 석금을 단지 '두 여행자'로 지칭함으로써 의도적으로 여성적인 것을 배제한 듯한 서술이라든지 석금이 양성 인간으로 설정된 것을 통해서도 드러나듯이, 송경아에게 있어 진정한 바리는 여성성을 넘어, 그리고 바리와 석금을 넘어 존재한다.

사실 작품 속의 바리는 아직은 완성되지 않은 하나의 가능태로서 제시된다. 그녀는 석금에 의해 깎여지고 다듬어져서 비로소 빛이 날 보석과도 같다. 석금은 바리에게 어느 수도승의 이야기를 해줌으로써 바리의 순수한 열정이 빠질 수 있는 함정에 대해 경고한다. 인간이 정보체로서 스스로를 자각하기 이전 어느 사막에서 살았다는 수도승, 그는 사회로부터 고립되어 산과 동굴 속에서 살아온 바리의 모습과 닮아 있다. 따라서 수도승의 이야기는 곧 바리의 이야기일 수 있는 것이다. 하나님을 섬기며 살던 그에게는 세 번의 유혹이 닥쳐오는데, 그 첫번째는 본능적인 욕망을 부추김으로써 성적 타락으로 이끌어가려는 유혹이었고 두번째는 평범하고 일상적인 삶에 대한 욕구를 자극하는 것이었는데, 수도승은 그 유혹들을 그럭저럭 잘 빠져나온다. 그런데 세번째로 세상을 구원하는 역할을 제공하겠다며 나타난 악마의 모습은 너무나 웅장하고 성스럽기까지 해서 자기도 모르게 성호를 긋게 되기까지 한다. 그 유혹은 하나님과 악마 사이에서의 일시적인 혼동을 일으킬 만큼 성스러운 제안인 듯 보이는 것이다. 그러나 세계 구원의 역할은 그 신성한 목적에도 불구하고 기본적으로 신적 영역에 도전하는 악마적 행위가 되고 만다. 더구나 그 유혹을 이기고 천국에 갔을 때 그에게 맡겨진 일이란 것이 계속해서 원반을 옮김으로써 세상의 멸망을 막는 것이었다는 사실은 종국에 그가 세계 구원의 유혹으로부터 빠져나올 수 없었음을 보여준다. 세계 구원의 시도란 근원적으로 어리석고 무의미한 것일 수 있음을 일깨우는 일화인 것이다. 이에 덧붙여 석금은 세계 멸망의 원인으로 두 가지 가설을 내세운다. 하나는 이 시스템에 레지스탕스가 있어 혼란을 가중시키고 결국 세계를 망가뜨린다는 것이고,[1] 다른 하나는 수도승의 이야기처럼 세상의 멸망이 신에 의해 처음부터 의도된 것이었으며 따라서 세계 구원의 행위는 신의 목적을 저지하는 것이 된다는 가설이다. 첫번째의 경우가 맹목적인 믿음과 확신에 찬 행위의 어리석음을 환기시키는 것이라고 한다면, 후자의 것은 구원 의도 자체의 무의미성을 환기시킨다.

그렇다면 작가가 석금을 통해 말하고자 하는 것은 궁극적으로 무엇일까? 세상은 결국 구원될 수 없다는 것인가? 아니면 근원적으로 불가능한 그 일에 매달리는 것 자체의 어리석음을 강조하는 것인가? 이 작품은 이 같은 냉소적 전언을 확인시켜주듯 두 인물이 불라국 경계를 벗어나 비로소 본격적인 여행을 시작하게 되었을 때 끝이 난다. 아무것도 변한 것은 없으며 구원에의 가능성은 더더욱 모호할 뿐이다. 이들을 통해 확인하게 되는 것은 아무것도 확실한 것은 없다는

---

1) 이러한 상황은 움베르토 에코의 『푸코의 추』를 연상시키는데, 실제로 송경아의 작품 곳곳에서 절대적 가치관이나 확신에 찬 맹종의 위험성에 대한 경고, 영원히 풀리지 않는 수수께끼로서의 세상에 대한 인식, 절대적이고 직선적인 시간 인식이 아닌 다양한 갈래로 분산되고 순환하는 시간 인식, '그럴 수밖에 없었다'는 베토벤 주제의 변주 등 보르헤스나 에코, 쿤데라 등의 흔적이 발견된다. 뿐만 아니라 송경아의 작품에는 바리 이외에도 이차돈, 백설공주 등의 이야기가 원텍스트로 차용되어 있어, 이 같은 패러디 전략에 대한 전반적인 검토는 그의 소설 세계에 접근하는 하나의 방안이 될 수 있을 것으로 보인다.

미로에의 인식뿐이다. 바리와 석금이 탄 기차가 불라국 국경
에 도착하게 되었을 때 창밖이 짙은 암흑으로 덮여 있다는
사실은 구원에의 가능성이 여전히 불투명한 상태로 남게 됨
을 의미한다.

패킷에서 내렸을 때, 그들에게 주어진 것은 아무것도 없었
다. 암흑 속에서는 불라국 국경을 벗어났는지 벗어나지 않았는
지조차 분간하기 어려웠다. 만약 국경을 벗어났다면 그들은 이
제 여섯째 공주와 일곱째 공주가 아닌, 어떤 망 속에도 속하지
않은, 아무 짝에도 쓸모 없는 정보들일 것이었다. 벗어나지 않
았다고 해도 이 암흑 속에서는 분간할 길이 없었다.

이들은 이제 사회로부터 완전히 떨어져나와 우주의 암흑
속에 던져졌다. 이는 사회적 의미망 속에서 존재 가치가 주
어지는 것이 아니라 스스로의 안에서 존재 가치를 찾아내야
함을 의미한다. 보르헤스의 미로를 상기시키는 듯한 윗 대목
에서 확인할 수 있는 것은 두 인물이 그야말로 세상의 미로
속에 내던져졌으며 그 속에서 길을 찾아가기 위해서는 "혼란
되고, 논리에 맞지 않는 것처럼 보이고, 어쩌면 상호 배제적
으로 보이는 이야기들 사이에 있는 하나의 논리, 가상적으로
세워져 있는 우주의 논리를" 스스로 터득해가는 수밖에 없다
는 사실이다.[2] 이들이 도착한 국경 너머의 세계, 그곳은 일

사불란한 질서와 통제와 정보체들의 힘이 닿을 수 없는, 그래서 길이 보이지 않는 캄캄한 암흑의 세계이지만 동시에 흙과 바람·구름·달이 숨쉬고 있는 생명의 원천적 공간이기도 하다. 불라국이 부족도 잉여도 허용하지 않는 정보들의 유기적 집합체로서 우리의 기계화된 삶이 도달하게 될 미래의 세상으로 그려지고 있다면, 바리가 살아왔던 산이나 동굴은 일체의 인위적 작용이 가해지기 이전의 과거의 세상에 해당된다. 그런데 우리를 구원할 불로초는 완벽하게 체계화된 미래 사회에서가 아니라 오히려 춥고 어둡고 위험한 과거 세계의 땅에서 자라고 있는 것이다.

결국 이들의 여행은 기계화·정보화된 미래의 시간에서 대지와 자연의 원시적인 시간으로 거슬러 올라가는 작업이라 할 수 있으며, 어둠 속에 남겨졌을지언정 이들이 산속에서 낙엽들 위에 침낭을 깔고 자게 되었다는 것은 일단은 그 생명의 근원적 공간으로 회귀하였다는 점에서 긍정적 의미를 갖는다. 컴퓨터 프로그램의 세계로 축소된 듯한 삭막하고

---

2) 이 세계가 우리가 풀어가야 할 수수께끼 같은 미로 혹은 하나의 거대한 도서관/책이라는 것은 보르헤스의 기본적 명제이다. 이 작품이 수록된 작품집 제목이 『책』이라는 사실도 보르헤스를 비롯한 포스트모더니즘 작가와 송경아의 관련성을 짐작케 하는 것이라 할 수 있다. 미로와도 같은 길을 헤매며 궁극적인 진리의 세계에 도달하는 것은 우리 모두가 시도해야 할 꿈인 동시에 바벨탑의 이야기에서처럼 신에 대한 도전이라는 모험을 감수해야 할 작업일지도 모른다.

건조한 분위기의 서술이 말미에서 산과 강·바람·바위·달빛·별 들의 움직임이 들어찬 정겨운 서술로 바뀌고 있는 것도 이러한 해석을 뒷받침하는 요인이다. 그것들은 살아 있는 정령들처럼 바리와 석금의 주위를 비추고 감싸고 쓰다듬으며 입을 맞춘다. 대지에 묻혀 잠든 바리가 우주의 중심에서 빛을 발할 별이라면, 그 옆에 깨어서 바리에게 속삭이는 석금은 어두운 밤하늘에서 그 별을 불러내릴 주술사와도 같다. 어둠조차도 이들에 입맞추고 자신의 영역을 조용히 돌아보고 있는 가운데 석금의 중얼거림이 그 우주 속으로 조금씩 퍼져가고 있는 마지막 광경은 인간과 자연이 하나 되어 흐르고 있는 조화와 평화의 풍경에 다름아니다. 때문에 "그들은 내일 아침 일어나 또 모험을 계속할 것이다. 세월은 그렇게 흘러갈 것이다"의 마지막 문장은 이들의 모험이 이제 막 시작되었고 따라서 이들은 여전히 '길 위에' 서 있다는 사실과 함께, 그 계속될 모험 자체가 구원의 열린 가능성을 제시하고 있다는 낙관적 믿음을 갖게 한다. 생명의 약수를 외부에서가 아니라 자신의 내부에서 찾아내야 한다는 어려움, 그리고 구원의 시도 자체에 내재된 위험성과 무의미성을 안은 채 떠나는 이들의 모험이지만, 작품 끝에서 우리는 화석화되어 이미 그 생명력을 잃어버린 지상금·천상금·별금·석금 등의 이름이 하늘과 땅·별·바위로 되살아날 것 같은 기대 섞인 환상에 빠지게 된다. 그것은 곧 병든 불라국이 회생되는 환영일 것이다.

4. 우리 속에 있는 여신, 바리

존 시노다 볼린의 지적처럼 우리 모두가 마음속에 여신들을 모시고 살고 있으며 거꾸로 여신들 속에는 우리의 모습이 담겨 있다고 할 때, 바리는 우리 안에 살아 있는 대표적 여신 중의 하나이다. 버려지고 상처받았으나 그 상처 속에서 생명의 물을 길어오는 여신, 그 안에는 우리 자신의 상처와 꿈이 담겨 있다. 한강의 「여수의 사랑」과 송경아의 「바리—길 위에서」 두 작품에서 확인할 수 있는 것도 바로 이러한 바리의 흔적이다. 여수로 가는 기차 안에서 혹은 서천서역국에 가기 위해 국경으로 가는 차 안에서 창밖을 바라보고 있는 주인공들의 모습으로 시작되는 두 작품 모두 두 여자 인물을 주인공으로 삼고 있고 이들의 여행을 기본 구조로 하고 있다는 점에서, 그리고 그 인물들 모두가 세상으로부터 버림받거나 소외된 존재로서 이들을 통해 병든 세상을 구원하려 하고 있다는 점에서 바리의 이야기를 닮아 있다. 정선과 자흔, 그리고 바리와 석금은 세상으로부터 버려지거나 소외된 딸들이며 동시에 그 세상의 구원을 담당하는 바리의 후예들이다. 이들은 표면적인 상이함에도 불구하고 때로는 동성애적 관계로까지 보일 정도로 밀착된 관계로 묶여 있는 서로의 분신과도 같은 존재들이며, 이러한 자매애적 결속력으로 생명의 약수를 찾아 세상을 떠도는 것이다.

그러나 두 작품에 담긴 세상의 풍경이나 이를 바라보는 우리의 느낌은 사뭇 다르다. 「여수의 사랑」이 삶의 고단함과 쓸쓸함을 가슴 저미는 슬픔으로 맛보게 한다면, 「바리―길 위에서」는 메마르고 건조한 세계의 풍경을 다소 냉소적으로 바라보게 한다. 이는 일인칭과 삼인칭이라는 서술 방식상의 차이에도 기인하는 것으로, 한강이 작중의 세계 속에서 함께 절망하고 아파하고 있다면 송경아는 그 세계에 대해 일정한 거리를 유지하며 관찰하는 태도를 취하고 있다. 한강이 책 / 지적 접근을 통한 상처의 치유보다는 따뜻한 감성과 영혼의 교류에 의해 그 상처에 다가간다면, 그래서 포용하고 감싸안는 여성적인 힘에서 구원의 가능성을 발견하고자 한다면, 송경아는 그러한 성적 경계마저 넘어선 양성적인 것에서 그 실마리를 찾으며 지적 접근을 통해 이 세상의 혼돈에 다가간다. 한강은 비록 우리가 상처투성이인 암울한 세상을 떠돌고 있을지라도 결국엔 사랑이 구원의 힘이 되리라는 믿음을 가지고 있으며, 이 점에서 그는 고전적 낭만주의자이다. 반면에 송경아는 궁극적인 절대 진리의 존재나 확신을 부정하고 구원에의 시도에 대해서조차 회의적인 태도를 견지하고 있는 철저한 모더니스트이다. 바리는 90년대의 두 젊은 여성 작가들의 노래 속에 이처럼 서로 다른 옷을 입고 되살아난다. 한편으로는 세상 속에 뒹굴며 상처투성이가 된 몸으로, 또 한편에서는 아직 세상에 접하지 않은 앳된 소녀의 몸으로. 그러나 이들 모두에게서 나는 병들고 상처입은 우리 시대의 초상과 이들로 인해 열려진 구원에의 가능성을 함께 읽는다. 그것은 비관적인 것만도 그렇다고 낙관적인 것만도 아닌, 단지 그것이 먼 길이며 이들이 지금 그 길 위에 서 있다는 사실에의 확인이다. 바리가 우리 안에 아직도, 여전히, 살아 있다는 확인.

우리 근대 문학사에는 이들처럼 세상을 떠도는 또 한 무리의 인물들이 있다. 1930년대 경성을 배회하던 구보씨들이 60년대를 지나 90년대에 이르기까지 아직도 서울을 배회하고 있으니, 구보씨와 바리들은 여전히 우리와 함께 혹은 우리 속에서 '걷고' 있는 셈이다. 그러나 우리 시대의 구보씨들이 혼란스럽고 타락한 세상을 일정한 거리를 두고 관찰하며 떠돌고 있다면, 우리 시대의 바리들은 병들고 상처입은 세상을 몸으로 앓으며 떠돈다. 구보들의 걷는 행위가 '보다' '생각하다'의 지적 행위로 연결되는 것이라면, 바리들의 걷는 행위는 '겪다' '아프다'와 같은 육체적 반응으로 연결된다. 전자가 허무적인 몸짓 속에 배태된 지적 우월감을 은연중에 드러내고 있고 이 세상을 관조적으로 바라보고 있는 데 반해, 후자는 세상의 진흙 속에서 뒹굴며 그 상처난 몸으로 세상을 함께 앓는다.[3] 이들에게는 '지성의 그늘'이 아닌 몸 부대끼는 사람들에게서 발견되는 "외로운 표정"(「여수의 사랑」)이, 그리고 너그러움과 따뜻함이 있다. 공교롭게도 남성 작가와 여성 작가의 작품 속에 나뉘어 발견되는 이들의 계보 속에서 나는 다소 성급하고 위험스럽게 여성적 구원의 가능성에 대해 이야기하고 싶어진다. 진정 상처를 아물게 하는 것은 상처입은 몸 속에서 스스로 생겨난 면역의 힘이며, 바리가 치유와 구원의 기능을 담당하는 여신으로 여전히 우리 안에 살아 있는 것도 상처를 끌어안는 그 포용의 힘 때문이라고.

---

3) 어쩌면 이러한 지적은 송경아의 반발을 무릅써야 하는 것이리라. 송경아의 바리는 어떤 면에서 바리와 구보씨를 합쳐놓은 것에 가깝기 때문이다. 그러나 그녀의 바리 역시 먼 거리에서 세상을 바라보는 것이 아니라 세상에 다가서고 그 상처를 자기 몸으로 담당하려 하는 인물이며 궁극적으로 불라국의 구원은 석금이 아닌 이 바리에 의해서 가능하다.

원문 출처
(＊ 본문 게재순)

「생존의 말, 생명의 몸: 박완서론」──신고

「어긋나는 말, 혹은 감추어진 말: 오정희 인물의 말하기」──『작가세계』, 1996년 가을

「흘러가는 말 혹은 삶: 최윤의 말하기」──김상태 편, 『현대 소설의 언어와 현실』, 국학자료원, 1997년 10월

「희망을 찾아가는 발 혹은 말: 양귀자론」──신고

「반란의 성, 반역의 삶: 전경린론」──『문학동네』, 1998년 겨울

「'집'으로 가는 글쓰기: 신경숙의 『외딴 방』」──『문학과사회』, 1996년 봄

「몸으로 부르는 '랩소디 인 블루': 배수아 소설에 나타난 일상과 일탈의 육체성」──『작가세계』, 1996년 봄

「우리 시대의 바리들: 한강의 「여수의 사랑」과 송경아의 「바리─길 위에서」」──『작가세계』, 1996년 여름

문지스펙트럼